Si un jour la vie t'arrache à moi

Du même auteur

J'aurais préféré vivre, Plon, 2007 ; Pocket, 2008.
Je le ferai pour toi, Flammarion, 2009 ; J'ai lu, 2010.
Longtemps, j'ai rêvé d'elle, Flammarion, 2011 ; J'ai lu, 2012.
Si tu existes ailleurs, Flammarion, 2012 ; J'ai lu, 2013.

Thierry Cohen

Si un jour la vie t'arrache à moi

roman

Flammarion

ISBN : 978-2-0812-9432-5

À Gyslène

Le ciel bleu sur nous peut s'effondrer
Et la terre peut bien s'écrouler
Peu m'importe, si tu m'aimes
Je me fous du monde entier.

L'hymne à l'amour, Edith Piaf

Prologue

Un petit coin de campagne serein, verdoyant.

Les peupliers sont tendus vers le ciel, fiers de composer les majestueux reliefs d'une nature qui, alentour, étale mollement son généreux camaïeu de vert. Alignés, tels d'impassibles soldats, ils semblent veiller à la quiétude du site, tolérant le ballet des oiseaux dans le ciel clair de ce printemps précoce.

Ils bordent une route qui mène vers un château.

L'endroit est si beau que vous imagineriez volontiers un peintre poser son chevalet au bord d'une allée ou des amoureux s'ébattre dans l'herbe fraîche.

Rien de tout ce que vous verriez ne vous inciterait à croire qu'un tel lieu puisse devenir le cadre d'un drame.

Non, décidément, il vous serait impossible de penser que l'harmonie de ce paysage puisse être déchirée par un cri de détresse.

Parce que, comme tous les hommes, vous préférez croire que la beauté ne fait pas le lit de l'horreur, que la sérénité n'annonce pas la tragédie, que la magnificence de la vie est un rempart contre la mort.

Et pourtant, un jour...

Cinq ans avant

Chapitre 1

Clara lâcha son sac dans l'entrée, jeta un rapide coup d'œil vers la salle à manger puis se précipita dans la chambre de son petit frère. Ne l'y trouvant pas, elle revint sur ses pas.

Sa mère, assise sur son habituel fauteuil, nuque raide, regardait un jeu télévisé. Ses cheveux hirsutes et grisonnants, ses cernes, ses paupières tombantes sur des yeux aussi clairs que sans vie, exprimaient l'abandon.

— Où est Kevin ? demanda Clara.

N'obtenant pas de réponse, elle saisit la télécommande, baissa le son, et se plaça face à sa mère.

— Dehors, peut-être, répondit mollement celle-ci.

— Dehors ? Mais tu sais ce qu'il se passe dehors ? s'emporta la jeune fille.

N'obtenant en retour qu'un haussement d'épaules, elle se rua vers la porte d'entrée et dévala les escaliers quatre à quatre, le cœur battant.

Une fois dans la rue, elle tendit l'oreille pour repérer l'origine des grondements. Les échauffourées paraissaient avoir gagné le parking extérieur du premier bloc. Elle vit le ciel se teinter de rouge et de bleu. Deux adolescents au visage masqué par des foulards surgirent en courant au coin de l'immeuble. Elle se plaqua contre le mur pour les laisser passer, entendit leur souffle court, sentit la peur et la colère qui les portaient.

Elle se dirigea vers le terrain sur lequel Kevin avait l'habitude de jouer au ballon avec ses copains. Au loin, des clameurs s'élevèrent. Les policiers devaient charger. Quelques insultes traversèrent le bourdonnant tumulte. Des jeunes aux fenêtres crièrent leur haine. Il fallait qu'elle se calme, qu'elle résiste à la peur.

L'aire de jeu était déserte. Elle allait rebrousser chemin quand un vacarme assourdissant la fit sursauter : une bande d'adolescents encagoulés venait de jaillir, sans doute poursuivie par les CRS, et courait droit vers elle. Si elle ne bougeait pas, ils la bousculeraient, la piétineraient. Elle cherchait un lieu pour se protéger lorsqu'une main saisit la sienne et la tira.

— Kevin ! cria-t-elle, partagée entre la joie de le voir et la peur du danger approchant.

— Dépêche-toi, dit-il en l'entraînant à sa suite.

Le garçon poussa la grille d'une allée, et, une fois à l'intérieur, la referma précipitamment.

— Mais où étais-tu ? s'écria Clara en saisissant son petit frère par les épaules.

— Avec mes copains, de l'autre côté du quartier, dit le petit garçon, la voix tremblante. On regardait les grands de loin. Quand ça a vraiment chauffé, Hassan et moi on a voulu rentrer. Mais ça courait dans tous les sens. On est passés par les caves et on s'est perdus. On a fini par remonter. J'étais en train de rejoindre notre immeuble quand je t'ai vue.

Il essaya de retenir ses émotions en serrant la mâchoire mais des larmes affluèrent dans ses yeux.

— Oh, mon amour, tu as dû avoir si peur !

Elle l'attira contre elle, le serra.

*

Le grondement des affrontements avait fini par se dissiper dans la nuit. Une apparente quiétude s'était abattue sur le quartier, traversée d'une tension perceptible, presque audible. Clara se recroquevilla sous ses draps, encore trop agitée pour s'endormir. Et ne pas avoir dansé n'arrangeait rien. Elle s'apprêtait à quitter le bar dans lequel elle travaillait pour se rendre à son cours de Modern Jazz lorsqu'elle avait entendu parler des émeutes qui avaient embrasé son quartier. Sachant qu'elle ne pouvait pas compter sur sa mère pour prendre soin de Kevin, elle s'était empressée de rentrer.

Elle se sentit soudain lasse, découragée. Combien de temps encore devrait-elle se démener pour subvenir aux besoins de sa famille, payer ses cours de danse, assumer seule l'éducation de son frère ? Combien d'efforts la séparaient de son rêve ? À dix-huit ans, l'âge auquel les filles se révèlent insouciantes ou se consacrent à leurs études, elle aurait aimé aller à l'université, s'intéresser à la politique, à la philosophie, lire, parler d'art avec des copines autour d'un café, sortir en discothèque. Mais avait-elle le choix ? Sa mère vivait enfermée dans une interminable dépression. Elle faisait quelques ménages mais ses revenus lui permettaient tout juste de payer le loyer et deux semaines de nourriture. Tout le reste incombait à Clara. La jeune fille ferma les yeux afin de laisser le murmure réconfortant de ses rêves s'insinuer dans son esprit. Bientôt, elle partirait. Bientôt, elle deviendrait danseuse et vivrait de sa passion. Elle était douée. Mais la conscience de son talent ne suffisait pas, les places étant rares et convoitées. Alors, à l'espoir, elle ajoutait la rage, une incroyable force de caractère qui, quand elle s'exprimait, la portait au-delà de ses propres limites, démultipliait le potentiel de son corps. Ses pensées la poussèrent sur une scène, dansant devant un public ébahi par sa grâce.

Soudain, elle sentit une présence à ses côtés.

— Clara ?

La silhouette de son frère se dessinaient dans l'obscurité de la chambre.

— Kevin… Que fais-tu là ?

— Ben… j'arrive pas à dormir.

— Tu veux t'allonger près de moi ?

— Je sais que j'ai plus l'âge mais…

— Allez, viens là ! murmura-t-elle en souriant.

Kevin se glissa dans le lit.

— Tu crois que, demain, ça recommencera ? demanda-t-il.

Clara l'étreignit.

— Peut-être. Mais ne t'inquiète pas, je t'accompagnerai à l'école et viendrai te chercher.

Elle passa ses lèvres sur les cheveux fins du petit garçon, humant le doux parfum de l'enfance.

— Maman s'en fout, chuchota-t-il.

Dite dans ces circonstances, du bout des lèvres, cette vérité fit mal à Clara.

— Non… tu sais ce que c'est… maman est…

— Malade, oui… Mais comme elle est malade, elle s'en fout.

— Comment ça s'est passé à l'école aujourd'hui ? s'enquit-elle, pour éviter qu'il ne s'appesantisse sur le cas de leur mère.

— Pas trop mal. Je ne suis pas un bon élève mais je m'en tire.

— Il faut que tu étudies Kevin. C'est le seul moyen de réussir. Tu voudrais faire quoi plus tard ?

— J'en sais rien… Je change d'avis tous les mois.

— Et ce mois-ci ?

— Pédiatre.

— Pourquoi pédiatre ? s'étonna-t-elle.

— Ben… en fait parce qu'une fille qui me plaît a dit qu'elle souhaitait faire ce métier quand elle serait grande. Alors, ce serait pas mal que je fasse les mêmes études qu'elle.

Clara gloussa.

— Tu es amoureux ?

— Je sais pas. Je l'aime bien. Elle me plaît, quoi. Et toi, t'as pas d'amoureux ?

La question troubla Clara.

— J'ai pas le temps d'en avoir, répondit-elle, affectée. Je verrai plus tard. Allez, on dort maintenant.

L'enfant se blottit contre elle et, rapidement, ferma les yeux.

L'amour... Elle savait si peu de choses à ce sujet. Certes, deux ou trois garçons lui avaient plu dans le voisinage, mais, ici, montrer ses sentiments constituait un aveu de faiblesse. Et les faibles perdaient dans les rapports de force. Aussi, Clara avait-elle appris à paraître froide, fière, parfois agressive pour imposer le respect, à marcher le front haut, le regard dur, afin de tenir les garçons à distance de sa beauté.

Être ferme, décidée, volontaire, sans faille : voilà ce qui la sauverait, lui permettrait de sortir du quartier, de toucher ses rêves.

Il n'y avait qu'avec son petit frère qu'elle laissait parfois transparaître ses émotions. Elle lui confiait alors son amour ou, plutôt, le lui exprimait à travers des regards, des gestes tendres, des attentions. Parce qu'elle était folle de ce petit bout d'homme. Pour pallier les manquements de leur mère aussi. Mais maintenant que Kevin grandissait, Clara refrénait ses élans : lui aussi devait s'endurcir.

Parfois, au cœur de la nuit, quand le sommeil s'échappait sur les chemins de ses angoisses, que les murs de sa chambre et le lourd silence lui offraient une protection complice, elle laissait son esprit émoussé par la fatigue explorer l'étendue de ses illusions. Et là-bas, aux confins de sa pudeur, elle s'autorisait à croire qu'il y aurait, un jour, un homme capable de l'aimer, un homme avec qui elle aurait le désir de fonder une famille. Une vraie famille.

Chapitre 2

Gabriel renversa la chaise en se levant brusquement, les poings levés, les yeux toujours rivés à son écran. Il avait réussi ! Il allait entrer dans l'une des meilleures écoles de commerce de France ! Il se rua dans l'escalier, descendit précipitamment les marches. Ne trouvant pas sa mère dans le salon, il jeta un coup d'œil dans le jardin. Elle arpentait nerveusement l'allée bordée de rosiers, attendant les résultats. Elle leva sur lui un regard anxieux mais le sourire éclatant de son fils suffit à la rassurer.

— Je suis admissible à l'oral ! hurla-t-il en courant vers elle.

Arrivé à sa hauteur, le jeune homme réprima son ardeur. Il aurait aimé la prendre dans ses bras, la soulever, l'embrasser mais il se contenta de saisir les mains qu'elle lui tendait.

— Je suis fière de toi.

— C'est fantastique n'est-ce pas ? exulta-t-il.

— Oh oui ! Quelle école ?

— L'ESCP.

Il vit une ombre traverser le visage rayonnant de sa mère.

— Je ne suis qu'à un point d'HEC. Mais l'ESCP, c'est…

— Merveilleux, compléta-t-elle pour excuser sa réaction.

— Je vais téléphoner à papa, annonça Gabriel.

Il saisit son portable, composa le numéro.

— Papa ? lança-t-il, enjoué.

— Je suis en réunion, je te rappelle, répondit ce dernier, lapidaire.

— Mais... c'est au sujet de mes résultats au concours... balbutia Gabriel.

— Ah oui ! se reprit son père. Désolé. Alors ?

— Je suis admissible... à l'ESCP.

— L'ESCP... c'est bien, très bien.

Gabriel perçut là encore l'accent d'une déception et, d'un coup, sa joie se délita. Comme toujours, son père espérait mieux.

— Bon, je te laisse, je t'ai dérangé, trancha le jeune homme.

— Pas grave. Je suis très heureux, insista Denis Sansier, comprenant le malaise. On se voit ce soir.

Gabriel raccrocha d'un geste las, les yeux perdus dans l'écho de la conversation. Sa mère l'observait.

— Il devait être content, n'est-ce pas ? questionna-t-elle, suspicieuse.

— Il aurait préféré que j'entre à HEC, comme lui, expliqua Gabriel.

Lorraine Sansier redressa les épaules.

— Non. Il est très fier de toi, j'en suis sûre.

— Je le connais.

— Moins que moi. Ce soir, nous fêterons ça.

— Non, ce soir je sors avec mes amis, rétorqua-t-il sans parvenir à endiguer l'agressivité qui le submergeait.

— Alors, demain.

Il hocha la tête pour signifier son accord et s'éloigna.

Une sourde colère le gagnant, Gabriel se laissa aller à vitupérer contre ses parents. Il avait toujours fait de son mieux sans jamais réussir à totalement les satisfaire. Il s'était montré excellent élève puis étudiant brillant. Mais cela n'avait jamais été suffisant, à la hauteur de leurs espérances, ou plutôt de leurs exigences. Il avait décroché le bac avec mention bien quand ils espéraient la distinction suprême et, maintenant, ils ne parvenaient pas à cacher leur déception de le voir échouer aux portes de la première école de commerce de France.

La plupart des parents auraient été fiers d'un tel parcours. Pas les siens. « Je veux le meilleur pour toi, parce que tu en possèdes les capacités » : tel était le credo de son père. Denis nourrissait le projet de voir son fils reprendre un jour l'affaire familiale et souhaitait qu'il s'impose à ce poste par ses qualités, son expérience. « Toute la famille te voue une grande admiration. Mais, si tu dois diriger cette société un jour, il faut que tu le mérites, non que tu en hérites. » Jamais il ne lui avait demandé si tel était son désir.

Or, Gabriel se laissait parfois aller à imaginer un autre avenir, loin du jugement paternel. Un avenir qu'il construirait lui-même, sur ses propres aspirations, libéré de l'emprise oppressante des siens.

Il ouvrit la fenêtre, s'assit sur l'encadrement et alluma une cigarette. Le soleil dardait ses rayons sur le jardin avec l'application d'un éclairagiste souhaitant mettre en valeur la beauté d'un décor. Le jeune homme laissa la fumée de cigarette glisser lentement entre ses lèves et se détendit. La splendeur du panorama atomisa ses pensées et il se sentit gagné par une soudaine sérénité.

Il exagérait. Il ne pouvait pas vraiment leur en vouloir. C'était leur façon de l'aimer. Le passé de son père expliquait son intransigeance. Issu d'un milieu modeste, il avait, à force de volonté, réussi de brillantes études. Il avait ensuite épousé Lorraine Dumont, descendante d'une ancienne dynastie qui possédait pour seules richesses sa noble histoire et quelques terrains, puis avait convaincu un grand nombre des membres de cette famille d'investir leurs dernières économies dans le rachat d'une entreprise produisant de nouveaux matériaux à base de fibres de carbone. Un bon placement puisqu'il avait fait prospérer l'affaire et apparaissait maintenant comme un héros aux yeux de tous. Gabriel avait donc conscience d'être un privilégié. Ses parents lui avaient donné les moyens de réussir, l'avaient encouragé, récompensé. Bien sûr, il aurait souhaité que cet amour s'exprime aussi à travers des mots, des gestes, mais il s'était habitué à leur distance affective.

Aussi, se résolut-il à évacuer sa rancœur. Il avait vingt ans, possédait tous les atouts pour partir à la conquête du monde. Ses tourments tenaient du caprice. Il avait envie d'être positif.

Ce soir, il ferait la fête. Ce soir, il y aurait de l'alcool et des filles.

*

Gabriel était entouré de sa bande d'amis. Des étudiants issus du même milieu, habitant le même quartier.

La musique couvrait leurs voix, aussi se contentaient-ils de sourire, de s'adresser quelques gestes ou signes autour de la table qui leur était réservée. Les verres se remplissaient, se vidaient, se succédaient. Il promena son regard de fauve sur les filles dansant sur la piste et éprouva un puéril sentiment de toute puissance. Il était jeune, beau et auréolé de sa nouvelle réussite. Une de celles invitées à leur table lui proposa de se rendre aux toilettes pour prendre une ligne de coke. Il l'observa un instant. Elle était jolie, attirante et s'offrait à lui. Se retrouver face à une proie facile, semblable à toutes celles qui parsemaient son parcours de séducteur, fit naître en lui un désir animal mêlé de dédain.

Il savait manœuvrer avec ce genre de filles, entrait aisément dans leur jeu mais leur accordait peu de considération. Douées pour jouer de leur pouvoir de séduction afin de parvenir à leurs fins, expertes dans l'art d'allumer les hommes – de les éteindre aussi – centrées sur elles-mêmes, elles étaient capables de penser une chose et son contraire, parfois au même moment. S'enivrer, sniffer de la coke les aidait parfois à anesthésier les derniers sursauts de leur fierté. Elles couraient les bars, restaurants et discothèques à la mode. Elles se croyaient profondes, libérées et n'étaient que superficielles.

Gabriel dissimula son mépris derrière un sourire de prédateur et accepta sa proposition. Elle ou une autre, peu importait. Il n'avait pas l'intention de finir la nuit seul.

Un an avant

Chapitre 3

Les yeux de Gabriel flottaient au-dessus de la scène. Autour de lui, la plupart des invités feignaient, avec plus ou moins de finesse, de prendre plaisir à voir évoluer les danseurs. Dans les soirées caritatives, il était de bon ton de camoufler l'aspect financier derrière des alibis culturels. Si nombre des clients de son cabinet n'étaient pas présents, il aurait décliné l'invitation. Mais son métier impliquait d'assister à ce genre de représentations. Il fallait être vu, serrer des mains, échanger des propos circonstanciés et, ainsi, tisser le réseau relationnel indispensable au bon développement d'un portefeuille d'affaires prometteur.

Il était au cœur de son ennui quand une danseuse surgit, ultime atout de la chorégraphie.

L'apparition capta l'attention de Gabriel et il se focalisa sur l'élégante silhouette. En quoi cette femme se distinguait-elle du reste de la troupe ? Était-ce sa beauté, la finesse de son visage ? Non, même si son œil expert pouvait identifier une jolie fille à distance, la danseuse était trop loin pour qu'il parvienne à apprécier pleinement l'éclat de ses traits. En fait, elle possédait une manière particulière de bouger, une façon singulière d'occuper l'espace. C'était comme si une grâce et une force, ou plutôt une douceur et une violence, luttaient dans son corps, pour s'imposer. Elle paraissait habitée par le rythme, désireuse d'offrir à la musique la perfection de ses mouvements. Quand les autres membres de la troupe semblaient conscients de dispenser un spectacle, cherchaient à séduire les spectateurs, traquaient dans leurs regards l'émoi ou l'admiration qu'ils souhaitaient y susciter, elle était ailleurs, hantait son propre univers, se révélait présente dans ses déplacements mais aussi hors de l'espace et du temps. Elle donnait simplement l'impression de danser pour son plaisir ou pour répondre à une impérieuse nécessité intérieure. Et c'est cette différence qu'il venait de recevoir en pleine face. La grâce !

*

À la fin de la représentation, après s'être changée, Clara traversa la salle, les yeux affleurant le sol, épuisée. La ferveur l'ayant abandonnée, elle se sentait désormais triste, désemparée. Gabriel fut touché par cette fragilité et, sans réfléchir, il se leva, la rattrapa.

— Bonsoir, lança-t-il, en l'abordant avec douceur. Je voulais vous dire que… je vous ai trouvée magique, majestueuse.

Elle leva un regard las sur lui, le dévisagea, distante. Habituée aux dragues d'après représentation, aux platitudes d'hommes éméchés, elle lui sourit poliment.

— Merci, c'est gentil, répondit-elle sans interrompre sa marche vers la sortie.

Il hésita un instant, non que la froideur de la danseuse l'impressionnât mais parce que, durant ces secondes d'échange, il avait ressenti une émotion particulière. Un malaise presque physique. Une sensation qu'il ne connaissait pas et n'avait pas aimé tant elle s'apparentait à une appréhension, à un début de peur, au pressentiment d'un bouleversement proche, voire d'un drame.

Se ressaisissant, il s'élança, la rattrapa alors qu'elle poussait la porte, et laissa les mots organiser des phrases censées édifier un éloge.

— Vous savez, je ne suis pas amateur de danse. Et, pour tout vous dire, je trouvais le spectacle un peu ennuyeux. Mais vous êtes apparue et quelque chose s'est passé. Vous possédez une présence… particulière. Vous exprimez autre chose que vos camarades. On perçoit un feu exceptionnel dans vos gestes. Vous m'avez touché, bouleversé même.

Il avait parlé rapidement, saisi par l'urgence.

Clara, intriguée, l'avait écouté. Ce garçon lui tenait des propos qu'elle n'avait encore jamais entendus. Ceux qu'elle espérait. Créer de l'émotion, transmettre la sienne, voilà pourquoi elle dansait. Comme émergeant d'un songe, elle se rendit alors compte qu'il était séduisant. Il possédait une beauté évidente et l'air crâne de celui qui en est conscient. Une étrange chaleur monta de sa poitrine vers sa gorge, empourpra ses joues ; elle sourit afin de dissimuler son embarras.

Gabriel la trouva plus belle encore.

Il profita de son trouble pour l'inviter à boire un verre ailleurs. Clara hésita. Alors, il lui prit le bras, la guida, misant sur son charme et son humour pour conférer à leur échange une tonalité légère.

— Je suis fatiguée, dit-elle en tentant de résister un peu.

En temps normal, elle se serait montrée plus ferme et l'aurait éconduit. Mais quelque chose chez ce garçon l'attirait. Derrière son assurance sourdait une fragilité, et cette disharmonie était envoûtante.

— Juste un verre, à quelques pas d'ici. Pour faire connaissance.

Ses yeux accrochèrent les siens et elle le sentit fébrile.

— Bon… Mais je ne resterai pas longtemps. Une heure maximum. Je me lève tôt demain.

— D'accord. Ah… je m'appelle Gabriel, annonça-t-il en tendant la main.

— Clara, répondit-elle.

Elle aima le contact de sa paume, douce et chaude.

Il la conduisit dans un pub tranquille situé à quelques rues de là, sciemment choisi : luxueux mobilier, clientèle distinguée et musique jazzy donnaient à l'endroit une aura propice aux premiers rendez-vous.

Une fois assise, Clara observa le décor, les clients et esquissa un sourire.

— Qu'est-ce qui t'amuse ?

— Je me demande ce que je fais avec un parfait inconnu dans un bar visiblement conçu pour les rencontres faciles.

Il encaissa la remarque en haussant les sourcils. Avec cette fille, il lui faudrait jouer serré.

— Nous sommes là pour faire connaissance, rien de plus. Et, j'apprécie ce pub parce que je le trouve joli, que la musique n'y est jamais trop forte, ce qui nous permettra de discuter. J'aime les lieux qui savent nous extraire de la réalité et faire croire un instant que l'on devient un autre, ailleurs, et que tout est possible.

— Que tout est possible… répéta-t-elle, amusée.

Dommage, pensa-t-elle. Dommage qu'il gâche son charme en jouant le rôle stéréotypé du séducteur. Dommage qu'il use de tant de clichés pour s'exprimer.

Il commanda une Southern Comfort, elle, un verre de vin blanc.

Il la questionna sur sa vie mais elle refusa de se livrer. Elle se taisait parfois, se contentant de l'observer. Pour remplir les silences, il monopolisa la parole, évoqua son métier, ses projets, ses goûts en matière d'art. Elle lui accorda en retour une attention empreinte de curiosité, le scrutant comme si elle cherchait à le comprendre.

Si Clara était intéressée par ce qu'il confiait, elle percevait de plus en plus la distance qui les séparait. L'univers qu'il décrivait n'était pas le sien. Il travaillait comme consultant dans une société de conseil en stratégie et tenta de lui expliquer en quoi cela consistait. Il lui révéla aimer la peinture, la littérature, en parla intelligemment. Au lieu d'être séduite, elle se sentit soudain stupide. Que faire d'autre sinon l'écouter en hochant la tête ?

Gabriel perçut cet éloignement. Le visage de la jeune femme se fermait.

Qu'avait-il dit ? Déstabilisé, incapable de relancer la discussion, de la porter à un niveau plus intime, il chercha une issue.

Il voulut commander un autre verre mais elle refusa.

— Je vais bientôt partir, expliqua-t-elle.

— L'heure n'est pas révolue !

Elle regarda sa montre. S'ennuyait-elle autant en sa compagnie ?

Entendant les premières notes d'une chanson de Phil Collins, il s'arrêta de parler et désigna les enceintes pour inciter Clara à écouter.

I can feel it coming in the air tonight, oh Lord
And I've been waiting for this moment for all my life

Après avoir prononcé le couplet en play-back en se donnant de faux airs de crooner, il se pencha sur elle.

— C'est marrant ; parfois la musique porte les paroles que l'on aimerait prononcer, murmura-t-il d'une voix caressante.

Mais son sourire enjôleur se heurta à l'impassibilité de son interlocutrice. Elle le dévisageait maintenant avec méfiance, comme si, tout à coup, elle regrettait d'avoir suivi un si piètre dragueur. Il se sentit démasqué, ridicule même, et eut l'impression qu'à ce moment précis elle formait son jugement, évaluait l'intérêt de pousser plus loin cette relation.

Un seul regard de cette fille avait suffi à le mettre à nu. Un regard lucide, mature. Celui qu'ont parfois certaines femmes au terme d'une vie parsemée d'échecs, de désillusions. Elle était pourtant bien jeune pour être désabusée.

Clara avait envie de se lever, de rentrer chez elle. Pour qui la prenait-il ? Pour une petite conne à qui il suffit de payer un verre, de balancer deux ou trois gentillesses, de fredonner une chanson, pour la jeter dans son lit ? Puis, elle se rendit compte que sa soudaine froideur l'avait embarrassé. Et là, une nouvelle fois, l'homme fragile apparut derrière les mimiques du charmeur de service.

— C'est une très belle chanson, déclara-t-elle, pour dissiper la gêne. La rythmique donne une intensité dramatique aux sentiments exprimés.

Elle se balança alors légèrement. De discrets et gracieux mouvements de tête et d'épaules dont seuls les véritables danseurs sont capables.

— Qu'écoutes-tu comme musique ? demanda-t-il, pour reprendre le fil de la conversation.

— Il y a ce que j'écoute, ce que je fredonne et ce sur quoi j'aime danser, dit-elle, à nouveau méfiante. Et ce n'est pas toujours la même chose. J'écoute de la soul et de la pop. Mais j'aime danser sur du funky, du R'N'B, pas mal de choses en fait.

— Et tu fredonnes ?

— De la chanson française, des trucs entendus à la radio.

— Ah bon ? s'exclama-t-il, amusé.

— Oui. Tu trouves ça ridicule ?

— Heu... non. Touchant plutôt.

— Touchant ?

Susceptible, Clara crut déceler une pointe de condescendance dans sa réaction et se renfrogna.

— Toi c'est la musique classique, l'opéra ?

— Non... enfin oui. Mais j'apprécie la pop également.

— J'aurais aimé m'y connaître en classique. Mais je ne suis pas suffisamment cultivée pour cela. Je sais seulement danser.

— Oui... je comprends, mais... balbutia Gabriel, surpris.

— Soyons clairs, poursuivit Clara avec une pointe d'agressivité. Il y a un monde entre nous, comme tu as dû t'en apercevoir. Je n'ai pas eu l'occasion d'aller à l'université, de m'instruire et je ne connais pas l'art et la grande musique.

Déconcerté par cette remarque, Gabriel ne sut comment enrayer cette dissonance.

— Il est vrai que j'ai eu de la chance, beaucoup de chance. Mais je ne crois pas qu'il faille avoir une vision si... dichotomique.

— Dichotomique ? répéta-t-elle.

— Oui, binaire... enfin divisée, bredouilla-t-il.

— Tu vois... même la façon dont tu t'exprimes me fait ressentir ma pauvreté intellectuelle.

— Je suis désolé... ce n'est pas ce que je voulais.

— Ne t'inquiète pas, je suis consciente de mon inculture.

— On se fout de savoir qui est cultivé ou pas ! objecta-t-il. C'est juste que tu me plais. Mais, comme tu ne dis presque rien et que je déteste le silence, je me sens contraint de meubler et je dis des conneries !

La sincérité de cet aveu ébranla les défenses de Clara.

Afin d'éviter les sujets potentiellement sensibles, ceux susceptibles de les éloigner, il préféra la questionner sur sa vie. Mais elle fuit une nouvelle fois sa curiosité et se contenta de parler danse, comme si cette passion résumait son existence. Il l'écouta attentivement, hochant la tête, posant des questions pertinentes sur cet univers inconnu.

Tandis qu'elle racontait, il observait ses lèvres charnues, la manière dont elles articulaient les mots. Combien d'hommes les avaient possédées ? Incompréhensiblement, il éprouva de la jalousie envers ces inconnus, les imagina nombreux, et ce sentiment le troubla. Cette brûlure lui était inconnue.

Il lui fallait reprendre le contrôle de la situation. Mais comment et que proposer à une fille comme elle ? La plupart de ses proies, après quelques verres et d'habiles propos destinés à créer une connivence artificielle, auraient accepté de le suivre dans son appartement. D'autres auraient imposé une attente de quelques jours pour se conformer à leurs soi-disant principes moraux, mais il savait louvoyer dans ces manœuvres hypocrites, se jouer des unes comme des autres. Or, là, face à Clara, il se sentit désemparé, incapable de définir une stratégie. Elle paraissait ne rien désirer et pourtant tout attendre.

La devinant fière, rebelle, campée sur des valeurs fortes, il comprit qu'aucun verre de vin n'anesthésierait ses préventions, qu'aucune déclaration n'affaiblirait ses positions. Mieux valait ne plus risquer de la décevoir.

Elle jeta un nouveau coup d'œil à sa montre.

— Je sais, l'heure est passée, annonça-t-il. Je te raccompagne ?

— Non, merci, je vais appeler un taxi.

— Pas question ! Je ne te laisse pas rentrer seule à cette heure-là !

Quand elle vit sa luxueuse voiture, un petit sourire narquois se dessina sur ses lèvres. Gabriel ne correspondait en rien à ses goûts. Il étalait ses connaissances, exhibait ses richesses, jouait de son charme et de son physique. Elle savait peu de chose et ne possédait rien. Pourtant, il l'attirait sans qu'elle sache se l'expliquer ; et ce sentiment ne lui plaisait pas. Habituée à maîtriser les situations, à dominer ses pulsions, Clara fulminait de se sentir si peu combative face à lui. Alors, elle se tut et regarda les rues défiler derrière la vitre.

Devant ce mutisme, Gabriel admit son échec. Il n'intéressait pas cette fille, voilà tout.

Il s'arrêta à l'adresse qu'elle lui avait indiquée, au pied d'un immeuble sombre, à l'architecture austère. Il sortit de la voiture et l'accompagna jusqu'à son allée.

— Je suis désolé, marmonna-t-il.

— De ?

— De m'être comporté comme ça. J'ai pour seule excuse de ne jamais avoir rencontré de filles comme toi.

— Je m'en doute, ricana Clara.

— C'est-à-dire ?

— Tu n'as jamais dû rencontrer de filles aussi peu cultivées.

— Non, ce n'est pas ce que je voulais dire ! Je parle de ta manière d'être, de ton regard, de ta personnalité…

— OK, OK, l'interrompit-elle en levant une main.

— Oui, je n'ai jamais rencontré de fille aussi vraie, aussi sincère. Et cette sensibilité à fleur de peau… J'ai plutôt l'habitude de fréquenter des femmes faciles. Tu vois, j'avoue tout.

— Le genre à qui il suffit de fredonner quelques paroles de chanson ?

— Oh ça va ! rit-il. J'ai dû te paraître con, sûr de moi… Un dragueur ringard quoi.

Elle aurait aimé poursuivre, lui expliquer qu'elle avait aussi su deviner sa fragilité, mais s'abstint.

— Je ne suis pas celui que tu as vu ce soir. Je crois que je vaux mieux.

Il avait dit ça, comme on lance un dernier argument, l'ultime phrase d'une plaidoirie. À ses lèvres qui tremblaient un peu, à son regard profond, elle sut qu'il ne mentait pas et le trouva terriblement attirant.

— Je veux bien le croire. Et j'espère que la prochaine fois je te verrai tel que tu es réellement.

— La prochaine fois ? s'écria-t-il. Tu… acceptes de me revoir ?

— Si tu le souhaites.

Le visage de Gabriel se détendit et il lui offrit un radieux sourire.

— On s'appelle ? demanda-t-elle.

Ils échangèrent leurs numéros de téléphone et il déposa un baiser sur sa joue.

— Sache que… je suis vraiment ravi de t'avoir rencontrée, murmura-t-il.

— Et quelle chanson cadrerait bien avec l'instant ?

— Oh, ne te moque pas de moi, s'il te plaît.

Elle éclata d'un petit rire malicieux, lui adressa un signe de la main et disparut dans l'allée.

*

De retour chez lui, Gabriel était bien trop excité pour se coucher. Il repassa en boucle chaque instant de leur rencontre, maudit ses maladresses, imagina ce qu'il aurait dû dire ou faire pour se montrer sous son meilleur jour. En vérité, il avait foiré ! Complètement foiré ! Enfin, pas totalement puisqu'elle avait accepté de le revoir.

Il se servit un verre, s'assit sur son canapé, alluma une cigarette et prit conscience de l'étrange émoi qui le gagnait. Aucune fille ne l'avait jamais mis dans un tel état. Une seule rencontre, un peu plus d'une heure avec Clara et, déjà, il ne se reconnaissait plus.

Il aurait aimé l'appeler, lui donner une meilleure image de lui, lui proposer un autre rendez-vous. Mais n'étant pas dans son état normal, il aurait couru le risque de dilapider le peu de crédit qu'elle avait consenti à lui conserver.

Une idée le saisit alors. Malgré la voix qui lui intimait de réfléchir à son acte, il saisit son téléphone portable et composa un message :

Pour un flirt, avec toi, je ferais n'importe quoi.

Chapitre 4

Il y avait eu le premier rendez-vous, le premier baiser, la première nuit, toutes ces premières fois qui jalonnent un nouvel amour et instillent la solennité qui sied à une histoire en train de se construire.

Auparavant, les temps qui composaient une rencontre s'évaporaient dans l'instant qui les voyait naître. Des bulles de plaisir agréables et éphémères qu'il savait apprécier puis, aussitôt, oublier. Mais, avec Clara, il souhaitait que chaque instant soit unique et beau, exceptionnellement fort pour frapper leurs esprits et s'inscrire dans leurs âmes. Des moments hors du temps car appartenant, sitôt éclos, à la mémoire d'une vie en cours d'écriture.

C'est ainsi que Gabriel avait réalisé qu'il était amoureux.

Ils étaient les acteurs de leurs heures, les personnages de ce qui deviendrait le roman de leur vie.

Un soir, après un dîner trop arrosé, il fut pris d'une inhabituelle et extravagante exaltation romantique.

— Nous étions deux rivières aux sources éloignées, déclara-t-il d'une voix sentencieuse. Nous avons traversé des paysages différents dans l'attente de cette rencontre. Nous nous sommes jetés l'un sur l'autre, l'un dans l'autre, pour former un fleuve puissant, capable d'aller plus loin encore.

Le regard incrédule de Clara lui fit croire que sa soudaine inspiration l'avait touchée, mais elle éclata aussitôt d'un rire si fort qu'il l'empêcha de respirer.

— Excuse... moi, parvint-elle à articuler entre deux spasmes.

Il aurait pu se vexer d'être ainsi raillé mais, heureux de la voir gaie, il se joignit à elle, et leur fou rire les projeta l'un contre l'autre.

— Deux... rivières... répéta la jeune femme en se tenant le ventre.

Il saisit le visage de son amoureuse entre ses mains, balaya les mèches qui recouvraient ses yeux, embrassa ses joues, ses paupières.

— Bon, OK, c'était nul... mais je t'en prie, respire !

Pourtant, cette parabole inspirée par l'élan de l'amour et les vapeurs de l'alcool lui paraissait juste. Il percevait leur passion naissante comme les mouvements d'une eau grondante, avec ses courants fougueux, parfois désordonnés, mais aussi sa sérénité quand sa puissance assujettissait toutes les autres forces, les calmait de son impérieuse volonté.

Au début de leur relation, ces sentiments l'avaient étourdi, presque affolé, et il avait tenté de les disqualifier en les éclairant de ces teintes provocantes et naïves que possède l'amour quand il est disséqué par le regard froid de la raison.

Puis, il avait compris leur beauté, leur évidence, et s'était abandonné à ces sensations inconnues.

Clara, elle, avait dû lutter contre son propre scepticisme avant d'apprécier ce bonheur, aller au-delà de ce mur de doutes édifié durant tant d'années passées à affronter la rudesse de l'existence afin de la préserver des désillusions. Mais si sa capacité à aimer existait dans un camp qu'elle croyait retranché, elle comprit rapidement s'être menti en se croyant forte, invulnérable. Mieux, elle réalisa qu'elle avait toujours inconsciemment conservé l'espoir de cet amour, du romantisme qui maintenant la gagnait, voire menaçait de la submerger. Et elle qui n'avait jamais fait un pas sans vérifier auparavant qu'il ne mettrait pas à mal son équilibre, se laissait peu à peu emporter dans une vie de couple.

Un an avant

La jeune femme était heureuse avec Gabriel. Heureuse qu'il soit différent de ceux qu'elle avait connus. Heureuse de compter pour lui. Et troublée de ne pas comprendre comment ceci était possible, comment la magie s'opérait dès qu'ils étaient ensemble. « Profite de ce bonheur, songeait-elle. Éloigne les doutes et abandonne-toi. Si tout doit s'arrêter, au moins auras-tu connu l'amour et ta vie sera riche d'une belle expérience. »

Elle désirait que jamais rien ne cesse, que leur relation évolue comme celle des couples qui durent parce qu'ils acceptent de laisser la passion lentement s'effacer au profit du partage, puis de la complicité et, enfin de l'ineffable et infini besoin de l'autre.

Tel fut le chemin qu'ils suivirent durant la première année de leur vie à deux.

Or, les amoureux, commettent souvent une erreur, par orgueil plus que bêtise : celle de croire unique et inaltérable la force qui les porte, de penser qu'elle transcende le destin, qu'elle *est* le destin.

Mais le destin se moque de la beauté, de l'amour, des sentiments parce qu'ils offrent seulement une lecture du présent.

Le destin, lui, lisse le temps, ignore l'éphémère.

Il revendique l'avenir et ne se raconte qu'au passé.

Un mois avant

Chapitre 5

Le soleil qui perçait à travers les volets vint caresser les meubles de la chambre, émoussant volumes et contours dans le chaud halo de ses rayons.

Clara referma les yeux et demeura immobile, pour ne pas briser l'harmonie de l'instant et laisser les ondes caressantes se propager en elle, s'épandre dans la pièce. Elle était convaincue que la perfection, le bonheur, l'amour, ces notions dessinant les horizons des idéaux romantiques, ne pouvaient survenir qu'au cœur de secondes volées à la course du temps, résultat d'une subtile équation que chacun pouvait apprécier ou ignorer.

Gagnée par une douce langueur, elle s'étira afin de mieux jouir de cette fugace volupté. Elle bloqua sa respiration pour contenir la bouffée de plaisir, ne pas la laisser gagner trop vite son cœur, son esprit.

Il en était ainsi depuis un an. Chaque jour lui apparaissait comme une nouvelle et délicieuse promesse. Mais, invariablement, aux premières perceptions de plénitude se substituait insidieusement un sourd et dérangeant sentiment de culpabilité.

Sa main alla machinalement se perdre dans les plis de l'oreiller de Gabriel. Les images de leur soirée lui revinrent en mémoire et elle ferma les yeux.

Son téléphone vibra. Elle le saisit, certaine qu'il s'agissait de lui.

Je l'ai rêvée si fort
Que les draps s'en souviennent

Elle sourit.

Le jeu qui consistait à s'envoyer des paroles de chansons par SMS, pour exprimer une pensée ou un sentiment, perdurait depuis leur première rencontre, mais ils étaient passés de l'ironie à l'habitude puérile et douce à laquelle seuls les amoureux savent conférer de l'importance. Un peu comme ces surnoms dont on s'affuble au début d'une relation pour s'amuser, que l'on se répète par jeu et qui finissent par se substituer aux prénoms.

Elle réfléchit quelques secondes et répondit :

Oh, can't you see
You belong to me
How my poor heart aches
With every step you take

Elle imagina Gabriel à son bureau, entouré de collaborateurs, dans un de ses élégants costumes au prix faramineux, affichant le sérieux seyant à sa fonction mais lisant discrètement son message en réprimant un sourire.

Une vague chaude monta de son cœur, bloqua sa respiration. Une fois encore, la force de ce raz-de-marée d'émotions la bouleversa. Avant de rencontrer Gabriel, seule la danse lui avait permis d'éprouver cette douce euphorie quand, au-delà des efforts, de la douleur, son corps se laissait aspirer par la musique pour flotter dans l'air. Et encore, la sensation ne s'avérait pas aussi pleine, aussi forte.

La beauté de leur relation la conduisait souvent à s'interroger : Qu'avait-elle fait pour mériter un tel homme ? N'allait-il pas, un jour, se rendre compte qu'elle n'était qu'une petite danseuse sans intérêt et la quitter ? Pour quelle raison ferait-il sa vie avec une fille inculte quand, dans le monde où il évoluait, les beautés de leur âge épanchaient leur savoir ? Était-elle à sa place dans un appartement si luxueux, elle, la danseuse ayant appris le Hip-Hop et le Modern Jazz dans une MJC de quartier, et qui dansait maintenant dans une troupe courant après les cachets ?

Alors, combien de temps leur passion durerait-elle encore ? Quelques mois ? Quelques années ? Toute la vie ?

Les sceptiques, ceux à qui l'existence n'a jamais fait de cadeau, parviennent rarement à accepter les tours de magie du destin sans s'interroger sur les ressorts de l'illusion.

Sa main caressa l'oreiller et elle soupira, lasse. L'exaltation de son réveil disparut pour laisser place à l'anxiété qui l'avait toujours accompagnée et minait maintenant son bonheur.

Elle tenta de se rassurer : Gabriel l'aimait avec sincérité. Il suffisait de voir son regard s'embraser quand elle apparaissait : la soudaine vulnérabilité nimbant son visage d'homme, l'éclat jaillissant dans ses yeux, la force de son sourire, l'avidité de ses bras… Clara en était à chaque fois bouleversée.

Il l'avait présentée à ses meilleurs amis dès les premiers jours. N'était-ce pas la preuve qu'il revendiquait leur amour ? C'est elle qui avait, ensuite, évité de les fréquenter. Leurs centres d'intérêt n'étaient pas les siens, leurs discussions lui échappaient et elle souriait, par politesse ou par dépit, à leurs traits d'humour. Parmi eux, elle se sentait seule, étrangère et, dans ces moments-là, avait l'impression d'être une pièce accessoire de l'existence par ailleurs si riche de Gabriel. C'était comme s'il lui appartenait uniquement dans le temps et l'espace qu'ils occupaient, dans la jouissance pleine de l'instant.

Elle le savait sincère, amoureux, mais, parfois, elle devinait ses doutes, ses hésitations. Elle imaginait alors que leur relation prendrait fin, un jour prochain. Il avait été programmé pour réussir. Il avait planifié une vie, un parcours sur lequel elle n'aurait jamais dû se trouver. Leur amour se limitait au quotidien, au plaisir instinctif du présent. D'ailleurs, Gabriel ne parlait jamais du futur, comme s'il avançait sans réfléchir avec elle sur une route inconnue, à la lueur d'une lampe seulement capable d'éclairer les prochains mètres.

La messagerie du téléphone s'activa.

Je t'aime tellement

Elle sourit, résolue à voir dans ce message un signe réconfortant, une nouvelle réponse à ses éternels doutes.

*

C'est quelle chanson ?

Gabriel s'apprêtait à répondre au SMS quand Decourt le rappela à l'ordre.

« Gabriel, peux-tu, s'il te plaît, participer à la discussion ? »

Il posa son téléphone, gomma le sourire angélique qui le trahissait, retrouva l'air sérieux qui correspondait à la situation et fit mine de prendre part à la conversation en lâchant quelques phrases convenues.

Mais, malgré ses efforts, son esprit vagabonda encore. Il imagina Clara allongée dans leur lit, son corps ferme de danseuse, ses cheveux longs étalés sur l'oreiller et put difficilement réprimer l'élan de tendresse et de désir qui le gagnait.

Quel sort lui avait-elle jeté ? Lui, le séducteur invétéré, celui qui clamait haut et fort sa volonté de rester indépendant le plus longtemps possible afin de ne pas altérer la force de son ambition, avait dû se rendre à l'évidence : il était amoureux.

L'idée acceptée, il avait ouvert son cœur à Clara, l'avait accueillie dans son appartement et prenait désormais plaisir à une vie de couple qui l'avait si longtemps rebuté. La futilité, qu'il démasquait auparavant dans les relations amoureuses des autres, lui paraissait maintenant source d'un bonheur sans fin. Il ne pouvait plus se passer de Clara, de sa présence, de leurs rendez-vous tendres, ni même de leurs échanges enfantins de textos.

Lorsque la réunion s'acheva, alors qu'il se servait un café, Grégoire le rejoignit.

— Gabriel, concernant le dossier SPMC… je pense que tu devrais passer la main, laisser un associé s'en occuper, dit-il, l'air grave.

— Pourquoi ?

— On a obtenu des informations inquiétantes sur ses dirigeants. Il s'agirait d'une antenne d'un groupe mafieux russe.

— Tu plaisantes ? Ils m'ont l'air tout à fait… normaux ces types-là.

— Nous avons aussi reçu des pressions de la part d'une entreprise concurrente. Pour ne pas dire des menaces. Decourt m'a donc demandé de t'en parler.

— C'est un de mes plus gros clients, Greg. Et qu'importe à qui appartient l'entreprise : l'étude que je mène pour leur compte est intéressante et très rentable.

— Je sais. Mais la probité du cabinet pourrait être mise en cause.

— Laisse-moi encore quelques semaines. Je termine ce job pour eux, je facture et ensuite nous aviserons.

— OK, je vais en parler au boss. Mais… il ne t'a pas vraiment à la bonne en ce moment.

— C'est-à-dire ?

— Je pense qu'il… n'apprécie pas de te voir si… dissipé.

— Dissipé ?

— Oui, ton attitude durant la réunion, par exemple…

— Je répondais au message d'un client ! répliqua Gabriel, sans conviction.

— Et cela te réjouissait au point d'afficher un sourire niais ?

Gabriel capitula et esquissa une moue de gamin surpris en plein délit de mensonge.

— Écoute, je te le dis pour ton bien : laisse tes affaires perso à la porte de la société, recommanda Grégoire. Travailler dans ce cabinet de conseil est un privilège, tu le sais. Les places sont chères et personne, ici, ne fait de sentiments.

— J'ai de bons résultats, Greg.

— Oui, mais ça ne suffit pas. Chez LBO, avoir de bons résultats est un minimum. On exige des collaborateurs un engagement total, un comportement exemplaire. Decourt n'hésitera pas à te virer s'il constate la moindre faille dans la conduite de tes dossiers.

— Mes dossiers sont parfaitement gérés, s'agaça Gabriel. Et de toute façon, je ne compte pas devenir associé.

— Oui, je sais. Tu veux simplement apprendre les méthodes du cabinet, enrichir ton CV du prestigieux nom de notre boîte pour ensuite être considéré légitime lorsque tu reprendras l'entreprise paternelle. Démarche pertinente. Mais, avant, il faut rester ici au moins trois ans. Et, si Decourt doute de toi, pas sûr qu'il te laisse aller au bout de ce parcours.

— OK, je ferai gaffe. Merci du conseil.

— Laisse-moi t'en donner un dernier, déclara Grégoire en s'approchant un peu plus. Je sais que tu es heureux avec cette fille. Mais… je ne crois pas qu'elle soit faite pour toi, Gabriel. Elle est belle mais elle vient d'un monde où les règles sont différentes. Et elle est en train de faire de toi un mec banal. Ici, seuls les tueurs réussissent. Toi, tu es un tueur né. Enfin, tu l'étais avant de la rencontrer. Tu te ramollis, Gabriel. Pour faire ton trou chez LBO, mieux vaut rester célibataire ou, a minima, tomber sur une femme du même acabit que toi. Regarde Arthur, il s'est déniché une fille parfaite. Louise est diplômée d'une grande école et aussi ambitieuse que lui. Il y a peu de chance qu'elle lui reproche un jour ses incessants voyages, ses heures supplémentaires. Au contraire, elle le soutiendra.

Grégoire coula un regard entendu vers Gabriel.

— Je te dis ça sans animosité, pour ton bien, conclut-il avant de lui tapoter l'épaule et s'éloigner.

Gabriel se sentit atteint par ces propos. Il avait laissé son collègue empiéter sur sa vie privée et s'en voulait. S'il n'avait pas répondu, c'est parce que Grégoire était son parrain. Il l'avait accueilli dans l'entreprise quelques mois plus tôt, lui avait expliqué son rôle, prodigué maints conseils avisés. Il devait entendre son point de vue, car leur relation devait être libérée de toute dimension affective. Telle était la règle. Mais le reproche le blessa et attisa les doutes qu'il entretenait depuis le début de sa relation avec Clara. Il savait que son objectif professionnel ne cadrait pas avec la présence, la personnalité, les origines de Clara. Si elle aussi voulait plus que tout réussir dans son art, leurs univers étaient différents, voire opposés. Leurs milieux, leurs rythmes de vie, leurs rapports au monde même divergeaient. Certes, elle ne lui reprochait jamais ses soirées de travail, ses voyages d'affaires mais elle savait se montrer persuasive quand il s'agissait de l'attirer à elle et l'amener à lui consacrer du temps. Bien entendu, son affection le touchait. Elle était même l'un des éléments clé de son attirance, lui qui avait été élevé par des gouvernantes et avait seulement reçu de ses parents des directives ou des conseils. En vérité, s'il voulait se montrer totalement honnête, l'amour de Clara le perturbait, l'entravait. Gabriel, se sentant aspiré par l'univers de sa compagne, oubliait parfois ses objectifs professionnels. Il enquillait moins d'heures de travail que ses collègues, même s'il se révélait tout aussi efficace que la plupart. Mais, dans ce cabinet, les apparences importaient autant que les résultats et il était bon de rester tard le soir pour démontrer que la vie professionnelle passait au premier plan. Grégoire avait raison : il avait été programmé pour rester seul le temps de se faire un nom ou de rencontrer une Louise. Pour autant, ce qu'Arthur et sa fiancée laissaient voir de leur amour ne l'enthousiasmait pas. Ils donnaient l'impression d'être des associés réunis par la même volonté de conquérir un avenir plutôt que deux amoureux liés par de beaux sentiments. Oui, Clara était différente de Louise et de toutes ces femmes qu'il avait auparavant côtoyées. Et c'est précisément pour cela qu'il l'aimait. L'empêcherait-elle de réussir ? Il l'ignorait. En revanche, il savait que peu de ses amis l'appréciaient. Elle les embarrassait. Sa méconnaissance des codes, son manque de culture, suscitaient même de discrets sourires ironiques. Cela le gênait-il ? Pas vraiment. Il trouvait même un certain plaisir à constater cette discordance, comme si lui-même revendiquait sa différence en s'affichant avec elle. L'uniformité des profils de ces marathoniens de la réussite le faisait frémir : les mêmes ambitions, les mêmes costumes, les mêmes loisirs, les mêmes sujets de conversation… Et l'idée de n'être qu'un modèle de série, fut-elle limitée, le contrariait au plus haut point.

Il sentit un vague d'angoisse le gagner. Pour l'éteindre, il se rendit à son bureau et ouvrit ses dossiers.

Chapitre 6

La femme de ménage entra dans l'appartement, posa son manteau et, après avoir jeté un regard sur la pièce principale, soupira, exaspérée. L'autre était encore là ! Et, une fois de plus, elle avait rangé et nettoyé le séjour et, sans doute, le reste de l'appartement. L'intruse cherchait-elle à la faire renvoyer ?

Auparavant Oxana Dimitri venait s'occuper des lieux avec plaisir. Le logement était agréable et son jeune propriétaire beau et très généreux. Depuis son arrivée en France, elle avait officié chez de nombreux particuliers. La plupart du temps, ils négociaient âprement ses services et n'étaient jamais contents. Quand il s'agissait d'une famille sans grands moyens, elle acceptait de travailler au minimum acceptable et, compréhensive, ravalait sa fierté en cas de reproches. Mais elle n'appréciait pas de voir marchandé son taux horaire lorsque les logements témoignaient d'un niveau de vie convenable ! Les clients devaient aussi se montrer compréhensifs ! Que représentaient deux ou trois euros de plus de l'heure pour eux, alors que, pour elle, le gain se révélait significatif ? Deux ou trois cents euros de plus par mois n'étaient pas rien pour une femme subvenant aux besoins de deux filles et aidant sa mère, restée au pays.

Au premier rendez-vous, avisant le luxe de l'appartement de monsieur Gabriel, elle avait résolument exigé seize euros de l'heure ! Il avait accepté. Maligne, elle avait ajouté que s'il fallait laver et repasser le linge, le tarif serait plus élevé. Il n'avait pas bronché. Il lui avait même confié un trousseau de clé, lui faisant d'emblée confiance.

Du coup, elle s'était sentie mal à l'aise d'avoir été si avide. Ne pouvant revenir en arrière – impossible du reste de manquer une telle occasion d'accroître ses revenus –, elle s'était promis de lui donner entière satisfaction. Aucun appartement ne se verrait aussi bien entretenu que le sien ! Et les vêtements de monsieur Gabriel seraient toujours propres et parfaitement repassés. Elle avait, en outre, pris l'habitude de lui préparer des petits plats qu'il semblait apprécier, à en voir les casseroles vides retrouvées dans l'évier. Elle était la seule femme des lieux et cette idée lui plaisait ! Bien sûr, certains matins, elle relevait les traces d'une présence féminine. Du rouge à lèvres sur un verre, un coton maculé de démaquillant dans la poubelle… Il lui était même arrivé de croiser certaines conquêtes de son jeune patron, rarement il est vrai, car, la plupart du temps, elles quittaient l'appartement avec lui. Aucune n'avait jamais pris soin de ramasser ne serait-ce qu'un verre ! Et aucune n'était demeurée plus d'une semaine ! Jusqu'au jour où elle avait trouvé cette jeune femme faisant de la gymnastique dans le salon. Elle l'avait ignorée, pensant la voir rapidement disparaître, mais la jeune femme était restée. Et Oxana avait compris qu'il ne s'agissait pas d'une quelconque aventure.

D'emblée, la femme de ménage s'était mise à détester l'intruse. Par jalousie ? Certes non : si Oxana avait été plus jeune, elle serait sans doute tombée amoureuse de monsieur Gabriel mais, à son âge, ses sentiments s'avéraient maternels. Ce qui la contrariait au plus haut point était plutôt que cette Clara agisse presque comme la maîtresse des lieux. Pourquoi s'évertuait-elle à ranger, dépoussiérer, laver, sinon pour démontrer qu'elle ferait une parfaite femme d'intérieur ?

— Oh, bonjour Oxana, lança Clara en sortant de la douche. Je ne vous ai pas entendue entrer.

— Bonjour, Mademoiselle.

— Appelez-moi Clara, s'il vous plaît.

L'appeler par son prénom ? Pas question. Que croyait-elle ? Qu'elle ne s'apercevait pas de ses simagrées ?

Oxana alla chercher le linge à repasser, s'installa dans le séjour et commença à travailler. Il lui fallait ralentir ses gestes pour occuper son temps maintenant que la maison était propre. Et, elle n'osait pas allumer la télévision, comme autrefois quand elle était seule, craignant de déranger « l'autre ».

Elle se rendit à la cuisine chercher de l'eau pour son fer à vapeur et y trouva Clara, assise, une tasse de café à la main, le visage triste. Un sentiment mesquin la gagna. L'intruse sentait-elle la fin de son histoire poindre ? La femme de ménage en éprouva un frisson de satisfaction. La jeune femme allait bientôt disparaître et le ballet des conquêtes reprendrait. Tant mieux !

— Oxana, voulez-vous un café ? l'interpella Clara.

— Non, merci, Mademoiselle, répondit-elle en se raidissant, choquée par la proposition.

— Pourquoi ne m'aimez-vous pas, Oxana ? s'enquit soudain la jeune femme.

Oxana, surprise, fit mine de continuer à emplir sa recharge d'eau.

— Je… non… ce n'est pas vrai.

— Oh… je sais comprendre ce genre de chose. Votre regard, votre manière de m'éviter. Allez, dites-moi tout. Ça restera entre nous, je vous le promets.

Elle virevolta, prête à braver l'insolente, mais l'air pitoyable de celle-ci la désarma.

— Eh bien… je n'apprécie pas que vous fassiez le ménage, bafouilla-t-elle. C'est mon travail. Je suis bien rémunérée et je ne veux pas le perdre.

Clara mit quelques secondes à réaliser la portée de ce que venait de lui déclarer Oxana.

— Oh… Je comprends maintenant ! s'exclama-t-elle. Mon Dieu… que je suis stupide !

La réaction décontenança Oxana.

— Je vais vous expliquer, continua Clara. Ma mère est femme de ménage. Et je me suis toujours affairée pour que la maison soit rutilante afin qu'elle n'ait pas encore à travailler en rentrant le soir. Alors, j'ai bêtement continué ici sans penser agir mal. Au contraire, j'avais le sentiment de vous soulager un peu. Je suis… désolée.

Oxana resta stupéfaite. La fille d'une consœur avait gagné le cœur de monsieur Gabriel !

— Allez, maintenant que nous nous sommes expliquées, asseyez-vous et prenons une tasse de café ensemble.

Encore abasourdie, la petite dame obtempéra, saisit la tasse que lui tendait Clara, la porta à sa bouche.

— Et… où travaille votre mère ? demanda-t-elle.

— En banlieue. Près de chez nous.

Elles restèrent un moment silencieuses.

— Vous connaissez Gabriel depuis longtemps ? interrogea Clara.

— Depuis son emménagement, il y a deux ans.

— C'est un homme fantastique, murmura Clara songeuse.

La tournure intime que prenait la conversation embarrassa Oxana qui avala une autre lampée de café afin de retourner au plus vite à son repassage.

— Mais je me pose tellement de questions, continua la jeune femme, sur le ton de la confidence. Vous pouvez me comprendre, vous.

— Ah ?

— Oui. Je suis fille d'une femme de ménage et lui le fils d'une famille riche et respectée. Et chaque jour, si je me réjouis de me réveiller à ses côtés, je me demande ce que je fais dans un si bel appartement, avec un tel homme.

La confession toucha Oxana.

— Il vous aime, c'est la seule chose qui compte, non ?

— Oui, c'est ce que je me dis. Mais je crains aussi qu'il se lasse un jour d'avoir près de lui une fille inculte. Je n'ai rien en commun avec les gens qu'il fréquente ni avec les femmes qu'il a dû séduire avant.

— Ah, ça, je vous le confirme ! s'exclama la petite femme, regrettant aussitôt sa repartie. Enfin… je veux dire pour les filles… leur genre, quoi.

Clara sourit.

— Ah bon ? Quel genre était-ce ?

— Bon… tout d'abord, je n'en ai pas vu beaucoup, mentit Oxana. Mais celles que j'ai croisées étaient… fainéantes, prétentieuses et parfois mal élevées. Y en a qui ne me disaient même pas bonjour.

— Ah ? Et ses parents, les connaissez-vous ?

— Oui. Parfois monsieur Gabriel m'envoie chez eux aider, lorsqu'ils ont une réception ou quand leur femme de ménage est absente.

— Comment sont-ils ?

Oxana hésita. Pouvait-elle s'autoriser à aborder le sujet avec Clara ? Mais le plaisir de parler et leur toute nouvelle intimité l'incitèrent à en dévoiler plus.

— Madame Sansier est autoritaire et assez froide. Monsieur Sansier, lui, plus chaleureux.

— Gabriel ne me les a jamais présentés, confia Clara. Je pense qu'il craint de les décevoir en s'affichant avec moi.

La jeune fille avait raison, mais Oxana feignit de ne rien savoir à ce sujet. Révéler que madame Sansier l'avait récemment interrogée sur la petite amie de son fils, tentant de savoir, à travers d'habiles questions, de qui il s'agissait, ses origines, son allure, son caractère et si elle s'était réellement installée chez son fils, aurait constitué une indiscrétion coupable. La femme de ménage avait d'ailleurs échappé à l'interrogatoire en prétextant que lorsqu'elle arrivait chez monsieur Gabriel, l'appartement était vide.

Elle éprouva donc une soudaine compassion pour cette fille aussi meurtrie que lucide.

— Monsieur Gabriel a suffisamment de caractère pour faire ce qu'il veut, assura-t-elle afin de la réconforter sans rien lui dévoiler de plus.

Elle termina sa tasse de café, se leva afin d'échapper à d'autres questions et annonça devoir reprendre son travail.

— Je suis vraiment désolée de vous avoir causé des soucis.

— Je ne vous en veux plus, sourit Oxana en haussant les épaules.

— Je vous propose un marché ! s'exclama Clara, le visage traversé d'un éclat malicieux.

— Un marché ?

— Oui. Je continue à faire un peu de ménage mais, en contrepartie, vous m'apprenez à cuisiner. Je connais uniquement quelques recettes basiques et j'aimerais apprendre à préparer de bons petits plats.

La petite femme envisagea la proposition un instant.

— Marché conclu, dit-elle.

— Super ! On commence demain. Aujourd'hui, je travaille toute la journée.

— Vous êtes étudiante ?

— Non, danseuse.

— Ah, c'est pour ça que je vous trouve parfois dans le salon en train de faire des exercices d'assouplissement ! s'écria Oxana.

— Si cela vous intéresse, je vous donnerai quelques places pour le prochain spectacle de notre compagnie.

Oxana aurait voulu s'excuser de s'être trompée et lui confier qu'elle comprenait maintenant pourquoi un jeune homme aussi parfait que monsieur Gabriel était tombé amoureux d'elle, mais se retint. Elle accepta l'offre et partit finir son repassage.

*

Gabriel arriva en retard au restaurant. Ses parents étaient déjà installés. Son père, au téléphone, lui adressa un signe. Sa mère, mains posées sur la table, raide sur sa chaise, patientait silencieusement. Leurs yeux se croisèrent et Gabriel lui sourit, mais Lorraine Sansier resta de marbre. Il s'avança, se pencha sur elle pour l'embrasser. Elle lui tendit ses joues de manière mécanique, comme par crainte de voir son fils altérer son maquillage. Denis Sansier raccrocha.

— Désolé… un rendez-vous un peu plus long que prévu, s'excusa Gabriel.

— *Business first*, clama Denis Sansier. Alors, comment ça se passe au cabinet ?

— Bien. Notre notoriété nous préserve de la crise. Les entreprises cherchent à définir de nouvelles stratégies adaptées aux enjeux qui bouleversent l'économie et nous en profitons.

Ils partagèrent leurs considérations et convictions sur le sujet et passèrent commande. Alors que son père se montrait chaleureux et intéressé, Lorraine Sansier conservait le silence, le fixant parfois sévèrement. Gabriel comprit qu'elle attendait le moment propice pour asséner ses reproches. Ce n'était pas à un sympathique déjeuner en famille qu'on l'avait convié mais à un rendez-vous destiné à faire une mise au point, à régler des comptes.

Quand le dessert fut servi, elle prit la parole.

— Peux-tu m'expliquer pourquoi tu n'es pas venu nous voir ces derniers temps ? grinça-t-elle, sèche et revêche.

— Je te l'ai dit… J'avais pas mal de boulot.

— Ce n'est pas l'unique raison, Gabriel.

— D'accord. Tu veux que nous parlions de ma… petite amie, n'est-ce pas ?

— Exact.

— Je t'en prie, répondit-il, d'avance las.

Lorraine posa à nouveau ses mains sur la table et afficha une ferme détermination.

— Tu n'es jamais resté aussi longtemps avec une de tes conquêtes. Et aucune n'a eu le privilège d'emménager chez toi. Dois-je donc en conclure que, cette fois, c'est du sérieux ?

— En effet. Je suis bien avec cette fille, maman.

— Avec une danseuse donc.

Gabriel ne s'étonna pas que sa mère fût si bien informée.

— Oui, avec une danseuse… répéta-t-il, irrité. On peut être bien avec une danseuse, figure-toi. Elle est gentille, attentionnée, sérieuse.

— Et sans doute fort intéressée par ce que tu représentes, rétorqua Lorraine, acerbe.

— Pas du tout ! s'exclama Gabriel piqué au vif. Elle m'aime pour ce que je suis, non pour ce que je possède.

— Ah, elle t'aime. Et tu l'aimes aussi sans doute ? interrogea-t-elle, agressive.

Denis Sansier observait l'échange avec détachement, comme si le sujet le concernait de loin. S'il jugeait son épouse souvent trop dure, l'éducation qu'elle avait donnée à son fils avait permis d'en faire un adulte responsable, un professionnel brillant. Et, de toute façon, jamais il ne lui avait paru légitime de s'immiscer dans les affaires familiales. Étant la plupart du temps absent du domicile conjugal, il avait délégué ses pouvoirs à son épouse.

— Oui… je l'aime.

— Tu l'aimes ? Et, que comptes-tu faire ? L'épouser ?

— Je ne sais pas encore. C'est trop tôt, asséna Gabriel.

— Ce qui veut dire que tu pourrais, à terme, l'envisager ? lança Lorraine, visiblement effarée.

— Arrête, maman ! Je vis une jolie histoire avec une fille bien. Pour l'instant, nous en sommes là. Je ne tire aucun plan sur la comète.

Denis Sansier intervint, d'une voix calme.

— Ne nous énervons pas. Gabriel, ta mère et moi sommes juste inquiets de découvrir que tu te lances dans une histoire d'amour avec une fille un peu... bohème, à un moment important de ta vie. Nous craignons que tu ne relâches tes efforts.

— À un moment important de ma vie ? s'emporta Gabriel. Mais ma vie se résume à une suite ininterrompue de moments importants, à un enchaînement d'enjeux essentiels. J'ai l'impression d'avoir consacré des années à passer des examens, des concours, à avoir sans cesse cherché à vous satisfaire, à vous rendre fiers de moi !

Lorraine plissa ses yeux.

— Nous reproches-tu, maintenant, l'éducation que nous t'avons donnée ?

— Mais non, maman, répondit-il dans un souffle d'exaspération. Ce que je veux dire c'est que je suis en âge, désormais, de savoir ce qui est bien pour moi.

— Comme, par exemple, envisager de vivre avec une... danseuse ? persifla-t-elle.

Gabriel planta son regard dans les yeux de sa mère et serra la mâchoire.

— En fait, il n'y a que cela qui te dérange : qu'elle soit danseuse !

Il s'avança un peu plus, au-dessus de la table.

— Nous sommes au XXIe siècle, maman ! Vous me jouez quoi là ? Vous revisitez la lutte des classes selon votre vision du monde ? Peu importe ce qu'elle fait et d'où elle vient ! As-tu oublié que papa est issu d'une famille modeste ?

— Ne mélange pas tout ! se défendit vivement Lorraine Sansier. Quand j'ai rencontré ton père, il était un jeune et brillant étudiant.

— Et c'est pour ça que tu es tombée amoureuse de lui ? S'il avait été boulanger ou plombier, tu ne l'aurais pas regardé ?

— Calmez-vous ! ordonna Denis. Il ne s'agit pas de considérations bassement sociales, Gabriel. Ta mère et moi nous inquiétons seulement de savoir si tu as fait un bon choix.

— Si telle était vraiment la question, il suffisait de m'interroger à propos de Clara. Ou mieux, de la rencontrer pour vous faire un avis. Doutez-vous de ma capacité à savoir ce qui est bon ou mauvais pour moi ? Est-ce toute la considération que vous me portez ?

Un silence chargé de tension s'installa.

— Bon, j'ai une réunion, s'exclama Gabriel en se levant brusquement. Merci pour ce charmant et convivial déjeuner !

Il se contenta d'un signe de tête pour les saluer et quitta le restaurant sous le regard courroucé de sa mère.

Trois semaines avant

Chapitre 7

Il se posa encore la question : était-ce l'unique solution ? Oui, il n'avait pas le choix. Il y avait suffisamment pensé. S'il n'agissait pas, il passerait quelques années derrière les barreaux. Ou, avec un excellent avocat, seulement quelques mois. Mais, dans tous les cas, il perdrait tout ce qu'il avait bâti, se verrait réduit à néant.

Il n'en revenait pas : sa vie avait basculé du jour au lendemain, à cause d'un imbécile, d'un incompétent qui s'était mis en tête de foutre en l'air son travail. Une bouffée de colère l'envahit. Comment cet abruti avait-il osé faire ce choix sans le consulter ? Ce con ne respectait plus personne. Inutile de réfléchir plus longtemps : pour sauver sa peau, il devait avoir le courage d'agir. Les décisions difficiles ne façonnaient-elles pas les grands hommes ?

Il posa les yeux sur le numéro inscrit sur un bout de papier, respira profondément et ses doigts composèrent les dix chiffres sur son portable.

Il entendit la sonnerie. Où résonnait-elle ? Dans quel endroit vivait le genre d'homme qu'il appelait ?

La bouchc sèchc, il avala sa salive avec difficulté.

Un verre d'eau… Boire, ouvrir sa gorge. Et respirer, lentement, retrouver son calme. Il se rendit jusqu'à la cuisine, le téléphone à l'oreille, attendant que son interlocuteur décroche, saisit un verre, ouvrit le robinet d'une main.

Il allait porter le verre à sa bouche quand la voix résonna.

— Allô ?

— Bonjour. J'appelle de la part… d'un ami commun.

— De la part de qui ? Vous pouvez parler tranquillement.

— Sylvain.

En fait, il ne connaissait pas ce Sylvain. C'était juste le nom qu'on lui avait conseillé d'annoncer. Ce Sylvain existait-il vraiment ou s'agissait-il d'un nom de code ?

— Très bien. Et que me voulez-vous ?

— J'ai une… mission à vous confier.

— Vous connaissez ma spécialité, donc ?

— Oui.

— Et mon prix ?

— Aussi.

— Alors rencontrons-nous.

— Où ?

— Le Comptoir de la Bourse, mardi soir.

— Mardi ? Mais, je ne pourrai pas…

— Mardi vingt heures.

La voix était ferme, décidée ; cela le rassura.

Il raccrocha. Dans sa main, le verre tremblait.

Quelques jours avant

Chapitre 8

Cela faisait précisément un an et dix-sept jours qu'ils vivaient leur amour, compta Clara en se laissant choir sur le canapé. Elle rejeta ses cheveux en arrière et fixa le plafond, comme si elle s'attendait à y voir projeter le film de leur histoire.

Ils avaient pris le temps de vivre leur passion. Mais les choses avaient changé. Chaque jour comptait désormais.

Devait-elle lui parler ? Pour lui dire quoi ? Qu'ils devaient dorénavant dépasser la satisfaction naïve berçant leurs jours et penser à l'avenir, planifier leur passion, donner un fondement à leur histoire ? Avait-elle le droit d'exiger plus que ce qu'elle avait ? Oui, elle en avait même le devoir.

Mais si… s'il refusait ? Si sa demande, parce qu'elle lui paraîtrait inattendue, le conduisait à partir ? Alors, cela révélerait qu'ils s'étaient fourvoyés dans une relation imbécile, percluse de romantisme mièvre, étrangère aux vrais sentiments qu'elle se plaisait à déceler dans leur quotidien. Et cela, Clara ne pouvait le croire. Bien sûr, la jeune femme aurait préféré que cela vienne de Gabriel. Une décision, une déclaration, un avenir. Mais il n'était pas prêt, elle le savait. Dans combien de mois le serait-il ? En éprouverait-il seulement l'envie un jour ?

Lui parlerait-elle ? Il le fallait. Elle verrait. Elle aviserait.

Le cœur en éveil, elle tenterait de saisir l'instant propice.

*

— Tu n'es pas couchée ? s'étonna Gabriel en découvrant Clara assise par terre, travaillant son grand écart, coudes posés au sol, un magazine ouvert devant elle.

— Comme tu peux le voir… Je t'attendais.

— Désolé, je travaille sur un dossier compliqué.

— Compliqué comment ?

— Le genre de contrat que j'aurais dû refuser. Une entreprise assez louche, confia-t-il en dissimulant l'anxiété qui le rongeait.

— Vous bossez avec des boîtes louches ?

— On travaille pour qui veut bien régler les honoraires faramineux du cabinet.

— Bon, maintenant, oublie tout et détends-toi.

Gabriel ôta sa veste, la posa sur un cintre de son placard, retira ses chaussures et les rangea près de ses innombrables autres paires, puis desserra sa cravate. Elle le regarda faire, admirative de sa méticulosité, de son assurance mâle, de sa capacité à procurer à chacun de ses gestes une élégance virile.

— Pourquoi souris-tu ? demanda-t-il.

— Tu as tellement de classe, même fatigué. Peut-être même plus encore quand tu es fatigué.

— De la classe ?

— Oui, tu possèdes ton espace. Comme un danseur.

— Un danseur, répéta Gabriel, amusé. Tu sais à quel point je suis ridicule quand il s'agit de bouger sur une musique.

— Tu danses sur la réalité. Ton espace, c'est le sol que tu foules. Ton rythme, les battements de ton cœur. Tes gestes ne sont jamais excessifs, juste calés sur une indispensable efficacité.

Il suspendit son mouvement, chercha sur le visage de sa compagne les indices d'une ironie, n'en décela pas. Face à sa sincérité, une fois encore, il ressentit un profond émoi. C'était ce qu'il adorait chez elle. Elle l'observait, l'analysait comme s'il était l'être le plus curieux et fascinant du monde. Elle l'aimait pour ce qu'il était quand tous les autres l'appréciaient seulement pour ce qu'il donnait à voir ou à espérer. Gabriel n'avait existé jusqu'alors qu'à travers ses résultats scolaires, ses réussites, son potentiel, sa belle voiture et la carrière qui l'attendait. Clara, elle, l'aimait pour des choses insignifiantes auxquelles elle accordait une valeur démesurée.

— N'importe quoi ! s'esclaffa-t-il afin de masquer son trouble.

— Je dis la vérité ! Je ne suis à l'aise que dans l'enchaînement de gestes maintes fois répétés. Mes mouvements donnent l'illusion d'être naturels mais ils sont uniquement le résultat d'efforts soutenus. Toi, tu es en accord avec ton corps. Comme les félins qui marchent avec grâce dans une nature dont ils connaissent les aspérités, les dangers.

— Un félin ?

— Un magnifique félin des villes et de la jungle des affaires.

— Le félin va s'ébrouer au point d'eau le plus proche, plaisanta-t-il. À son retour, il aura sans doute envie d'éprouver sa puissance.

— Et de dîner ?

— Oui. Nous verrons dans quel ordre.

*

Allongés, ils se tenaient la main, les yeux perdus dans les instants qu'ils venaient d'occuper.

— À ton avis, quelle robe dois-je mettre pour le mariage d'Arthur et Louise ?

Gabriel porta la main de Clara à sa bouche, l'embrassa.

— Ce n'est pas une réponse, murmura-t-elle.

— Et ce n'était pas une question. Tu la poses à voix haute pour exprimer ta préoccupation, mais tu n'attends aucun conseil de ma part.

— Tu connais si bien les femmes ?

— Tu seras belle dans n'importe quelle robe.

— Ça, c'est une réponse d'homme. En fait, il ne s'agit pas pour moi d'être belle. Je veux juste… te faire honneur. Il y aura tes amis et… tes parents aussi.

À cette perspective, Gabriel ne put s'empêcher de frémir. Oui, ses parents, qu'il n'avait pas vus depuis leur houleuse discussion au restaurant, seraient présents.

— Ma venue à ce mariage t'embarrasse ? s'enquit-elle, d'une voix qu'elle espéra neutre.

Il reçut la question comme une gifle.

— Qu'est-ce que tu racontes ?

— Ne nous racontons pas d'histoire : je sais que tu redoutes de m'introduire dans ton monde, de me présenter à ta famille. Si Arthur ne m'avait pas invitée, tu ne m'aurais pas proposé de t'accompagner. Comme à toutes ces autres fêtes auxquelles tu t'es rendu sans moi.

— Mais qu'est-ce que tu vas imaginer ! s'écria-t-il.

Il distingua son visage dans la pénombre, lut sa soudaine fragilité et ajouta :

— Je t'aime, n'en doute pas.

— Il ne s'agit pas de ça, Gabriel. Je sais que tu m'aimes, mais je ne suis pas le genre de fille que tes parents, tes amis attendent. Et t'accompagner à ce mariage revient à officialiser notre relation, n'est-ce pas ?

— Je n'ai pas honte de toi, Clara ! Bien au contraire ! se défendit-il.

— Mais ?

— Mais… mes parents sont… sont ce qu'ils sont. Je n'arrive jamais à aborder simplement avec eux les sujets qui me touchent. Depuis que je suis gamin, chacune de nos discussions me donne l'impression de passer un examen. Celui du fils parfait.

Gabriel lui caressa les cheveux.

— Tu n'es pas en cause, c'est leur mentalité à la con qui me pose problème. Mais bon, ils sont mes parents et je les respecte.

Clara se redressa, affichant l'air de défi qu'elle arborait toujours face aux situations sensibles. Un masque destiné à cacher ses sentiments, à paraître sûre d'elle quand elle était, au contraire, blessée.

— Ce n'est donc qu'une question de temps et de conventions ?

— On peut le dire ainsi, répondit Gabriel, sur ses gardes.

— Ce qui signifie que je ne suis pas seulement ta petite amie, ton amour du moment ? demanda-t-elle d'un air provocateur. Ce qui veut dire, également, que tu pourrais envisager de... passer ta vie avec moi ?

Étonné par la salve, Gabriel balbutia.

— Oui... enfin, je veux dire...

— Réfléchis bien à ce que tu veux dire, justement.

— Mais pourquoi te mets-tu dans cet état ?

— Parce que je tiens à savoir ce que je représente pour toi !

Malgré son embarras et sa difficulté à comprendre les raisons de ce subit élan, Gabriel contempla la beauté de Clara, beauté exaltée par cette surprenante révolte.

— Sois certaine que je t'aime, que notre amour est la plus belle chose qui me soit arrivée et que je suis fier d'être à tes côtés.

— Ce n'est pas une déclaration digne d'une comédie romantique que je te demande, Gabriel !

Vexé par la remarque, il s'emporta.

— Alors que veux-tu ? La promesse que je ne te quitterai jamais ? Une demande en mariage ? Je ne sais pas, Clara ! Je suis incapable, aujourd'hui, de te donner plus. Incapable de prendre une décision aussi importante ! Voilà un an que nous sommes ensemble. Un an de bonheur, certes. Mais c'est, à mes yeux, trop juste pour envisager une vie à deux, non ?

Il vit des larmes couler sur les joues de Clara, ses lèvres frémir.

— Merci, j'ai ma réponse.

— Mais non, tu n'as aucune réponse ! Je t'aime, je suis heureux avec toi ! Mais pourquoi veux-tu brusquement bousculer notre bonheur en exigeant des réponses fermes sur un sujet aussi sérieux ? J'ai grandi dans un milieu qui m'a contraint à peser chaque mot et acte en vertu de ses conséquences sur l'avenir. Comme si le présent n'existait pas autrement que dans sa capacité à préparer le futur. Avec toi, j'ai trouvé autre chose : le plaisir du moment, de l'instant. Tu m'as appris à m'arrêter sur les bonheurs simples qu'offre l'existence. Mais, maintenant, comme mes parents, tu voudrais que je regarde plus loin.

Elle se leva, chercha ses vêtements.

— Mais merde ! Qu'est-ce que tu fais ?

Clara ne répondit pas, s'habilla rapidement.

— Mais enfin Clara ! Qu'ai-je dit de si incroyable ?

— Rien, tu n'as rien dit d'incroyable, justement.

— Où vas-tu ? demanda-t-il en se levant à son tour.

— Prendre l'air.

— Mais il est minuit ! Reste, je t'en prie. Nous reparlerons de tout cela demain !

Elle traversa rapidement l'appartement, saisit son sac au passage et s'enfuit.

*

Pourquoi Clara avait-elle réagi si vivement ? Gabriel ne l'avait jamais vue s'emballer ainsi. Il leur était déjà arrivé de constater des divergences d'opinions, voire de hausser le ton à l'occasion de désaccords plus importants, mais ils finissaient toujours par en rire. Jamais ils ne s'étaient fâchés. Cette première dispute l'ébranla.

Clara possédait-elle une part d'ombre jamais encore décelée ? Des facettes inconnues de sa personnalité allaient-elles maintenant apparaître et lui déplaire au point de ternir leur relation ? En fait, il savait si peu de chose de sa compagne. Elle refusait de parler de son passé, se retranchait dans un mutisme inquiétant dès qu'il la questionnait à ce propos. Elle avait seulement évoqué un jour, sans entrer dans le détail, le décès de son père suite à un cancer foudroyant, les difficultés rencontrées pour affronter la dépression de sa mère, le manque d'argent et l'éducation de son jeune frère. Que cachait-elle derrière ce rempart érigé entre sa vie actuelle et son enfance, sa jeunesse ?

Cette querelle le perturbait d'autant plus qu'elle ramenait leur relation à une dimension fort réaliste alors qu'il se plaisait à la croire exceptionnelle, presque magique. Telles étaient bien les femmes ! À peine installées au cœur d'une situation dont elles pouvaient jouir pleinement, elles se projetaient dans l'avenir, exigeaient d'être élevées vers d'autres sommets. Les femmes ? Mais il avait toujours pensé Clara différente des autres !

Perturbé, Gabriel s'allongea, un bras derrière la nuque, les yeux grands ouverts sur l'obscurité qui, il le savait, ne lui offrirait aucun repos.

*

Clara n'avait pas dormi. Tout au plus s'était-elle assoupie quelques instants. Elle se leva, alla jusqu'à la fenêtre, jeta un coup d'œil sur le jardin. Les rosiers, les clématites pourpres et la mare de l'hôtel, bordée de saules, dans laquelle des canards se promenaient nonchalamment, ne lui provoquèrent pas le ravissement éprouvé lors de leur réveil dans cette chambre, après leur première nuit. L'établissement, ils l'avaient alors choisi ensemble, désireux de trouver un décor romantique à ces instants qu'ils souhaitaient exceptionnels. Et ils l'avaient été.

Après avoir quitté Gabriel, furieuse, désemparée, elle n'avait su où aller. Impossible de se réfugier chez son amie Sabrina ou de retourner chez sa mère. Elle n'éprouvait ni l'envie de se confier ni la force de cacher sa peine. Aussi, avait-elle roulé les yeux pleins de larmes, puis, découvrant un panneau indicateur, s'était souvenue de l'hôtel. Fallait-il être stupide pour chercher à calmer ses émotions là où tout, ou presque, avait commencé ? Mais elle n'avait pas réfléchi, juste cédé à une impulsion. Peut-être avait-elle inconsciemment voulu y retrouver l'empreinte des sentiments qui l'animaient alors, voire y puiser l'énergie et la lucidité dont elle avait aujourd'hui besoin ?

Son téléphone sonna. Gabriel avait tenté de la joindre à plusieurs reprises mais elle n'avait pas répondu. Tout comme Sabrina, qui, alertée par Gabriel, lui avait laissé des messages. Voyant le prénom de son frère s'afficher sur l'écran, elle décrocha.

— Kevin ?

— T'es où ? demanda l'adolescent d'une voix laconique.

— Pourquoi cette question ?

— Ton mec n'arrête pas de m'appeler. Il a laissé des messages. Il dit qu'il te cherche. Tu l'as largué ?

— On s'est disputé.

— Et tu t'es cassée ?

— Oui.

— Bien joué, jubila Kevin. T'es chez Sabrina ?

— Non. Dans un hôtel, à l'extérieur de la ville.

— Il a l'air grave inquiet ! s'esclaffa son frère.

— Ce n'était pas le but. Je voulais juste prendre du temps et réfléchir.

— T'as des problèmes ?

— Non mon cœur, répondit-elle pour éviter toute explication.

— Ne m'appelle pas mon cœur ! Je suis plus un gosse !

— Tu restes mon petit frère adoré.

— Tu vas le quitter, ce connard ?

Clara frémit à cette idée.

— Pourquoi tu ne l'aimes pas ? l'interrogea-t-elle, évitant ainsi de répondre.

— J'sais pas. Je crois que j'aime pas l'air de con satisfait qu'il affiche quand il est avec toi.

— Ce n'est pas vrai, il n'est pas comme ça !

— Alors ce sont ses costumes, sa bagnole, sa montre de frimeur qui me foutent les boules. Ce mec est un frimeur, voilà, c'est ça ! Il a tout obtenu de la vie, pas parce qu'il le méritait mais parce que ses parents ont du fric !

— Tu te trompes Kevin. Gabriel est un bosseur. Il a fait de belles études. Tu es jaloux de ce qu'il possède, c'est tout.

— Non, c'est pas ça.

— Ou alors… tu es furieux parce que tu n'es plus le seul homme dans ma vie, plaisanta Clara.

— Dis pas de connerie. Je pense seulement qu'il ne peut pas te rendre heureuse. Il est trop différent de nous.

La remarque toucha Clara.

— C'est parfois, aussi, ce que je me dis, admit-elle.

— Ben tu vois, on est d'accord.

— On ne fait pas partie du même monde et je pense qu'il se lassera un jour de moi.

— C'est pour ça que tu t'es barrée ?

— Pour ça… et pour d'autres raisons.

— T'es malheureuse, là ?

— Oui. Enfin, un peu. Mais tu me connais, je m'en sors toujours.

— J'sais.

— Et toi, comment ça va ? As-tu trouvé du travail ?

— Bon, si on aborde mes dossiers, je préfère couper.

— Réponds.

— J'ai des plans.

— Des plans… souffla-t-elle, exaspérée.

— Bon, je te laisse. Je te rappelle ce soir.

Elle voulut le retenir mais Kevin avait déjà raccroché.

À l'extérieur, un couple venait de s'installer à une table située près de la mare pour prendre son petit déjeuner. L'homme saisit la main de sa compagne, l'embrassa. Elle, en retour, lui caressa le visage puis prépara un toast et le lui tendit. Clara sourit tristement face à ce tableau. Sans doute s'agissait-il de nouveaux amoureux pour se montrer si tendres. Peut-être, comme eux un an auparavant, s'éveillaient-ils après une première nuit d'amour et ressentaient-ils cette passion mêlée de pudeur qui naît du sentiment de s'être tout donné, tout révélé, sans avoir rien perdu ? Seraient-ils encore amoureux d'ici un an ? Devait-elle interpréter cette scène comme un signe du destin lui enjoignant de tourner la page sur cette magnifique période de sa vie ?

À cet instant, le couple se retourna, souriant. Ils adressèrent quelques paroles à une personne qu'elle ne voyait pas. Puis, un enfant apparut en courant et se jeta dans les bras de la femme.

Une larme roula sur la joue de Clara.

*

Gabriel n'avait pas rejoint ses amis pour déjeuner. Comment feindre l'insouciance alors que son esprit était totalement accaparé par Clara ? Clara qui ne répondait pas à ses appels, ignorait ses messages. Il marcha un peu, puis s'installa à la terrasse d'un café, commanda un expresso. Il aurait aimé déceler dans l'activité environnante les signes d'une compassion, une fêlure dans le quotidien faisant écho à celle qui menaçait de disloquer son cœur. Mais le monde continuait à tourner, indifférent à ses soucis. Durant la matinée, les réunions de travail, les appels téléphoniques, les gestes et actions qui constituaient cette routine à laquelle il sacrifiait d'habitude avec plaisir, lui avaient paru obscènes. Aussi, s'était-il enfermé dans son bureau, essayant vainement de travailler tant son esprit lui refusait la moindre concentration.

Était-il possible que leur histoire s'achève sur une dispute dont il ne comprenait pas les fondements ? Ça n'avait aucun sens ! Il préférait croire à une brouille passagère, voire, au pire, une première crise de couple.

Lui d'habitude si prompt à réagir, à trouver les moyens d'endiguer les problèmes de ses clients, à prendre des décisions, se sentait démuni, réduit à attendre que Clara se manifeste.

— Je peux ?

Il leva les yeux. Lucas se tenait devant lui. Il souriait mais ses yeux fouillaient ceux de Gabriel, cherchant à y lire les raisons de ses préoccupations. Sans attendre une éventuelle réponse, son collègue s'assit face à lui.

— Alors ? se contenta-t-il de demander.

— Alors quoi ?

— Pourquoi tu fais la gueule ?

Lucas était le plus attachant des amis de Gabriel. Son intelligence vive et sa capacité de travail en avaient fait un des collaborateurs les plus en vue de la boîte. Mais c'est sa gentillesse et sa sollicitude que Gabriel appréciait chez lui, qualités étranges car a priori incompatibles avec son statut. Il était de mise au cabinet d'afficher une distance, une froideur proportionnelles à sa réussite. Mais Lucas était resté le même. En passe de devenir associé, il continuait à s'intéresser à ses collaborateurs, les questionnait sur leurs familles, leurs week-ends, leurs inquiétudes quand il en décelait. Issu d'un milieu modeste, il s'était hissé à force de travail et de volonté au rang des meilleurs élèves d'une des toutes premières écoles de commerce et se sentait redevable de cette chance. Gabriel s'était rapidement lié d'amitié avec lui. Sans doute appréciait-il chez Lucas ce qu'il avait admiré chez son père, la similitude de leurs parcours.

Lucas commanda une bière puis posa ses coudes sur la table et se pencha, comme pour mieux accueillir les confidences de Gabriel.

Si ce dernier n'était pas du genre à se confier aisément, il se sentit incapable de mentir. Et il éprouvait le besoin de mettre des mots sur son angoisse.

— Clara et moi nous sommes disputés, débuta-t-il.

— Sérieusement ?

— Oui. Enfin, je ne pensais pas. Ça a commencé comme une banale conversation de couple. Puis, sans que je comprenne vraiment pourquoi, elle s'est emballée et a fini par partir, en pleine nuit. Et je ne sais pas où elle est. Elle ne répond pas à mes appels.

Lucas hocha la tête, pensif.

— À quel propos vous êtes-vous fâchés ?

— À propos de… mon engagement. Elle n'a jamais rien dit à ce sujet, et là, tout à coup, elle exige de savoir si j'envisage de vivre ma vie avec elle.

— Tu n'as rien vu venir ?

— Non. Enfin… ces derniers temps, je la sentais stressée, inquiète, mais sans plus. Clara n'est pas du genre à laisser paraître ses émotions… Ni à exiger quoi que ce soit d'ailleurs.

— À mon sens, elle cache sa sensibilité pour ne pas se laisser atteindre.

— Mais tout allait bien entre nous !

Lucas eut une mimique pour dire l'inanité de la réaction de Gabriel. Puis son visage se fit grave, comme s'il cherchait une réponse appropriée.

— Abordons le sujet de manière générale. Il existe une différence fondamentale entre les hommes et les femmes : nous, nous avançons la tête baissée, les yeux posés sur le présent, en profitant, ou pas, de chaque moment ; les femmes, elles, marchent la tête haute, le regard scrutant l'avenir, cherchant dans le présent le moyen de le décoder, de le préparer. Elles voient plus loin que nous. Bien souvent, elles s'envisagent comme épouse et mère en devenir. Nous, nous devenons mari et père par la force des choses. D'ailleurs, nous brillons parfois par notre incapacité à en assumer les rôles et responsabilités.

— OK, mais pourquoi cet emballement soudain ? interrogea Gabriel. C'était la première fois qu'on en parlait. Nous pouvons progresser doucement dans cette réflexion et, elle, m'aider à faire ce chemin.

— Vous n'en aviez jamais parlé explicitement, mais Clara a dû interpréter des signes, des attitudes, des comportements. Il n'y avait vraiment aucun sujet de malaise entre vous ?

— Si… le fait qu'elle ne connaisse pas mes parents, reconnut Gabriel.

— Tes parents ignorent que tu vis avec Clara ?

— Non, mais ils ne l'acceptent pas. Ils sont assez vieux jeu, ont toujours régi ma vie et croient savoir ce qui est bien ou pas pour moi.

— Et elle n'est pas… assez bien pour eux, conclut Lucas.

— Elle ne correspond pas à la belle-fille dont ils rêvaient.

— Je vois… La belle-fille idéale est issue d'une bonne famille. Mieux, d'une famille appartenant à leur réseau.

— Oui, c'est à peu près ça. Je ne leur en veux pas d'être ainsi, c'est le fruit d'une éducation. Une éducation d'un autre âge.

— Et, donc, tu ne tiens pas à leur présenter Clara…

— Ce n'est pas ça. Je crains juste qu'ils gâchent mon bonheur, lâcha Gabriel en ouvrant les mains.

— Tu es sûr qu'il s'agit de la seule raison ? T'es-tu totalement affranchi de ton éducation conservatrice ?

Gabriel fronça les sourcils.

— Que veux-tu insinuer ? Que je doute de mon amour pour Clara ?

— Un peu. Consciemment ou non.

— Impossible ! s'offusqua Gabriel.

— Alors pourquoi ne parviens-tu pas à te projeter dans l'avenir ? À imposer tes choix ? À affronter tes parents ?

— J'attendais que l'occasion se présente. Et elle va se présenter : ils seront au mariage d'Arthur et Louise.

— OK. Mais tu redoutes leur réaction.

— En effet, admit Gabriel. J'aimerais que les choses se fassent avec douceur. Je leur dois un certain respect.

— Et Clara ? Ne lui dois-tu pas une sincérité absolue ?

— Bien entendu. Pourquoi cette question ?

— Parce que tu as laissé trop de non-dits s'insinuer dans votre relation. Elle interprète tes silences, tes fuites en avant et se fait son film.

— Que devrais-je faire, selon toi ?

— Aborder avec elle le sujet comme tu viens de le faire avec moi. Lui expliquer tes doutes, tes craintes. Elle comprendra. Et agir de même avec tes parents.

Gabriel prit sa tête entre ses mains et inspira profondément. S'il pensait possible d'ouvrir son cœur à Clara, engager ce genre de conversation avec ses parents s'avérerait autrement plus ardu.

— J'ai fait mien un principe, confia Lucas : quand on n'a plus l'esprit assez clair pour raisonner, plutôt que de suivre le courant de ses doutes et risquer de se noyer, mieux vaut se hisser sur une vérité essentielle et s'y abandonner.

— Une vérité essentielle ?

— Oui. Qu'est-ce qui est le plus important pour toi, aujourd'hui ?

— Ne pas perdre Clara !

— Alors, tu sais ce qu'il te reste à faire.

*

Gabriel saisit son portable, composa un message, aussi fébrile qu'hésitant. Pouvait-il encore recourir aux règles du jeu de leur amour alors que celui-ci paraissait menacé ? Mais il éluda ses doutes. Il fallait qu'elle lui réponde. Il ne supporterait pas de la savoir loin de lui une nuit de plus.

Ne me quitte pas
Il faut oublier

Tout peut s'oublier
Oublier le temps des malentendus
Et le temps perdu à savoir comment

*

Clara sourit. Bien entendu le message de Gabriel lui parut désuet en regard des enjeux. Mais, suite à ses nombreux messages matinaux, il ne s'était plus manifesté et elle s'était inquiétée de ce silence. Peut-être s'était-il fait à l'idée de ne plus la revoir ? Son attitude avait pu le décevoir au point qu'il se soit mis à douter d'elle, de leur amour ? Après tout, était-il responsable de ce qui arrivait ? N'était-ce pas elle, qui, poussée par la nécessité du moment, avait unilatéralement décidé d'accélérer la cadence de leur histoire ?

L'amour est tel qu'il vous conduit à passer d'un argument à son contraire, songea-t-elle, juste pour éteindre le feu des émotions, vous donner un répit pour souffler ; et vous vous retrouvez prêt à trahir vos positions, à déceler du courage où vous ne voyiez alors que de la lâcheté, à donner aux vérités les couleurs du mensonge, à passer de victime à bourreau et inversement.

Ce SMS était léger, puéril, inapproprié mais, au reste, il indiquait que Gabriel était toujours prêt à l'accueillir, à l'aimer.

Le téléphone vibra une seconde fois.

OK c'est con. Mais c'est tout ce dont je suis capable. Cette chanson vient de passer à la radio et j'ai failli pleurer (j'ai pleuré en fait, mais ne le reconnaîtrai jamais).

*

Il tenait sa main dans la sienne, première approche timide acceptée par Clara qui paraissait hésiter encore sur l'attitude à adopter suite à leur discussion.

En effet, la jeune femme hésitait. Devait-elle céder et laisser ses sentiments briser le masque froid qu'elle s'était composé pour l'acculer un peu plus dans ses retranchements ? Mais, devant sa mine déconfite, face à sa soudaine vulnérabilité, elle fut gagnée par l'indulgence. Il n'était plus l'homme sûr de lui mais un petit garçon en quête d'amour. Et elle aimait les deux. Ce qu'il lui avait confié en cherchant ses mots, en énonçant chaque phrase comme on avance prudemment dans le noir, avec la crainte de chuter, l'avait émue.

Gabriel embrassa la main de Clara et se pencha sur la table pour se rapprocher d'elle.

— Tu te souviens de mon histoire sur les deux rivières destinées à s'unir ? Celle qui t'avait tant fait rire.

— Oui, répondit-elle, surprise.

— J'en ai une autre.

— Oh non, pitié ! dit-elle, amusée.

Il inspira et déclama tel un piètre tragédien.

— L'avenir est un océan dont je longe les côtes, faute d'avoir le courage d'y entrer. Je préfère laisser les vagues venir me bousculer, me bercer. Ne pars pas toute seule, ne t'éloigne pas de moi. Si tu le faisais, peut-être m'élancerais-je à ta poursuite. Peut-être me noierais-je avant de t'avoir rejointe. Peut-être aussi resterais-je sur la rive à guetter ton retour. Je ne sais pas. Mais sois sûre que si tu m'attends, si nous préparons ce voyage, nous embarquerons ensemble.

Clara ne put réprimer un sourire.

— C'est nul, asséna-t-elle en secouant la tête. À quel mauvais auteur as-tu piqué ces mots ?

— Heu… je les ai écrits. Et appris, reconnut-il en mimant un embarras exagéré, heureux de la voir fléchir.

— Et, tu pensais vraiment qu'ils pourraient me convaincre ?

— Non, juste te faire sourire. Et j'avais raison, expliqua-t-il d'un air triomphateur.

— Je te déteste, lâcha Clara, vaincue.

— Oui, moi aussi je t'aime. Alors, autant rester assis ensemble sur la plage à regarder les vagues…

Elle laissa échapper un nouveau rire.

— Que suis-je censée faire maintenant ? questionna-t-elle.

— Tu as le choix entre m'embrasser ou… me laisser t'embrasser.

— Ça aussi c'est nul !

— Préparé également.

— Ah ? Et tu avais prévu quelque chose si l'idée m'était venue de me lever et partir ?

— Oui.

— Oh !

À ce moment le téléphone de Clara vibra. Gabriel, d'un signe de tête, l'invita à lire le message. Elle fronça les sourcils, ne comprenant pas. Il leva alors la main qu'il tenait dissimulée sous la table et montra son portable.

— Non !

— Si, le SMS était prêt. Je n'avais plus qu'à l'envoyer.

Elle saisit l'appareil, ouvrit le message.

Words don't come easy to me,
How can I find a way
To make you see I love you?

Clara rit franchement.

— Tu n'avais aucune chance avec ça, lui lança-t-elle.

— Quand on se désespère d'avoir gâché sa seule chance d'être heureux, on est incapable d'évaluer celles qu'il reste de la reconquérir.

— Je t'en prie… tais-toi ! s'écria-t-elle feignant d'être horrifiée par le cliché.

— Soit tu m'embrasses, soit je continue. Et, crois-moi, j'en ai d'autres… et des pires. En vingt-quatre heures sans toi, j'ai eu le temps d'en écrire.

*

Clara passa sa main dans les cheveux de Gabriel. Puis son index suivit les lignes du visage de son amant. Son front lisse, l'arête de son nez, ses lèvres si charnues, presque féminines, son menton aux courbes viriles. Au plaisir de leur réconciliation s'était substitué un sentiment oppressant de contrariété. Plus encore : un mauvais pressentiment qu'elle tenta de chasser dans un soupir.

— Pourquoi souffles-tu ? Mon physique t'exaspère ?

— Tu es beau. Tu le sais.

— Oui, je parlais d'exaspération devant tant de beauté.

Elle tenta de sourire, n'y parvint pas.

— Gabriel… je crois que nous ne devrions pas nous rendre à ce mariage, murmura-t-elle, soucieuse.

— Oh non, on ne va pas reprendre cette discussion ! geignit-il.

— Il ne s'agit pas de la même discussion. Je parle maintenant de… ne pas y aller… c'est tout.

— Et pourquoi ?

— Je ne sais pas… je… je ne le sens pas.

— À cause de mes parents ?

— Pas seulement.

Évidemment, c'était la principale raison. Se retrouver face au couple Sansier effrayait Clara. Surtout face à cette mère dont elle avait entendu parler et que, faute d'avoir trouvé des photos d'elle chez Gabriel, elle imaginait sous les traits d'une maîtresse femme, au regard acéré, pénétrant, à la bouche pincée. Le genre de personne capable de l'humilier d'une seule phrase.

— J'ai un mauvais pressentiment, Gabriel, avoua-t-elle.

Il se redressa.

— Ah bon ? Tu deviens superstitieuse ?

— Nos querelles datent du jour où nous avons reçu cette invitation. J'ai l'impression que ce mariage… nous porte malheur. On pourrait… trouver une excuse.

— Impossible ! Je ne peux pas faire ça à Arthur et Louise.

— Alors, vas-y seul.

— Pas question non plus ! Je ne veux pas y aller sans toi, s'empressa-t-il d'ajouter.

Quelques jours avant

Gabriel était coutumier des moments d'abattement de Clara, de ces périodes brèves où elle sombrait soudainement, lâchant prise sans raison apparente. Il s'était résolu à les mettre sur le compte de ce passé dont elle ne parlait jamais.

— Tu verras, tout ira bien, affirma-t-il.

Elle l'embrassa et s'allongea, le cœur lourd. Que pouvait-elle dire de plus ? Elle allait dormir, confier son anxiété à la nuit et espérer se lever plus légère. Mais elle savait qu'il n'en serait rien. Le douloureux secret qui entravait son bonheur l'agresserait dès son réveil. Et il y avait cette étrange prémonition, ou plutôt cet entrelacs de sensations confuses, qui la conduisait à imaginer un avenir plus sombre encore. Jusqu'alors, ses perceptions avaient toujours annoncé une vérité. Et celle qu'elle entrevoyait était terrible. Sans doute était-ce pour cette raison qu'elle avait fui la nuit dernière. Afin de rompre le sort.

Elle refusa de formuler mentalement cette vérité autour de laquelle s'était enroulée son appréhension pour ne pas l'ancrer dans la réalité. Mais elle ne put la nier.

Bientôt leur amour prendrait fin.

Chapitre 9

Sabrina se tenait au seuil de la cabine d'essayage. Perchée sur ses hauts talons, les bras croisés, elle toqua à la porte.

— Alors ? Tu l'as passée ? demanda-t-elle, impatiente.

— Oui… et je l'enlève ! répondit Clara.

— Ah non ! Je veux voir ! protesta son amie. Sors tout de suite !

— Non. Je suis ridicule !

— Je suis sûre que tu exagères ! Sors !

Clara apparut, affichant son désenchantement dans une mimique enfantine.

— Alors ? interrogea-t-elle.

— Eh bien… tu es, en effet, ridicule.

— Ah tu vois !

— Passe l'autre robe, conseilla Sabrina.

— Pourquoi ? C'est le même genre, à quelques détails près.

— Pour me faire plaisir.

— Te faire plaisir ?

— Tu ne peux pas savoir à quel point c'est rassurant pour moi de te trouver grotesque.

— Garce ! s'écria Clara en riant.

Sabrina était sa meilleure amie. Recrutées en même temps dans un bar du centre-ville, elles avaient immédiatement sympathisé. Sabrina était tombée en admiration devant ce qu'elle appelait la classe folle de Clara et cette dernière avait apprécié la bonne humeur de cette brune survoltée, douée pour remettre les clients trop entreprenants à leur place. Jolie femme aux longs cheveux bruns, aux yeux d'un vert qui pouvait exprimer la douceur d'un lagon ou, s'il le fallait, avoir le dur éclat de l'émeraude, aux lèvres parfaitement dessinées qui, lorsqu'elle souriait, s'ouvraient sur des dents écartées lui conférant un air de gamine espiègle, Sabrina pouvait tour à tour se montrer réservée ou expansive, se redressant alors pour affirmer ses propos haut et fort, laissant ses bras dessiner de grands mouvements comme pour mieux occuper l'espace.

Elles quittèrent la boutique et déambulèrent dans les rues, s'arrêtant devant plusieurs vitrines.

— Je ne vais jamais trouver ! se plaignit Clara. Et tu ne m'aides pas beaucoup !

— Mais qu'est-ce que j'y connais, moi, à ces fêtes princières ? se défendit son amie. Le dernier mariage auquel j'ai assisté était celui de mon cousin. Les femmes étaient déguisées en cup cakes, les hommes les mieux habillés portaient d'immondes costumes en nylon scintillant et la mariée disparaissait derrière une explosion de voiles et de fleurs artificielles. La seule chose que j'ai vue d'elle, c'est sa culotte lorsque certains invités, complètement ivres, ont décidé d'arracher sa jarretière ! J'ai bien cru qu'ils allaient la violer avec le consentement de mon abruti de cousin.

— Tiens, regarde celle-là ! s'exclama soudain Clara en avisant une tenue.

— Ah oui, d'accord, consentit Sabrina. Lève les yeux sur l'enseigne et tu comprendras pourquoi aucune étiquette n'est visible. C'est une règle : les rêves n'ont pas de prix.

— Entrons l'essayer ! proposa Clara, enthousiaste.

— Mais ça ne va pas non ? Tu sais combien elle doit coûter ? Un mois de salaire minimum, et encore avec heures sup et pourboires.

— Je m'en fous. Suis-moi.

Sabrina se résigna.

— Bon… juste l'essayer alors.

*

— Tu es complètement tarée de claquer autant de fric dans une robe que tu porteras une fois, s'indigna Sabrina.

— Elle est superbe ! répondit Clara, toute à sa joie.

— À ce prix, c'est un minimum ! Enfin c'est qu'un bout de tissu. Et la marque n'est même pas apparente. À ta place, je laisserais l'étiquette pendre négligemment, que tout le monde la voit.

Clara pouffa.

— Je ferai attention à mon budget ces prochains mois. Mais il est essentiel que je ne sois pas à côté de la plaque à ce mariage.

— Fais-moi confiance, tu ne le seras pas. Tu vas même éclipser les autres invitées. Mais tu m'inquiètes : tu ne peux pas suivre le rythme de ton mec avec tes moyens. Si encore tu le laissais t'offrir de belles tenues, te couvrir de cadeaux.

— Pas question.

— Mais enfin, je ne comprends pas ! C'est ton homme quand même !

— Oui, mais… j'ai un rapport tourmenté avec l'argent, tu le sais bien.

— Et tu ne souhaites pas qu'il pense que tu le fréquentes pour son fric, je connais la chanson.

— Au début peut-être, mais nous n'en sommes plus là. L'argent pourrit tout, Sabrina. Dans une relation entre un homme et une femme, il y a d'emblée un lien d'appartenance. C'est culturel. Alors, laisser un mec te couvrir de cadeaux, comme tu dis, t'acheter tout ce que tu désires, c'est renforcer ce sentiment de dépendance. De plus, dans son monde, les choses prennent une autre dimension. Les gens se définissent selon ce qu'ils possèdent : des biens immobiliers, de luxueuses voitures, des montres hors de prix… Moi, j'ai besoin de me sentir libre. J'ai bossé pour m'offrir ce dont j'avais besoin et il en sera toujours ainsi.

Le rapport à l'argent avait été le seul sujet de discorde entre Clara et Gabriel au début de leur relation. Tandis qu'il souhaitait lui faire goûter les plaisirs du luxe pour édulcorer le souvenir de ses années de difficultés, elle refusait un train de vie qui n'était pas le sien. Et le jour où il avait voulu lui acheter une petite voiture, elle s'était emportée.

— Je ne dois rien à personne, Gabriel, avait-elle expliqué. Je connais la valeur de l'argent. Quand je me paie quelque chose, j'en suis heureuse. J'aime ma vieille Twingo car je sais ce qu'elle représente comme sacrifice. Je me sentirais humiliée de rouler dans une auto que je n'aurais pas méritée.

— Mais c'est ridicule ! Tu la mérites ! Pour le bonheur que tu me procures chaque jour.

— Alors contente-toi de m'offrir ce même bonheur en retour.

— J'ai quand même le droit de te faire des cadeaux !

— Oui. Si je suis en mesure de te rendre la pareille.

Même si la position de sa compagne l'agaçait parfois, Gabriel comprenait ce qu'elle exprimait, admirait son sens des valeurs. Avec Clara, il n'était pas question de fréquenter des établissements étoilés. Aussi, avait-il découvert le plaisir des petits restaurants au charme discret, à la cuisine traditionnelle et aux additions légères. Et ils payaient chacun leur tour.

— Si tu étais si détachée de ça, reprit Sabrina, tu n'aurais pas accordé tant d'importance au choix de ta robe.

Clara soupira.

— Pas faux. Mais pas vrai non plus. Je ne l'ai pas achetée parce qu'elle est chère mais parce qu'elle est belle. Pas pour exhiber la griffe du couturier, mais parce que son nom m'assure de ne pas commettre une faute de goût. Je ne veux pas lui faire honte, tu comprends.

— Lui faire honte ? On est en plein délire ! Et si un jour vous vous mariez, tu persisteras à refuser son fric ? Tu le contraindras à habiter un minable deux pièces sous prétexte de vouloir payer la moitié du loyer ?

Clara resta pensive.

— Si on se mariait, répéta-t-elle… On n'en est pas là.

Sabrina décela l'ombre qui traversa le visage de son amie.

— Quel pessimisme tout à coup.

Le regard de Clara parut s'accrocher à une lointaine image.

— Hey ! Pourquoi fais-tu cette tête ?

— Il y a que… je ne sais pas où cette histoire me mène.

— Pardon ? Tu doutes de votre amour ?

— Non ! Enfin… Je ne sais plus. Tout est allé si vite entre nous ! Je ne m'y attendais pas. J'ai toujours dû me battre pour obtenir ce que je voulais. J'ai réussi à devenir danseuse. Oh, rien de bien fantastique pour l'instant, mais je vis de ma passion. L'amour… je ne m'y attendais pas. Je l'espérais bien sûr, mais j'imaginais quelque chose de simple. Un homme qui m'aurait ressemblé, avec lequel nous aurions fait des efforts pour parvenir à nous construire une vie confortable. Et Gabriel est arrivé. L'homme idéal, doux, intelligent, beau. Il a débarqué avec un avenir, le sien. Et… parfois, je pense ne pas y avoir de place. Quand je me retrouve au milieu de ses amis, même si certains sont adorables, je t'assure que la différence est évidente. C'est comme si eux et moi nous étions placés de chaque côté d'un gouffre. Nous nous voyons, nous entendons, nous tentons de communiquer mais nous savons qu'il nous sera impossible de nous retrouver un jour.

— N'importe quoi ! Qu'est-ce que tu en as à foutre de savoir comment ils te considèrent ! Seul Gabriel compte !

— Mais Gabriel est de l'autre côté du précipice, Sabrina. Car même quand il se retrouve à mes côtés, j'ai l'impression qu'il regarde au-delà et a envie de sauter pour les rejoindre. Je ne suis pas à ma place et l'empêche d'être à la sienne. Je refuse de fréquenter les grands restaurants, de l'accompagner aux somptueuses fêtes auxquelles il est invité, de partir en vacances dans des lieux féeriques… Ma seule concession à sa fortune a été d'emménager dans son appartement. Et encore… parce que cela est arrivé progressivement. Mais sais-tu ce que cela fait de se réveiller dans un superbe loft quand on n'a connu que des appartements minables ?

— Arrête, tu vas me faire pleurer ! ironisa Sabrina.

— Eh bien, passé le moment de plaisir, j'ai l'impression d'être entrée par effraction, continua Clara. Je me retrouve, chaque matin, face à la magnifique baie vitrée, j'admire la ville et… je me dis que je n'ai rien mérité de tout ça. Je pense à mon frère, à ma mère dans leur banlieue.

— Ça s'appelle le syndrome de l'imposteur, asséna Sabrina. Une maladie qui touche les gens torturés comme toi. Écoute, tu comptes pour lui. Tu lui apportes plus de bonheur que tous les lofts, toutes les belles bagnoles du monde. Tu as ta place dans cet appartement parce que tu as la première place dans sa vie !

— Oui, je me le dis parfois, mais, juste après, je pense qu'il serait plus heureux sans moi. Que je l'empêche d'avancer vers les objectifs qu'il s'est fixé.

— Ridicule. Tu sais quoi ? Je crois simplement que tu n'es pas habituée au bonheur, que tu n'as pas appris à être heureuse, à recevoir de l'amour. Alors, tout cela te paraît suspect, fragile. C'est un grand classique : quand on n'a pas l'habitude d'être heureux, on interprète le vertige de chaque instant de bonheur comme un déséquilibre, la plénitude comme une perte de contrôle. Et plutôt que de profiter du présent, on s'invente des problèmes à venir pour justifier son état. En fait, pour tous les handicapés du bonheur comme toi, il faudrait créer une formation à la félicité, un stage de réinsertion aux plaisirs de la vie.

Clara posa un regard triste sur son amie.

— Tu crois que je m'invente ces problèmes ?

— Bien sûr, ma chérie. Les temps ont changé, tu sais. Les histoires d'amour n'ont plus à pâtir des différences sociales. Les mondes ne sont plus aussi cloisonnés qu'avant.

— Oui j'admets, j'ai une… vision dichotomique du monde, marmonna Clara.

— Dico quoi ?

— Laisse tomber. Mais alors, que penses-tu du fait qu'il ait toujours évité de me présenter à ses parents ?

Clara lui raconta leurs discussions à ce sujet, lui révéla ses appréhensions quant à sa prochaine rencontre avec les Sansier.

— Bon, je pense que tu grossis le trait. Mais, quoi qu'il en soit, Gabriel n'a pas besoin du consentement de ses parents pour t'aimer. Cet homme est fou de toi ! Profite du meilleur de cet amour et cesse d'imaginer le pire.

Clara hocha la tête, à court d'arguments.

— Tu m'as tout dit, Clara ?

Les yeux de Sabrina avaient repris leur couleur émeraude.

— Oui. Pourquoi cette question ?

— Une intuition… Je crois qu'on ne passe pas du bonheur total au sombre désespoir pour des raisons aussi puériles. Tu es profondément ébranlée, je le sens.

Clara fut tentée de se confier, mais la réaction de Sabrina l'influencerait. Et elle devait prendre sa décision seule. Après le mariage.

La sonnerie du téléphone lui évita de mentir à nouveau.

Chapitre 10

Dans le cadre feutré du Comptoir de la Bourse, les deux hommes auraient pu passer pour deux businessmen. Mais il suffisait de s'approcher d'eux pour percevoir la tension qui émanait de leur discrète discussion. Le plus grand tentait de contenir son agitation en passant sa main dans ses cheveux blonds et fins. Le petit observait son acolyte d'un œil torve. Tout, dans son apparence, exprimait une puissance contenue, prête à jaillir, à agresser. Seul le tremblement nerveux de sa jambe droite trahissait son agacement.

Il observa son client avec mépris. Il n'aimait pas cet homme. Il exécrait sa manière de lui parler, de le considérer avec hauteur. Mais il était son homme de main et obéissait à ses ordres.

— Vous êtes sûr de votre coup ? demanda le premier

— J'ai tout prévu, déclara froidement l'autre. Mais on n'est jamais à l'abri d'un événement... d'un coup du sort.

— Ce n'est pas la réponse que j'attendais. Quand est-ce que ça aura lieu ?

— Ce week-end.

Le grand sortit une enveloppe.

— Il y a la moitié de la somme, annonça-t-il. Le reste... comme prévu.

L'homme au crâne rasé saisit l'enveloppe, la fit glisser dans sa poche et se leva.

— Comment serai-je tenu au courant ?

— Comme vous l'auriez été si vous n'étiez pas le commanditaire.

Le jour du drame

Chapitre 11

— Tu es… magnifique.

À ces paroles, prononcées avec une tendresse infinie, le visage de Clara s'illumina.

— Vraiment ?

— Cette robe te va à merveille.

— Merci, murmura-t-elle en virevoltant devant le miroir.

Estimant le coût du vêtement, Gabriel évalua une nouvelle fois l'importance que revêtait la réception aux yeux de Clara et en eut le cœur serré.

— Allez, nous risquons d'être en retard, annonça-t-il en saisissant les clés de la voiture.

Sur le palier, ne la voyant pas apparaître, il revint sur ses pas. Et la trouva debout au milieu du salon, le regard perdu.

— Qu'est-ce que tu as ?

Clara ne répondit pas et leva sur lui un visage déconfit.

— Hey ! Pourquoi fais-tu cette tête ?

— Je ne me sens pas bien, Gabriel.

— Tu es malade ?

— Non, ce n'est pas ça.

— Alors quoi ?

— Je ne sais pas.

Il l'attira vers lui.

— Qu'est-ce qu'il y a mon amour ? questionna-t-il tendrement.

— Je t'en prie... restons ici, supplia-t-elle.

— Ne recommence pas Clara, s'il te plaît.

— C'est ce... pressentiment.

Elle baissa la tête, comme affligée d'avouer sa crainte.

— Bon, allez, on arrête les conneries, lança Gabriel en saisissant sa main et en la tirant vers la sortie.

Elle se résolut à le suivre, le cœur serré.

*

Dans la voiture, Gabriel jeta un rapide coup d'œil sur Clara. Son air absent l'inquiéta.

Il tendit la main et lui caressa la joue.

— Tu verras, tout se passera bien. Ce sera une jolie fête.

Elle ne répondit pas, enclencha le lecteur de CD.

Les premières notes d'une chanson de Piaf retentirent.

Le ciel bleu sur nous peut s'effondrer...

Il lui sourit, passa le dos de sa main sur son visage et commença à fredonner.

Mais Clara demeura impassible, tentant de réprimer le frisson qui parcourait son dos. *L'hymne à l'amour* était leur chanson. Ils l'avaient souvent entonnée à tue-tête, substituant à la densité dramatique des paroles une autre, plus romantique. Or, cette fois, Clara percevait surtout la rage et le désespoir de la chanteuse lançant ses mots à l'assaut des cieux, s'adressant à son amoureux décédé dans un accident d'avion.

Aujourd'hui, les couplets résonnaient dans son âme comme un avertissement.

Si un jour la vie t'arrache à moi
Si tu meurs que tu sois loin de moi
Peu m'importe si tu m'aimes
Car moi je mourrai aussi

Brusquement, elle éteignit le lecteur.

— Qu'est-ce qu'il y a ? s'étonna Gabriel.

— Les paroles de cette chanson. Elles sont trop tristes.

— Mais… tu l'adores !

— Pas aujourd'hui.

Gabriel décida de ne pas attiser le malaise. Mieux valait ramener Clara à des sentiments positifs afin d'aborder la fête sous les meilleurs auspices.

Il allait présenter la femme de sa vie à ses parents et l'idée ne le réjouissait pas. Comment s'y prendre ? Quels mots choisir ? Il n'en avait aucune idée. Il improviserait.

*

Fatiguée par sa courte nuit, bercée par le ronronnement de l'Audi, Clara avait fini par se détendre et s'endormir. Elle ouvrit les yeux au moment où la voiture pénétrait dans l'enceinte du château. La beauté des lieux dissipa ses craintes un instant et elle se surprit à sourire. Les pelouses, caressées par le soleil, ressemblaient à de vastes tissus soyeux sur lesquels un peintre aurait fait jouer la magie de ses couleurs pour laisser naître, ici et là, des contrepoints de tons vifs, portés par des fleurs organisées en bosquets ou de petits arbustes. Au bout du parc, l'architecture magistrale du château imprimait à l'espace une solennité que les visiteurs, les yeux levés, attribuaient tout d'abord à la magnificence du bâtiment mais qui, ils le découvraient ensuite, émanait plutôt du mariage harmonieux entre les palettes de nuances et la structure parfaitement ordonnée de l'édifice.

— C'est magnifique, murmura Clara, descendue du véhicule.

Rassuré de voir sa compagne dans de meilleures dispositions, Gabriel confia les clés au voiturier et l'entraîna à sa suite.

— Et tu verras, la salle de réception est tout à fait prodigieuse, avança-t-il.

Les invités s'étaient dispersés dans les allées qui longeaient les parterres. Un verre à la main, dans de très belles tenues, ils discutaient d'un air enjoué. Un quatuor habillé en costumes d'époque interprétait des menuets. Clara remarqua les somptueuses toilettes et l'air emprunté des convives. Elle redressa le buste, releva la tête, décidée à ne pas se laisser impressionner.

À peine arrivèrent-ils aux abords du buffet que quelques invités se précipitèrent vers Gabriel.

— Gabriel ! cria une jeune fille en se jetant dans ses bras. Je suis si heureuse de te voir !

Il l'embrassa et ils échangèrent de rapides propos.

— Je te présente Clara, annonça-t-il. Clara, voici ma cousine Barbara.

— Enchantée, lança celle-ci en lui tendant la main alors que Clara se penchait déjà pour l'embrasser.

La cousine se détourna rapidement et prit le bras de Gabriel.

— Viens, mes frères sont impatients de te voir, ordonna-t-elle en le poussant vers un groupe.

Quand ils l'aperçurent, ceux-ci poussèrent des cris de joie et l'encerclèrent, laissant Clara sur le côté. Elle habilla sa gêne d'une expression de patience polie et amusée.

Ils le harcelèrent de questions. Lui répondit en riant, heureux de leur enthousiasme. Puis, il aperçut Clara, droite, scrutant la scène avec intérêt.

— Ah, et voici Clara.

Le petit groupe parut découvrir sa présence et l'observa avec curiosité avant de la saluer. À travers leur courtoisie, elle sentit percer une hostilité, ou peut-être un embarras, qu'elle fit mine d'ignorer. Gabriel la serra contre lui et, voyant ses amis qui discutaient à quelques pas de là, prit congé de sa famille.

— J'ai l'impression de passer un examen, lui glissa Clara à l'oreille. Et, vu les premières épreuves, je suis partie pour le louper.

— Tu es la petite amie de leur cousin adoré. Ils veulent savoir si tu me mérites ! rétorqua-t-il d'un ton léger pour dissiper le malaise.

Grégoire, Lucas et Marc les accueillirent en levant leurs verres.

Ils s'embrassèrent et, avec eux, Clara se sentit plus à l'aise. Elle aimait bien Lucas pour sa simplicité, Marc pour sa timidité. Quant à Grégoire, elle s'en méfiait, n'appréciant pas la façon dont il posait ses yeux sur elle ni le petit sourire ironique qu'il affichait quand elle s'exprimait. « Il est simplement jaloux », lui avait répondu Gabriel quand elle s'en était ouverte à lui.

— Alors, bientôt votre tour ? lança Grégoire.

— Si ça arrive, sachez que vous serez les derniers au courant, répliqua Gabriel.

— Oh oui, comme je te comprends, persifla Grégoire. Ce sont tes parents qu'il faudra prévenir en premier lieu. Enfin, je veux dire qu'il faudra... informer.

Sa perfidie n'échappa à personne. Gabriel planta ses yeux dans ceux de son camarade pour exprimer sa désapprobation mais ce dernier fit mine de ne rien remarquer.

— Tiens, ils sont là d'ailleurs, annonça-t-il en indiquant d'un mouvement de tête un groupe situé à l'autre bout du jardin.

Clara dirigea son regard vers les personnes désignées mais ne parvint pas à identifier les parents de Gabriel. Le visage de celui-ci se durcit.

— Lesquels sont tes parents ? questionna-t-elle, discrètement.

— Ma mère porte un ensemble bleu nuit. Mon père est l'homme dégarni à ses côtés, murmura-t-il, préoccupé.

Madame Sansier, grande et mince, aurait pu être encore belle si son visage anguleux et ses yeux clairs et profonds n'avaient donné l'impression d'une telle sévérité, d'une assurance confinant à l'arrogance. Son mari paraissait plus affable, la rondeur de ses traits et sa calvitie lui conférant une bonhomie que contredisait la raideur de son port de tête et de son maintien. Clara nota que Gabriel ressemblait aux deux. Il leur avait emprunté ce qu'ils avaient de mieux pour composer sa beauté particulière.

— Ils ne t'ont pas encore vu.

— Oh si ! Mais ils attendent que je vienne vers eux.

— Allons les saluer, proposa Clara qui savait combien elle ne serait pas tranquille tant que cette formalité ne serait pas passée.

Le visage de son compagnon se crispa.

— Non, je vais y aller seul, balbutia-t-il. Je ne leur ai pas rendu visite ces derniers temps et j'aurai à coup sûr des reproches à essuyer. Je préfère t'éviter ça. Quand ils seront mieux disposés, je te les présenterai.

Clara y consentit, ne sachant si le prétexte était véridique ou s'il dissimulait la crainte qu'elle redoutait. Elle regarda Gabriel s'éloigner, vit ses parents faire mine de le découvrir. Son père l'attendait avec un sourire entendu tandis que la dureté du regard de madame Sansier annonçait le pire. Elle s'étonna qu'une mère soit capable d'observer son fils avec tant d'animosité. Puis, Gabriel fit un écart pour éviter des convives et, soudain, Clara tressaillit : c'était elle que madame Sansier dévisageait de la sorte, par-dessus les épaules de son fils.

Surprise, la jeune femme hésita sur l'expression à adopter mais n'eut pas le temps de se décider que, déjà, Lorraine Sansier se détournait pour accueillir Gabriel.

Clara, pétrifiée par le mauvais regard lancé par l'austère femme, les vit s'embrasser froidement et engager une discussion assez vive dont elle eut le sentiment d'être le sujet.

— Bienvenue dans le monde impitoyable du pouvoir et de l'argent, déclara à voix basse Lucas, venu la rejoindre, un verre à la main.

Elle ne sut pas s'il avait deviné son désarroi ou exprimait seulement une forme de solidarité entre personnes issues d'un milieu modeste.

Si Lucas paraissait parfaitement à l'aise dans cette société, Clara n'en devinait pas moins ses états d'âmes. Elle avait constaté ses courtes absences, quand les discussions devenaient trop codées, comme si, tout à coup, il se transformait en observateur d'une scène étrange, en anthropologue tombé au cœur d'une tribu inconnue. S'ils n'avaient jamais parlé de leur passé, ils échangeaient parfois de rapides et complices regards quand une ou plusieurs personnes exprimaient des positions caricaturales sur un ton qui ne l'était pas moins.

*

— Tu aurais pu prévenir qu'elle t'accompagnerait ! reprocha madame Sansier à son fils, en contenant mal son désappointement.

— Vous prévenir ? Mais vous n'êtes pas les hôtes de cette fête que je sache ! Et elle ne m'accompagne pas, elle est conviée.

— Tu te rends compte qu'en te présentant avec elle, tu officialises ta relation ? Une partie de la famille est là. Ils vont nous poser des questions ! Qu'allons-nous répondre ?

Comme à son habitude, monsieur Sansier assistait à l'échange en prenant soin de ne pas s'en mêler.

— Qu'elle est ma petite amie, répondit Gabriel. Et que notre relation est suffisamment sérieuse pour que nous nous présentions ensemble à cette réception.

— Tu plaisantes, j'espère ! s'indigna sa mère.

— Pas du tout ! s'exclama Gabriel.

— Dois-je aussi leur préciser qu'elle est… danseuse ? s'enquit Lorraine, sournoise.

— Bien entendu ! Qui te demande de mentir ? rétorqua son fils avec un ton de défi.

— Calmez-vous, intervint fermement monsieur Sansier. Ce n'est pas le lieu pour un tel sujet. Nous allons nous faire remarquer.

Lorraine souscrivit à l'avis de son époux et porta sa coupe à ses lèvres.

— Très bien. Ravi de constater que vous êtes heureux de me voir, asséna Gabriel.

— Et nous de constater que tu te souviens de tes parents, répliqua immédiatement sa mère.

— Ne recommencez pas ! intima le père.

Gabriel fit un pas pour s'éloigner, puis se ravisa.

— Je souhaite vous la présenter, annonça-t-il.

— Pas question ! s'opposa d'emblée Lorraine. Cela signifierait que nous cautionnons cette relation au regard de la famille présente.

— Non, cela voudrait juste dire que vous êtes suffisamment polis pour la saluer.

— Alors considère que je ne suis pas polie !

Un couple s'approcha.

— Oh Lucie, Gérard, quel plaisir ! s'enthousiasma Lorraine en les accueillant.

Gabriel jaugea la capacité de sa mère à substituer à son air outragé le visage d'une dame aimable et enjouée en une fraction de seconde.

Ils s'embrassèrent puis leurs amis firent face à Gabriel, attendant d'être présentés.

— Gérard, Lucie, voici notre fils Gabriel.

— Ah, le fils prodigue ! plaisanta Gérard en tendant la main.

Gabriel les salua, absent.

— Gabriel, Gérard souhaitait te poser quelques questions sur ton cabinet, dit Denis.

— Désolé, je n'ai ni le temps ni l'envie de parler de travail. On m'attend, rétorqua-t-il, sèchement.

— Gabriel ! s'indigna discrètement Lorraine Sansier en lui lançant un regard sévère.

— J'apprends l'impolitesse, maman. Il est vrai que j'ai un bon modèle… répliqua-t-il avant de leur tourner le dos et de s'éloigner.

*

— J'aimerais qu'un jour mes parents assistent à une réception telle que celle-là, en apprécient le faste, confia Lucas à Clara.

— Tu ne leur as jamais proposé de t'accompagner ?

— Non. Ça reviendrait quasiment à les insulter.

— Comment ça ? s'étonna Clara, en continuant à guetter discrètement l'échange entre Gabriel et ses parents.

— Je les ai un jour amenés dans un restaurant étoilé. Je fêtais mon entrée chez LBO. Je croyais qu'ils seraient ravis.

— Et alors ?

— Bien sûr, ils étaient émerveillés par le lieu, la qualité du service. Mais la gêne les a immédiatement gagnés. Ils ont craint ne pas bien se tenir, me faire honte et, au final, ont enchaîné les bourdes. J'ai eu beau faire, ils sont restés coincés tout le repas. Au point qu'ils n'ont même pas apprécié la cuisine. Ils se sentaient embarrassés au milieu du beau monde. Un peu comme s'ils réalisaient que cet autre univers, fait de beauté, d'élégance, de belles manières, qu'ils croyaient irréel et n'avaient entrevu jusqu'alors que dans les pages des magazines, existait bel et bien, mais qu'eux étaient trop insignifiants pour y mettre un pied.

— Oh, ne dis pas ça, s'insurgea Clara. Tu leur as offert une parenthèse de rêve et ils ont dû raconter fièrement à leur entourage cette expérience.

— Peut-être, répondit-il pensif.

Clara comprenait ce qu'exprimait Lucas. Elle imaginait clairement la réaction de sa mère si elle avait participé à un tel mariage.

— Nous avons hérité de ce complexe, renchérit Lucas. Mais nous savons également composer. Tu vois, le truc pour exister dans ce monde est de ne pas céder à la condescendance qui gagne les humbles devant l'expression du pouvoir ou les apparats du fric. Il faut rester droit, sûr de soi et de ses valeurs, ne jamais laisser paraître ses hésitations, ses doutes, car, de l'autre côté, certains savent détecter ces reliquats de servitude et les utiliser contre nous.

— C'est un conseil ?

— Ou juste un constat un peu exagéré. À toi de voir. Tiens, ton amoureux revient. Je vous laisse.

En effet, Gabriel se dirigeait vers Clara, s'arrêtant en chemin pour saluer des amis, des membres de sa famille. Derrière son apparente amabilité, elle décela sa contrariété. Une fois près d'elle, il la saisit, la serra contre lui.

— Que t'arrive-t-il, demanda-t-elle.

— Rien. Pourquoi ?

— Ne me raconte pas d'histoires, s'il te plaît. J'ai bien vu que la discussion était houleuse avec tes parents. Et tu caches mal ta fébrilité.

— Oui, je me suis pris la tête avec eux.

— À mon sujet ?

Gabriel haussa les épaules et saisit un toast pour échapper à son regard.

— Non, pas du tout. Ils m'ont reproché mon absence.

Elle comprit qu'il mentait mais ne voulut pas ajouter à son embarras. Ni à son propre malaise.

*

Le repas commençait à être servi. Clara était placée entre Gabriel et Lucas. Durant tout le cocktail, elle avait eu l'impression d'être observée. Hormis les amis de Gabriel qu'elle connaissait, personne ne lui avait adressé la parole. Elle s'était donc retranchée dans une attitude réservée mais fière. Elle ne baisserait pas les yeux, n'afficherait pas la moue niaise de ceux en quête de convivialité. Les parents de son amoureux l'avaient ostensiblement ignorée et, maintenant, ils étaient assis à une table voisine et madame Sansier évitait son regard.

— Tu ne me les présenteras donc pas, murmura-t-elle à Gabriel, en aparté.

— Je pense que ce n'est pas le bon jour, reconnut-il. Ils me font la tête, tu comprends.

— Oui... je comprends.

Elle avait, en effet, bien compris. Le désarroi l'envahit. Elle saisit son verre et avala quelques gorgées de vin blanc pour desserrer l'étau qui comprimait sa gorge. Sans succès.

Grégoire engagea une discussion avec Gabriel et Clara se sentit une nouvelle fois seule, en proie à de noires idées. Elle ne toucha pas à son assiette et se contenta de siroter son verre, guettant le comportement des Sansier à la dérobée. Elle voulait coûte que coûte rencontrer le regard de cette maîtresse femme et y lire les sentiments que celle-ci éprouvait réellement à son égard. De l'indifférence ? De la curiosité ? De l'animosité ?

Elle fit mine de s'intéresser à la conversation, les sens aux aguets et, quand elle perçut le poids du regard de Lorraine Sansier sur elle, elle tourna rapidement la tête et planta ses yeux dans les siens. Surprise, la mère de Gabriel resta un instant circonspecte. Clara esquissa un sourire et fit un petit signe de tête mais l'autre lui opposa son impassibilité avant de se détourner.

Le silencieux duel n'avait duré qu'une ou deux secondes, mais Clara avait eu sa réponse. Ce n'était ni de la curiosité ni de la crainte ni même de la haine que la mère de Gabriel avait exprimées à travers cet échange mais un avertissement, une exhortation à ne pas l'approcher et à ne rien espérer d'elle.

Bouleversée, elle inspira profondément pour éteindre le feu de l'affront.

— Tous ces gens paraissent hautains, imbus d'eux-mêmes et intolérants, lui murmura Lucas.

Avait-il une nouvelle fois saisi la scène ?

— Et ils le sont ? demanda-t-elle, soulagée de se donner une contenance en discutant.

— Non, pas forcément. Ils peuvent parfois être sectaires mais sont également pragmatiques et fort soucieux de ne pas avoir d'histoires.

— Ce qui veut dire ?

— Que lorsque les parents de Gabriel seront persuadés qu'il est fou de toi, ils t'accepteront. Et, ensuite, ils t'aimeront.

— Tu sais donc que, pour l'heure, ils ne sont pas prêts à… m'accepter.

— Dans ce monde, on n'accepte rien ni personne sans étude préalable. Il en va de l'amour comme des affaires. Là, ils sont entrés dans la phase pré-enquête. Ils veulent savoir qui tu es, d'où tu viens, ce que tu fais dans la vie…

— Autant dire que je suis foutue. Quand ils obtiendront les réponses, ils me détesteront, ironisa Clara.

— Pas sûr, car ensuite ils prendront en compte la qualité des liens qui vous unissent, le but étant de déterminer leur capacité à influer sur ceux-ci. Enfin, ils feront une équation qui peut se résumer à ceci : *possibilités de faire évoluer la situation à notre avantage* divisées par *risques de perdre notre fils chéri*, le tout multiplié par 10.

— Par 10 ? s'étonna Clara.

— Ou 3 ou 5… bref, par le nombre d'années durant lesquelles ils pourront supporter de ne pas parler à leur grand garçon.

— Ce que tu dis est horrible !

— OK, je force le trait, tu me connais, mais il y a du vrai dans cette théorie. Comprends : Gabriel est un demi-dieu pour sa famille. Les parents, les oncles, les tantes, les cousins, les cousines lui trouvent toutes les qualités. Et il faut reconnaître qu'il en a pas mal, l'enfoiré. Ayant investi beaucoup d'amour et d'espoir en lui, ils souhaitent le voir réussir professionnellement et reprendre un jour cette entreprise familiale dont ils sont tous, plus ou moins, actionnaires. Ils pensent donc avoir un avis à donner sur ses fréquentations.

— Et ils ne me trouvent pas suffisamment « bien » pour devenir une Sansier.

— Ils n'en savent rien, en fait. Mais les gens comme toi et moi partons toujours avec un handicap. Nous n'avons aucune histoire, aucun pedigree, donc plus de choses à prouver. Ils prennent le temps de se faire une opinion. Ou plutôt… ils s'en font une tout de suite et la valident ou l'infirment avec le temps.

Gabriel parvint à échapper à la conversation qu'il subissait et saisit la main de Clara.

— Viens, allons danser ! s'écria-t-il.

Clara résista.

— Je n'en ai pas envie.

— Allez, viens ! Je sais que tu aimes cette chanson.

— Shaka Ponk, *My name is Stain*. Tu vas savoir danser là-dessus ? plaisanta-t-elle.

— Oh, je devrais pouvoir m'en tirer.

Une fois sur la piste, elle ferma un peu les yeux afin de mieux apprivoiser la musique. Son corps se balança harmonieusement. Face à elle, Gabriel la regardait avec tendresse.

— Tu es magnifique, lui dit-il à l'oreille.

Clara lui sourit et laissa le tempo la porter au bout de ses sensations. Pour oublier où elle était, qui elle était, et le fiasco de cette soirée. La musique l'avait toujours consolée de tout. Des regards glissaient sur elle. « La danseuse fait son show », pensa-t-elle, quelque peu amère.

Un autre titre suivit et Lucas saisit Clara par la main, l'entraînant dans une danse lascive et élégante à la fois. Lui aussi savait bouger en rythme. Gabriel s'éloigna un peu, acceptant de céder sa compagne. Quelques filles assez jeunes se placèrent en cercle autour d'eux et ils devinrent l'attraction du moment.

Clara se laissa peu à peu transporter par l'euphorie de l'instant et guida son cavalier. Quelques invités rythmèrent leurs pas en frappant dans leurs mains. Quand la musique prit fin, Lucas rendit Clara à Gabriel en simulant une révérence.

— Tu as des fans désormais, murmura ce dernier.

— Allons nous asseoir, proposa Clara, étourdie.

Ils traversèrent la piste et quelques personnes la félicitèrent d'un discret sourire.

Elle lança un rapide coup d'œil vers les parents de Gabriel et aperçut le visage toujours fermé de Lorraine Sansier.

*

Minuit venait de passer quand Clara se leva pour se rendre aux toilettes.

Dans le couloir, elle vit la mère de Gabriel venir dans sa direction. Quand leurs regards se croisèrent, cette dernière redressa la tête et voulut l'éviter. Clara allait s'effacer mais, dans un sursaut de fierté, sans même y penser, se ravisa et lui fit face, l'empêchant d'avancer.

— Bonjour Madame, dit-elle, en tendant la main.

Lorraine Sansier hésita une fraction de seconde puis adopta une expression de politesse froide et lui serra la main.

— Je suis Clara. Je vous ai croisée plusieurs fois mais n'ai pas eu l'opportunité de vous saluer.

— Enchantée, répondit la dame, surprise et cherchant déjà à s'échapper.

— Je suis l'amie de Gabriel.

— Je le sais, répondit Lorraine, glaciale.

— Je pense être en partie fautive de l'attitude de Gabriel avec vous ces derniers temps. Je sais qu'il ne vous a pas rendu visite. Je crois en fait qu'il craignait de vous dire qu'il sortait avec moi. Qu'il avait peur que vous ne me jugiez pas assez bien pour lui.

Troublée par cette sincérité, Lorraine Sansier demeura un instant interdite.

— Laissez mon fils assumer seul ses erreurs, finit-elle par répondre.

— Je tenais également à vous dire que… J'aime votre fils.

Le regard de la sexagénaire se fit plus dur encore.

— Votre propos est-il de me défier ?

— Vous défier ? En vous parlant de notre amour ? Non, pas une seconde. Je souhaite seulement que vous sachiez que mes sentiments pour lui sont vrais et profonds.

La dame était atteinte. Elle hocha la tête et voulut s'extraire de cette conversation, mais se ravisa.

— Vous êtes très jolie, rétorqua-t-elle, comme si elle révélait les résultats d'une analyse. Vous me donnez également l'impression d'être déterminée. Mais je me dois d'être franche avec vous : les craintes de mon fils sont justifiées ; vous n'êtes pas le genre de fille que j'espérais pour lui.

— De quel genre suis-je donc ? répliqua Clara, péremptoire.

— Restons-en là.

— Non, soyez franche et dites-moi quel genre de fille je suis, selon vous !

Sans que le ton soit monté, la tension, d'un coup, se fit plus forte.

— Le genre qui se donne en spectacle sur une piste de danse, asséna Lorraine Sansier.

Clara se sentit désarçonnée. Faisait-elle référence à son métier ou à sa prestation quelques minutes plus tôt ?

— C'est vrai, je suis danseuse. Je le suis devenue à force d'efforts et de volonté. Mais je suis une fille bien. J'ai des valeurs, tout comme vous.

Elle comprit la faiblesse de ses arguments, leur puérilité. Pourquoi éprouvait-elle le besoin de se justifier ? Des larmes montèrent à ses yeux et elle redressa la tête pour masquer son émoi.

— Sans doute, répondit Lorraine. Vous n'êtes pas en cause et je n'ai rien à vous reprocher. C'est une histoire entre mon fils et nous.

— C'est faux. C'est moi qui suis en cause. Ce que je suis, ce que je représente.

— Peut-être. Mais ce n'est pas avec vous que je souhaite en parler. Bonne soirée.

Elle fit un pas de côté pour contourner son interlocutrice et s'éloigna.

Clara vacilla. Avait-elle eu raison de l'interpeller ? Les termes de cette conversation raisonnaient dans son esprit sans qu'elle puisse en appréhender le sens. Elle avait touché la revêche femme, elle en était sûre. Mais peut-être lui avait-elle également manqué de respect. Comment comprendre cet échange sans maîtriser les codes de cette société ? Non, en fait, elle s'était montrée grotesque en donnant l'impression de quémander son respect, son affection. Des éclats de la discussion vinrent l'agresser. « Je suis une fille bien. » Quelle bêtise ! « J'aime votre fils. » Ridicule. « Le genre de fille qui se donne en spectacle. »

Elle ne put retenir ses larmes, s'élança vers la salle, entra précipitamment.

En la voyant, Gabriel se redressa.

Clara saisit son sac.

— Qu'est-ce que tu as ? s'exclama-t-il.

— Je pars.

— Que s'est-il passé ?

Elle ne répondit pas, marcha vers la sortie.

— C'est ma mère, n'est-ce pas ? Elle t'a parlé ? Je l'ai vue revenir juste avant toi. Que t'a-t-elle dit ?

— Peu importe. Ma place n'est pas ici.

— C'est ce qu'elle t'a dit ? enragea Gabriel.

Clara accéléra le pas.

— Mais attends, on ne peut pas partir comme ça ! cria-t-il en la rejoignant.

— Tu peux rester. Je prends la voiture.

— Et où vas-tu aller ?

— Je rentre chez moi.

Gabriel saisit son poignet, l'obligea à se retourner.

— Ne me fais pas ça, Clara ! C'est trop con ! Tu sais bien que je ne peux pas quitter cette réception. Les mariés ne comprendraient pas.

En larmes, elle se dégagea de son emprise et reprit sa marche.

— Ne te laisse pas impressionner par elle ! lança-t-il.

— Il n'y a pas qu'elle. Regarde ce monde, Gabriel ! Ce n'est pas le mien ! Ils ne m'aiment pas, ne m'aimeront jamais. Je ne suis pas à ma place, ici.

— C'est ridicule.

— Oui, voilà le mot. Ridicule. J'ai été ridicule toute la soirée.

Et elle dévala les escaliers du château.

— OK, vas-y ! s'emporta alors Gabriel. Laisse-moi tomber ! Où est ta légendaire force de caractère, Clara ?

Il repartit vers la salle de réception, fou de colère. Il aurait aimé affronter sa mère sur-le-champ, mais il était inconcevable de créer un esclandre. Que s'étaient dit les deux femmes ? Il repensa au visage de Clara baigné de larmes et l'imagina aisément. Alors, il songea aux différents moments où il avait vu Clara embarrassée. Il l'avait trouvée si belle dans sa différence, si digne dans son désir de ne pas se laisser impressionner. La soirée avait été difficile pour elle. Soudain, pris d'un élan d'affection mêlée de compassion, il se précipita pour la rattraper.

*

Le voiturier tendit les clés à Clara et lui ouvrit la portière. Elle s'engouffra dans l'Audi et démarra. Le faisceau de ses phares découpa la noirceur du parc. Elle hésita, ne sachant pas quel chemin emprunter pour se diriger vers la sortie et entendit alors un bruit mat sur le capot. Surprise, elle freina.

Gabriel était devant la vitre passager. Il ouvrit la portière, s'assit, essoufflé.

— Tu ne peux pas partir dans cet état, proclama-t-il.

— Descends de la voiture.

Il soupira, contrarié, ne sachant quelle attitude adopter.

— Tu ne veux pas qu'on parle un peu ? demanda-t-il sur un ton conciliant.

Clara resta impassible.

— Non. Retourne auprès des tiens.

— Écoute, tu n'es pas en état de conduire. Tu es trop énervée. Passe-moi le volant au moins…

— Descends, répéta-t-elle froidement.

— Il est hors de question que je te laisse partir seule dans cette nuit. Tu vas te perdre.

— Et il est hors de question que je retourne à cette fête.

— Bon, OK. Alors roule. Je vais t'indiquer le chemin de l'hôtel. Une fois arrivés, je reprendrai la voiture et reviendrai ici.

Clara démarra brusquement.

Dix minutes avant

Chapitre 12

— C'est ça, fous le camp !

L'invective fut suivie d'un claquement de porte. Alexandre Debert s'engouffra dans son véhicule, démarra et appuya rageusement sur l'accélérateur.

« Merde ! Fait chier ! » hurla-t-il en tapant du poing sur le volant.

Il n'avait pas voulu cette nouvelle dispute. Au contraire, il était disposé à parler avec sa femme, à tenter d'aplanir leurs différends, mais le sort s'en était mêlé : sur son téléphone, posé sur la table basse du salon, un SMS d'Alicia s'était affiché et Genna, son épouse, l'avait lu.

De fait, il fulminait contre sa maîtresse. Il lui avait interdit de lui envoyer des messages le soir. Non, s'il voulait être honnête, c'est contre lui qu'il devait diriger sa colère. Il était seul responsable de cette situation ridicule.

Comment en était-il arrivé là ?

Il s'était fourvoyé dans une relation adultère par dépit, par facilité aussi, avec Alicia, son assistante, de dix ans de moins que lui. Après quelques semaines d'une collaboration sans ambiguïté, elle avait commencé à se montrer entreprenante. S'il avait ignoré ses avances, il avait aimé lui plaire. Elle lui donnait l'illusion de revivre une jeunesse trop vite enfuie. Alors, il avait fini par succomber. Parce que les relations avec sa femme avaient perdu l'élan de la passion qui les avait portés durant plusieurs années. Parce que les affaires allaient mal. Parce qu'il se sentait vieux. Parce qu'il doutait de lui et que l'intérêt de cette très jolie femme le rassurait.

Au début, leur relation était claire, simple, dénuée de la moindre hypocrisie sentimentale. Elle lui offrait sa jeunesse à travers des nuits passionnées contre des instants de bien-être dans des lieux somptueux. Du sexe contre des cadeaux. Des attentions contre de l'attention. Mais ils s'étaient lentement enlisés dans une relation de dépendance. Alexandre avait commencé à mentir à Genna, à inventer des voyages d'affaires, à prétexter des soirées de travail pour passer plus de temps avec sa maîtresse.

Et son ménage s'était délité. Genna s'était mise à le questionner, à l'épier. Quand elle avait compris, les scènes de ménage s'étaient enchaînées. Sa fille Élodie avait, tout naturellement, pris le parti de sa mère. Et lui avait été surpris de voir, dans leurs regards, la haine se substituer au dépit.

Comment en était-il arrivé là ?

Durant les premières années de leur mariage, il avait sillonné l'Europe pour créer et entretenir un réseau de distributeurs capables d'alimenter l'entreprise qu'il avait créée. Ses absences répétées l'avaient petit à petit éloigné de son épouse, de sa fille. Genna et Élodie avaient développé une complicité qui l'excluait. En sa présence, elles communiquaient à travers des regards et mimiques qui lui donnaient l'impression d'être devenu un étranger chez lui.

À l'adolescence, Élodie exprima sa révolte en fuyant son père. Était-ce typique de cette génération de ne jamais aller au devant du conflit, de laisser les silences s'emplir d'accusations ? Elle était devenue EMO ou Gothique – il ignorait ce qui différenciait ces jeunes contestant, par leurs attitudes, leurs habitudes vestimentaires, les valeurs des adultes. Elle cachait ses complexes derrière ses tenues noires, ses piercings, ses tatouages et ses longues mèches de cheveux colorées. Elle marchait la tête baissée, comme accablée, et passait son temps recluse dans sa chambre à téléphoner à ses amies, ou sur son ordinateur. Elle avait créé un blog, comme la plupart des gamines de son âge. Il l'avait découvert par hasard, un jour, après s'être introduit dans l'antre interdit, si bizarrement décoré et avait été effaré des propos tenus par Élodie. Des paroles de chansons, une ode à Kurt Cobain, une digression sur l'autorité. Inquiet, il s'en était ouvert à sa femme.

— C'est une mode, ça lui passera, avait répondu cette dernière.

— Mais… continue-t-elle à se confier à toi ?

— Moins qu'avant. Mais je sais lire en elle. De toute façon, depuis quand t'intéresses-tu à ta fille ? avait ajouté Genna pour l'entraîner vers une nouvelle querelle.

Il avait abdiqué. Après tout, elle avait raison. De quels droits pouvait-il se prévaloir pour resurgir dans les affaires familiales ?

Pour ces raisons, et d'autres, il avait commencé à boire. Pas durant la journée, mais après le travail, au restaurant ou chez lui. Comme ce soir. Quelques whiskys qui l'avaient détendu. Pour oublier qu'il n'était pas heureux, que la vie lui échappait, qu'il allait avoir quarante-cinq ans. Parce qu'il était juste un con aux yeux de sa fille et ne trouvait pas le courage de parler à sa femme.

Il replongea dans le passé. Élodie, petite. Son allure de fille sage, ses dents espacées, son rire gai. La belle époque ? Sûrement. Il se sentait capable de tout, alors. Il aimait son épouse, sa gamine, son job et se croyait capable d'inscrire ce bonheur dans le temps, à force de travail.

Il s'était trompé.

Désormais, seul l'alcool lui procurait encore cette impression de toute puissance. L'alcool et Alicia.

Une soudaine lassitude l'envahit. La dispute ? Son rythme de travail ? Les effets de l'alcool ?

Il hésita sur sa destination. Non, il ne se rendrait pas chez sa maîtresse ce soir. Il irait au bureau, se coucherait sur le canapé de son salon privé. Alors, il bifurqua, emprunta la route qui menait à son entreprise. Une route qu'il connaissait par cœur et qui pourtant, ce soir, lui parut différente, presque hostile.

*

Un lourd silence les séparait. Autour d'eux, le paysage avait sombré dans la nuit. Les contours du château et de frêles lumières parvinrent à résister quelques instants à l'obscurité avant de s'y noyer. Les phares de l'Audi découpaient la route de leur lumière crue.

— Je suis désolé, Clara.

La jeune femme remarqua son air de petit garçon perdu. Ses yeux s'emplirent de larmes mais elle se retint de pleurer. Elle aurait voulu lui dire qu'elle aussi était désolée d'avoir tant attendu de cette soirée, de s'être comportée de la sorte, de gâcher la fin de la fête. Elle aurait aimé lui avouer, à l'instant, les raisons de sa susceptibilité mais ne se sentit pas la force de parler.

Demain. Demain, ils se retrouveraient seuls et pourraient en discuter. Oui, demain elle lui expliquerait tout.

Il alluma le lecteur de CD et les premières notes de la chanson de Piaf retentirent.

— Rien ni personne ne t'arrachera à moi, Clara, murmura-t-il tendrement.

Cette fois, des larmes dévalèrent le long de ses joues. Elle voulut lui répondre mais sa gorge serrée ne laissa passer aucun mot.

Soudain, une BMW surgit de l'obscurité derrière eux. Le véhicule, qui roulait à vive allure, leur fit des appels de phares.

— Quel con ! pesta Gabriel.

Clara cligna des yeux pour tenter d'évacuer les larmes et mieux distinguer la route.

La voiture se rapprocha dangereusement de la leur.

— Merde, mais qu'est-ce qu'il fait ? s'emporta Gabriel.

La BMW déboîta rapidement et parvint à leur niveau.

— Mais quel con ! Il y a un virage à cent mètres, tempêta Gabriel. Ralentis, laisse-le dépasser.

Le chauffard fit un écart.

— Mais il est taré ! hurla Gabriel. Il va nous rentrer dedans !

Clara tenta de se déporter sur le bas-côté mais des peupliers, menaçants, l'en empêchèrent.

— Attention ! cria Gabriel en se penchant pour voir le conducteur.

Il tendit la main pour saisir le volant et ramener l'Audi sur la route, mais la BMW vint les percuter.

— Gabriel ! hurla Clara en sentant sa voiture quitter la route.

Ce dernier, dans un éclair de lucidité, réalisa qu'il n'avait pas attaché sa ceinture de sécurité. Ses mains agrippèrent le tableau de bord, ses jambes se tendirent.

— Putain… non, murmura-t-il.

Elle se tourna vers lui et eut à peine le temps d'apercevoir son regard empli d'incompréhension.

Une minute après

Chapitre 13

Gabriel avait l'impression que son esprit flottait.

Dans un sursaut de conscience, il réalisa ce qui venait d'arriver. Sa première pensée fut pour Clara. Il n'avait pas mal mais, en proie à des vertiges, il crût qu'il allait s'évanouir et fit un effort pour rester lucide.

Il se tourna vers le siège conducteur et ce qu'il vit l'effraya. La tête de Clara reposait sur la vitre de la portière et un long filet rouge coulait de son front à ses lèvres. Puis il entendit sa respiration et, dans son effroi, trouva une raison d'espérer.

Il l'appela. En vain. Il tenta de la toucher mais ses mains refusèrent de bouger. Était-il paralysé ? À cette idée, Gabriel paniqua. Non, il lui fallait se ressaisir, demeurer maître de la situation, tenter d'appeler les secours. La vie de Clara en dépendait peut-être. Il regarda autour de lui. La voiture avait percuté un arbre. Un des phares continuait à entailler la nuit de sa lumière blanche. Le pare-brise avait volé en éclats et lui se retrouvait comprimé contre son fauteuil par un amas de ferraille et de plastique. L'autre véhicule avait effectué une tête à queue et se trouvait maintenant face au leur.

Sa vue lui offrait des images ondoyantes, incertaines. Il fit encore un effort pour quitter sa place et ce fut comme si une force inconnue le soulevait. Sans savoir comment, il parvint à s'extraire de l'habitacle et mettre pied sur le bitume.

Les moteurs s'étaient tus et les aciers avaient fini de gémir. Le silence s'était déversé sur la scène comme une sombre et épaisse vague d'huile étouffant les sons, engluant les corps.

Dans la BMW, le chauffard était, lui aussi, inconscient.

Gabriel contourna l'Audi, s'approcha de la vitre contre laquelle la tête de Clara continuait à saigner, tenta d'ouvrir la portière. Sans succès. « Clara ! Non, ce n'est pas possible ! Ça ne peut pas finir comme ça ! » cria-t-il. Mais sa voix fut comme aspirée par l'obscurité ouateuse.

« Ressaisis-toi, Gabriel. Réfléchis un instant ! »

Son regard parcourut l'horizon. « Aucune voiture. Personne pour nous aider. Je dois trouver un moyen. Téléphoner. »

Il se souvint avoir posé son portable dans le vide-poches et revint à sa place pour le prendre. Mais, étrangement, sa portière était bloquée. Comment était-ce possible puisqu'il avait dû l'ouvrir pour sortir ? Relevant la tête, il distingua une ombre sur le siège qu'il avait occupé.

Abasourdi, Gabriel s'approcha.

Il y avait là un homme, le crâne défoncé, le visage couvert de sang.

Effaré, il avança un peu pour tenter de distinguer ses traits.

Et ce qu'il vit lui arracha un cri sourd.

Cet homme n'était autre que lui.

*

Sa raison se liquéfiait.

Comment pouvait-il être face à lui-même ?

« Je dois rêver. Oui, c'est le choc ! J'ai perdu connaissance et je délire ! »

— Non, c'est la réalité, asséna une voix dans son dos.

Gabriel sursauta, se retourna, chercha alentour mais ne vit personne.

— La triste réalité, diront ceux qui vous découvriront, continua la mystérieuse présence.

— Qui est là ? cria-t-il.

— Calme-toi, conseilla la voix.

Gabriel scruta les bosquets.

— Mais… Que faites-vous dans le noir ? J'ai eu un accident. Ma fiancée perd son sang… Montrez-vous, merde ! Venez m'aider !

— Je suis là pour t'aider, Gabriel.

— Comment connaissez-vous mon prénom ? Qui êtes-vous ? hurla-t-il en fouillant l'obscurité.

— Si tu souhaites me voir, je me montrerai.

— Mais putain, arrêtez ce délire ! hurla-t-il. À quoi vous jouez ?

— Mais quelle forme dois-je prendre ? C'est l'éternelle question… murmura l'invisible inconnu, comme s'il s'adressait à lui-même.

— Comment ? Qu'est-ce que…

— Comment imagines-tu la mort, Gabriel ?

Gabriel tressaillit.

— La mort ? Mais c'est quoi cette question à la con ? Il y a dans la voiture quelqu'un qui perd son sang ! Faites quelque chose ! Appelez les secours !

— En fait, ton âme a compris, répondit la présence d'une voix sereine, presque envoûtante. Ton âme, mais pas ta conscience. Pas encore, en tout cas. Tu nies l'évidence et c'est normal. Tous les hommes la refusent quand elle se présente de manière si… brutale. Seuls ceux s'y étant préparés l'acceptent d'emblée.

— Mais merde ! De quoi parlez-vous ? Où êtes-vous ?

— Derrière toi, Gabriel.

Gabriel se retourna et vit un homme au visage calme. Un visage qu'en d'autres circonstances il aurait même jugé aimable, rassurant.

— D'où sortez-vous ? Qui êtes-vous ?

— Je suis venu te chercher.

— Me chercher ?

L'homme ignora la question, s'approcha du siège passager, se pencha.

— Pas beau à voir. Mais la mort peut-elle être belle ? soupira-t-il.

— La mort ? s'écria Gabriel. Pourquoi me parlez-vous de mort ?

L'individu posa sur lui un regard doux.

— Tu sais ce qu'il vient d'arriver, tu sais qui je suis, tu ne veux simplement pas l'admettre.

Soudain, Gabriel eut le sentiment de connaître cet homme.

— N'est-ce pas comme ça que tu m'imaginais ? J'ai fouillé ton esprit à la recherche d'une de tes représentations de la mort.

Gabriel l'examina plus attentivement, en vain.

— Te souviens-tu de la raison pour laquelle tu m'as donné ce visage, dans tes cauchemars ?

Gabriel ne répondit pas. Il tentait de trouver une explication rationnelle à l'étrange scène. Il cauchemardait ! Oui, c'est cela ! Il était inconscient et tout cela n'était qu'illusion !

— La mort de ton grand-père, Gabriel. Tu avais sept ans. Ils t'ont forcé à entrer dans la chambre dans laquelle ton papi reposait pour lui dire au revoir, l'embrasser. Horrifié, tu l'as pourtant fait, pour leur montrer combien tu étais grand et courageux, pour ne pas les décevoir. Tu as découvert le visage sans expression du défunt, sa peau blanche, les marques sombres sous ses yeux. Par la suite, tu as oublié cette scène traumatisante. Mais dans tes cauchemars, la mort a toujours pris cette apparence.

Gabriel ressentit avec violence la révélation. C'est vrai, l'homme ressemblait à son grand-père.

— Je ne comprends pas. Tout ceci n'est qu'une horrible hallucination !

— Ne te mens pas Gabriel. Essaye de formuler clairement la pensée qui tente de percer ta lucidité.

Que voulait dire l'inconnu ? Essayer de formuler… ?

— Oui, c'est ça, Gabriel… encore un effort.

Des mots épousèrent l'idée qui venait de s'imposer à sa conscience.

— Je… suis… mort ? balbutia-t-il.

— Oui, Gabriel. Enfin, tu le seras dans quelques instants. Ton cœur bat encore, faiblement, mais il va s'arrêter. Et nous partirons.

Gabriel se retourna et balaya la scène de l'accident du regard.

Il vit son corps pantelant, le sang coulant le long de son visage, maculant sa chemise.

— Non, c'est impossible ! s'insurgea-t-il.

— Je suis désolé, Gabriel.

Il resta un moment silencieux. Ses idées fuyaient devant ses peurs, sa raison devant les faits.

— Non… pas maintenant… je suis si jeune.

Il revint se calfeutrer dans la seule explication logique et rassurante : un cauchemar ! Le pire de tous les cauchemars. Il allait se réveiller.

— C'est la réalité. Enfin… la réalité. Pas celle que vous enfermez dans des concepts scientifiques. L'autre réalité.

— Vous lisez dans mes pensées ? balbutia Gabriel.

— Tu n'es plus que pensées.

Se pouvait-il qu'il dise vrai ? À peine Gabriel eut-il formulé mentalement cette question que la réponse fusa, évidente.

— Je suis… mort, murmura-t-il, désespéré.

La vérité émergeait, s'imposait.

— Oui.

— Et vous… qui êtes-vous ?

— Un passeur d'âme.

— Un passeur d'âme, répéta-t-il comme pour mieux appréhender cette révélation.

Gabriel posa son regard sur Clara. Elle respirait.

— Et elle ?

— Pas encore, déclara l'homme.

— Pas encore ?

Le passeur fit mine d'ignorer la question.

— Qu'est-ce que cela signifie ? Qu'elle va mourir ? s'écria Gabriel.

L'étrange personnage posa des yeux noirs sur Clara.

— Non, je ne suis venu prendre qu'une âme.

— Alors ? Pourquoi dire qu'elle n'est pas encore morte ?

La passeur fit quelques pas vers l'autre véhicule.

— Je ne sais pas s'il est bon que je te révèle certaines vérités.

Gabriel se rua vers lui, voulut le saisir mais ses mains se refermèrent sur le vide.

— La colère est un sentiment humain, Gabriel. Tu devras t'en défaire. Tu n'en as plus besoin.

— Ah ? Que suis-je censé faire ? La regarder béatement agoniser en récitant une prière ?

— L'ironie est également un travers humain.

— Dites-moi ce qui lui arrivera, je vous en prie !

L'homme fit mine de réfléchir, puis répondit.

— Elle va te rejoindre, Gabriel.

— Me rejoindre ? Mais je croyais que vous étiez là pour prendre une seule âme ?

— Aujourd'hui. Mais dans huit jours, je viendrai la chercher.

— Comment ? paniqua Gabriel. Elle succombera à ses blessures ?

— En quelque sorte.

— Non, c'est impossible ! hurla-t-il. Je vous en prie, laissez-la vivre !

— Il ne me revient pas d'en décider, se défendit le passeur.

— À qui, alors ?

— À elle.

— Je ne comprends pas.

— À quoi bon t'en dire plus. Huit jours, à notre échelle, passent comme un souffle.

— Mais vous êtes ignoble ! Vous prenez ma vie, vous brisez notre amour et cela ne vous suffit pas ? Pourquoi devraitelle disparaître aussi ?

— Elle ne le doit pas. Elle le décidera.

— Elle le décidera ?

Le passeur eut une moue désolée, hésita à en révéler plus puis haussa les épaules.

— Elle le voudra, Gabriel.

— Elle se… Impossible ! Clara ne se donnera jamais la mort ! Je la connais, elle n'est pas capable de faire ça !

Le passeur d'âme posa un doigt contre la vitre et suivit les contours du visage de Clara.

— Elle t'aime tellement.

— Non, ce n'est pas…

— Elle est seule désormais, Gabriel. Alors, elle va sombrer, vouloir te rejoindre.

— Pourquoi m'annoncer tout ça ? Pourquoi me faire souffrir ?

L'homme se posta devant lui, pencha la tête sur le côté, comme s'il essayait de discerner quelque chose d'autre que ce qu'il avait déjà vu.

— Tu m'as posé la question. Te faire souffrir ? Mais tu devrais plutôt te réjouir. À peine serons-nous arrivés là-bas qu'elle te rejoindra. Dieu réunit ceux qui s'aiment, comme dit la chanson.

— Mais comment me réjouir ? Elle va souffrir à son réveil, au point d'oublier toutes ses valeurs et de vouloir me rejoindre.

— Le sens de tout cela ne t'apparaît pas encore, Gabriel. Ton esprit réfléchit encore dans le cadre de ce que tu appelles « la vie ». La mort te semble une grande affaire, mais elle se résume à une infime partie de la logique céleste.

— Je me fous de la logique céleste ! hurla Gabriel. Je me fous de cet au-delà où elle est censée me rejoindre ! Je ne vois que sa douleur, son malheur !

— Ton âme est noble, Gabriel. Étonnamment noble.

— Vous vous foutez de ma gueule ? éructa-t-il.

— Non. La plupart des êtres ne pensent qu'à eux, le moment venu. Toi, tu songes d'abord à elle.

— Est-ce ainsi que l'on récompense les âmes nobles ? Et quelle est donc cette logique céleste dont vous parlez ?

— Tu la comprendras bientôt.

— Et vous, ne pouvez-vous donc pas comprendre la mienne et m'aider ?

L'homme sourit.

— J'attendais cette question, Gabriel. Mais que faire pour t'aider ? Te permettre de vivre ? Impossible, je n'en ai pas les moyens. Cet accident doit causer la disparition d'une âme. Et c'est la tienne qui est prête à nous rejoindre.

Gabriel regarda de l'autre côté de la route.

— Donc cet assassin vivra ? demanda-t-il.

— Oui.

— Mais pourquoi cette injustice ? C'est lui qui a causé l'accident !

— Juste, injuste… soupira le passeur. Si tu avais écouté Clara, tu ne serais pas venu à ce mariage. Si Clara n'était pas aussi désespérée, elle ne se serait pas enfuie ; si, si, si…

— Tout est donc de ma faute ?

— Il n'est pas de mon ressort de porter un jugement.

Gabriel se tourna vers Clara :

— Juste quelques jours ! implora-t-il. Le temps de lui donner les moyens d'être plus forte, de renoncer à son geste ! La convaincre que la vie, même sans moi, mérite d'être vécue.

— Impossible Gabriel. Je dois te ramener avec moi.

— Mais il doit bien exister un moyen ! s'insurgea-t-il. Vous ne pouvez pas accepter qu'elle se donne la mort !

— Il est vrai que… nous n'aimons guère les suicides, reconnut le passeur, pensif. La mort ne doit pas être choisie mais relever d'une décision céleste. Pour autant, je ne peux te laisser vivre pour l'empêcher de mettre fin à ses jours. De plus, ta proposition est inepte : si tu vis, comment lui faire admettre ton décès ? Comment lui apprendre à vivre sans toi ?

Gabriel reprit espoir. Le passeur doutait. Il existait donc, peut-être, une infime chance de l'influencer. Il devait trouver les mots pour le convaincre. L'amour mêlé au désespoir lui donna, d'un coup, une force insensée et il se sentit capable d'affronter la mort, Dieu, le diable.

— Laissez-moi ces huit jours. Je trouverai la solution, j'en suis certain.

L'envoyé parut réfléchir. Il arpenta la route de longues secondes puis se tourna vers Gabriel.

— Il existe peut-être un moyen, annonça-t-il.

Gabriel tressaillit.

— Lequel ?

— Dis-moi d'abord si tu es prêt à tout affronter ? Tu ne reculeras devant aucune épreuve pour aider ta fiancée ?

— Aucune ! affirma Gabriel. Laissez-moi retourner près d'elle ! Faites de moi un impotent, privez-moi de la vue, de mes membres… mais accordez-moi les moyens de vivre encore près de Clara, huit jours, le temps de la convaincre de renoncer à son idée funeste.

— À n'importe quelles conditions ?

— Oui, je les accepte toutes. Au terme de ce délai, vous viendrez me chercher. Et je vous suivrai.

— Très bien Gabriel. Je vais faire cela.

Gabriel eut envie de crier de bonheur. Il allait vivre. Il allait pouvoir sortir de ce cauchemar. Il allait sauver Clara.

Le passeur l'observa silencieusement.

— Voici les termes du contrat. Premièrement, tu accepteras la situation. Deuxièmement, jamais tu ne révéleras notre accord. Si jamais tu devais dire à Clara ce qui s'est passé entre nous, nous te rappellerions aussitôt. Un arrêt cardiaque, une rupture d'anévrisme, tout est possible. Et rien ne pourra alors la sauver. Troisièmement, le moment venu, tu me suivras sans rien réclamer de plus, soit à dix heures, le huitième jour. Est-ce bien clair ?

— Oui, très clair. Je… je vous remercie.

— Oh, ne me remercie pas : tu ne sais pas encore à quoi tu devras faire face. Et, de toute façon, si tu réussis, tu agiras dans le sens de notre logique : empêcher un suicide, sauver une vie, la laisser aller à son terme naturel.

Disant cela, le passeur d'âme s'éloigna.

— N'oublie pas Gabriel : huit jours, trois règles, reprit l'homme en s'enfonçant dans la nuit.

Gabriel voulut lui répondre mais son esprit vacilla jusqu'au vertige. Il perdit connaissance.

Chapitre 14

Des voix s'élevaient autour de lui. Elles lui semblaient venir de loin. Une violente douleur déchira sa conscience et se diffusa partout dans son corps. Gabriel s'en moqua : il était vivant.

Alors, il ouvrit les yeux et distingua la silhouette d'un médecin penchée sur le corps de Clara.

— Contusions sur le visage, annonça ce dernier… Présence d'un pouls… Les constantes sont bonnes. Score de Glasgow à 6. On immobilise la colonne cervicale, on pose un cathéter veineux et on l'emmène !

Une autre voix lui succéda, venue de l'autre côté de la rue.

— J'ai pas de pouls ! Arrêt cardio-respiratoire. On le scope… Il est en fibrillation ventriculaire, on le choque !

Il devait s'agir du chauffard. Qui vivrait, pensa Gabriel. Le passeur le lui avait dit.

Puis ce fut son tour. Des mains le palpèrent.

— Celui-là a l'air mieux, déclara l'urgentiste.

Des bribes de pensées traversaient son esprit, sans qu'il parvienne à les accompagner à leur terme. Mais peu importait : il était vivant et Clara s'en tirerait. Il avait huit jours pour la convaincre. Le passeur avait tenu parole.

Le passeur ? Huit jours ?

Soudain, du fond d'une brume nauséeuse, il se mit à douter. Et si la conversation avec cet ange de la mort relevait de sa seule imagination ? S'il avait simplement déliré ? Sa blessure, sa peur de mourir, la panique… À coup sûr, la scène n'avait existé que dans son esprit tourmenté ! C'était évident ! Comment penser que tout cela puisse être vrai ? Un passeur ? Stupide ! Un contrat ? Ridicule ! Clara et lui étaient vivants ! Ils oublieraient vite cet accident et… il la demanderait en mariage. C'était une existence entière qui les attendait, et non quelques misérables journées !

Une violente douleur désagrégea son enthousiasme et il gémit. Une brûlure tellement forte à l'épaule et au torse qu'elle lui donna, paradoxalement, l'impression d'avoir une plaque de glace sur la peau.

Un souffle froid commença à anesthésier ses membres et il se sentit partir. Il tenta de lutter contre l'engourdissement mais il était trop faible.

— Gabriel ! cria Clara.

Il tressaillit. Clara hurlait son prénom sur un ton qui le pétrifia. Il trouva néanmoins du réconfort dans l'idée qu'elle avait repris conscience.

Il ouvrit les yeux et la vit, à quelques mètres. Il voulut l'appeler, la rassurer, mais aucun son ne sortit de sa bouche. Peut-être pourrait-il attirer son attention ? Non, elle ne le regardait pas, sa tête étant tournée dans la direction opposée. Pourquoi hurlait-elle ainsi ? Quelle horreur, son cri de désespoir ! Et pourquoi persistait-elle à ne pas le regarder ? Le voir l'aurait rassurée.

Un médecin se pencha sur Clara et, rapidement, celle-ci se calma. Gabriel en éprouva un peu de soulagement. Sans doute l'avait-on informée de son état.

Sa vue se brouilla. Tranquillisé, il se laissa aspirer par la fatigue.

*

La sonnerie du téléphone déchira le silence. Réveillée en sursaut, Genna Debert se redressa, plongea son regard dans l'obscurité de la chambre à la recherche d'un repère. Était-ce déjà le matin ? Désorientée, elle saisit sa montre sur la table de chevet : 3 h 08. Le bruit strident résonnait tel l'hallali d'une irrémédiable défaite. La personne qui tentait de les joindre insistait. Elle eut la conviction qu'il ne s'agissait ni d'une erreur, ni de la farce d'un plaisantin : un malheur venait d'arriver.

Elle bondit du lit, se rua dans le couloir, faillit se cogner à sa fille, tout juste sortie de sa chambre. Elles s'interrogèrent du regard, cherchant une raison rassurante à cet appel nocturne, n'en trouvèrent pas et coururent vers le séjour.

Genna décrocha.

— Madame Debert ?

— Oui.

— Les pompiers.

— Mon Dieu ! s'exclama-t-elle. Que se passe-t-il ?

Élodie guettait ses réactions.

— Votre mari a eu un accident, expliqua l'homme, habitué à ces annonces. Nous l'avons dirigé vers l'hôpital le plus proche.

— Un accident ? Mais… Comment va-t-il ?

— Je n'en sais pas plus. On m'a juste demandé de vous prévenir.

Elle ne le remercia pas, le laissa terminer son propos, raccrocha. Ses émotions atomisaient ses pensées. Que faire ? Par quoi commencer ? Elle réalisa alors que sa fille attendait toujours une explication.

— Il est… ? balbutia Élodie.

— Non. Il a eu un accident. Ils l'ont conduit à l'hôpital.

*

Lorraine Sansier ne dormait pas. Les souvenirs de cette soirée ne lui laissaient aucun répit.

À la faveur de l'obscurité, les ombres de son cœur pouvaient se révéler sans la trahir.

Quel toupet cette Clara ! Il est vrai qu'en d'autres circonstances, elle aurait apprécié sa force de caractère, mais il s'agissait là de l'avenir de son fils. Dire que ce dernier avait quitté la réception pour courir après cette effrontée ! Il était donc si épris d'elle ?

Il est vrai qu'elle était très jolie. Mais construit-on une vie sur un physique ? Une danseuse… pourquoi pas une strip-teaseuse ? Et la manière dont elle avait dansé au mariage… Bien entendu, elle savait faire bouger son corps, jouer de ses atouts. Mais danse-t-on de manière si lascive à ce genre de réception ? C'était là le problème : le manque de subtilité. Les convenances, pour peu qu'on les connaisse, réclament une finesse d'esprit impossible à acquérir si elle ne provient pas d'une bonne éducation. Sans celle-ci, tout imposteur est vite démasqué, mal jugé, mal considéré, voire rejeté.

Certes, ces règles pouvaient paraître désuètes, elle le savait. Les convenances… qui s'en souciait encore ? Mais les maîtriser revenait à se donner les chances d'évoluer plus vite dans le monde. Gabriel avait tout pour lui : l'intelligence, le charisme, la beauté… Il lui manquait seulement une femme capable de le soutenir, de l'aider. N'était-il pas légitime qu'une mère aspire au meilleur parti pour son fils ? Fallait-il céder au laxisme ambiant et accepter tout et n'importe quoi et se retrouver, quelques années plus tard, dans le rôle de celle qui recolle les morceaux ? Lorraine, en femme d'expérience, savait ce qu'il fallait à son fils pour traverser la vie et affronter les épreuves. Le couple qu'elle formait avec son mari n'en était-il pas la preuve ?

Elle ruminait ces réflexions quand elle entendit toquer à la porte d'entrée. Elle jeta un rapide coup d'œil sur le réveil. Qui pouvait les déranger à cette heure ?

Son mari sortit de son sommeil.

— Je vais voir, annonça-t-elle.

Il se redressa, la regarda revêtir sa robe de chambre.

Elle ouvrit. Le gardien de nuit de l'hôtel l'attendait, l'air contrit.

— Désolé de vous déranger, Madame. Mais il était impossible de vous joindre par téléphone.

— Oui, j'ai décroché.

— C'est important.

— Mais il est plus de trois heures de matin ! rétorqua-t-elle furibonde.

Le réceptionniste n'avait jamais eu à faire une annonce aussi terrible. Il avala sa salive et articula les mots qui allaient briser cette cliente.

— C'est l'hôpital… au sujet de votre fils. C'est grave.

Le visage de Lorraine se figea et la lueur furieuse de ses yeux disparut derrière une expression d'incompréhension puis, soudain, de frayeur. Elle posa une main sur le mur pour ne pas tomber.

« Oh non ! murmura-t-elle. Pas mon fils. »

Premier jour

Chapitre 15

Derrière ses paupières closes, il perçut une lumière blanche. Il éprouva ensuite la sensation de son corps, étalé autour de son esprit toujours vaporeux. Doucement il tenta de bouger les membres et les sentit répondre. Un extrême soulagement le gagna : il était bien vivant ! Et ses fonctions motrices paraissaient ne pas être affectées.

— Il se réveille ! déclara une voix.

Il ouvrit lentement les yeux. La clarté lui brûla le cerveau. Puis le feu s'apaisa et des formes apparurent. Il put alors distinguer les contours d'un visage. Une femme aux cheveux blonds et aux grands yeux verts se tenait près de son lit.

« Clara ? » pensa-t-il.

Gabriel fit un effort pour concentrer son attention et affiner sa vision. Il distingua alors une blouse blanche, penchée sur lui, de l'autre côté.

— Vous m'entendez ? interrogea celle-ci.

Il mit un instant avant de comprendre ce qu'elle lui avait demandé, puis bougea un peu la tête pour lui signifier oui.

— Tu as mal ? s'enquit la femme blonde.

Il envisagea la question. Était-ce de la douleur qu'il ressentait ? Non, plutôt une tension dans certaines parties du corps et une chaleur intense qui paraissait vouloir faire imploser la peau de son épaule.

Sa vue devenant plus précise, il observa celle qui s'adressait à lui.

« Non, il ne s'agit pas de Clara. »

Il voulut parler, demander qui elle était mais ses paroles s'épuisèrent dans un souffle.

— Il faut le laisser se reposer, Madame, déclara l'infirmière, invitant l'autre personne à la suivre.

Resté seul dans la chambre, Gabriel repensa aux récents événements et des images vinrent s'entrechoquer dans l'éther de ses pensées. Celles du mariage : le visage de Clara, sa bouche, ses yeux, la piste de danse, l'attitude de sa mère, leur dispute. Puis celles de l'accident : la voiture, la route, la lumière des phares, le cri de Clara, le sang sur son visage. Mais, maintenant, l'accident était derrière eux et Clara, vivante. Il l'avait vue lorsque les secours s'étaient occupés d'eux. Et le passeur avait dit qu'elle s'en sortirait. Le passeur ! Il tressaillit en repensant à cet inconnu et à leur conversation. Chaque mot lui revint avec précision.

« C'est ridicule, songea-t-il. C'était un cauchemar, rien d'autre. »

Il eut envie de revoir Clara. Où se trouvait-elle ? Dans une chambre voisine sans doute.

Il tenta de se lever, fit quelques mouvements mais éprouva une vive douleur au torse. Il sentit sa main droite libre. Après s'être assuré de sa mobilité, il la promena sur son corps et découvrit des bandages contre sa poitrine.

Il réitéra l'effort et ses jambes répondirent. Il parvint à s'asseoir sur son lit mais des vertiges le contraignirent à rester un instant immobile. Il posa les pieds au sol, réussit à se mettre debout et avança lentement. Apercevant un miroir, il s'approcha et plissa les yeux pour mieux s'apercevoir.

Et ce que Gabriel vit lui arracha un cri d'horreur.

*

Lorraine et Denis se présentèrent à l'accueil de l'hôpital.

— Nous sommes les parents de Gabriel Sansier, annonça le père, le visage ravagé par l'anxiété.

L'hôtesse nota leur fébrilité : il ne s'agissait pas d'une simple visite. Elle leur offrit donc un sourire doux et consulta son registre.

— Il est arrivé cette nuit.

Derrière Denis, Lorraine épiait les réactions de la jeune femme, comme si elle attendait de celle-ci une réponse définitive aux questions qui la tourmentaient.

— Oui. Je vais prévenir le professeur Attali de votre arrivée, annonça-t-elle d'une voix faussement naturelle.

— Où est mon fils ? demanda Lorraine, la voix brisée.

— Je ne sais pas, Madame. Je vous demande de patienter quelques minutes, répondit l'hôtesse en décrochant le téléphone. Le professeur vous répondra.

À son attitude, Lorraine et Denis comprirent qu'elle leur dissimulait quelque chose. Ils n'osèrent l'interroger plus avant, comme pour repousser l'échéance. Tant que les choses n'étaient pas dites, elles n'existaient pas.

Elle raccrocha.

— Je vous accompagne, il vous attend.

Le couple passa devant une femme blonde sans la voir. Ils ne remarquèrent pas la compassion qu'exprimait son regard ni son embarras.

Genna croisa les bras sur sa poitrine et réprima un frisson.

*

Gabriel observait le visage de son assassin.

Non, ce qu'il vivait ne résultait pas d'un délire nocturne ou d'une divagation due à l'accident : il était revenu à la vie, certes, mais dans le corps d'un autre. Dans le corps de l'homme qui l'avait tué ! L'avertissement du passeur prenait maintenant tout son sens : « Ne me remercie pas. Tu ne sais pas encore à quoi tu devras faire face. »

Il le découvrait maintenant avec horreur : il était présent, dans le monde des vivants, en sursis, pour huit jours, dans la peau du chauffard qui avait brisé sa vie. Et cette réalité lui parut invraisemblable, affreuse, cruelle.

Lui-même était sans doute mort. Clara, ses parents, ses amis devaient le pleurer. Et lui ne pourrait rien dire pour les consoler, les soutenir.

Gabriel, abasourdi, s'assit sur le lit et répéta ces vérités incroyables afin de les faire siennes. Il regarda ce corps qu'il ne connaissait pas et qui le répugnait, qui était désormais sa prison. Son outil aussi, puisqu'il s'agissait de son seul lien avec la réalité qu'il avait souhaité réinvestir.

Il devrait vivre avec ce secret le temps de sa… résurrection. Ensuite ? Ensuite, il partirait, définitivement.

Désormais, la mort ne lui faisait plus peur. L'avait-il crainte auparavant ? Il avait toujours redouté celle des siens, parce qu'elle lui semblait être une privation, un éloignement insoutenable. Mais pas la sienne car, dans l'insouciance de son âge, dans l'arrogance de sa jeunesse, il ne l'avait jamais envisagée. Il avait seulement vécu dans le présent et dans la promesse du bel avenir qui l'attendait. Or, désormais, c'était la mort qui l'attendait, à quelques jours de là. Elle s'était manifestée sous une forme humaine, avait accepté sa proposition et ajourné le décret.

Il se sentit soudain vide, seul, accablé.

Puis, l'image de Clara apparut. C'est à elle qu'il fallait penser ! C'est pour elle qu'il était revenu.

Clara sans doute seule et désespérée.

Peut-être l'idée de le rejoindre lui était-elle déjà venue à l'esprit.

Pourquoi luttait-il contre cette éventualité, d'ailleurs ? Après tout, être réunis dans la mort serait une situation enviable. Enviable ? Que savait-il de la mort et de ce que deviennent les âmes des amoureux dans l'au-delà ?

Les paroles de la chanson de Piaf lui revinrent en mémoire.

Nous aurons pour nous l'éternité
Dans le bleu de toute l'immensité
Dans le ciel plus de problèmes
Mon amour crois-tu qu'on s'aime
Dieu réunit ceux qui s'aiment

Gabriel s'insurgea contre l'émotion que la chanson fit naître en lui. Quelle connerie ! Dieu, ou autre chose, les avait séparés aux prémices de leur amour !

Était-ce pour cela que lui-même souhaitait que Clara vive ? Parce qu'il ne savait rien de l'ailleurs ? Parce que la vie lui apparaissait comme une richesse, quelles que soient les épreuves venues l'émailler, l'entacher, l'assombrir ?

Peu importaient les raisons, en vérité. Il voulait qu'elle vive et devait l'aider à accepter la réalité, à renoncer à le suivre.

Et si la mort avait accepté sa négociation, c'est qu'il n'avait pas tort de s'obstiner.

Ou alors, il s'agissait d'un jeu pervers. Car sa mission, dans ces conditions, était impossible. Comment parvenir à sauver Clara sous les traits de l'assassin de leur amour ? Qui osait s'amuser à leurs dépens ?

À la réflexion résignée succéda la colère. Colère contre cet homme qui avait croisé leur route, colère contre l'ange de la mort qui s'était moqué de lui, avait utilisé les termes de leur transaction pour le placer dans cette situation absurde.

Il découvrit alors un autre aspect terrifiant de cette situation : il ne pourrait plus toucher Clara, ni l'embrasser.

Tout à coup las, désabusé, il s'allongea.

Inutile de se battre, de tenter de lutter contre le destin.

La douleur profita de cet abattement pour assaillir son corps, son esprit. Ses membres semblaient lardés de coups de couteau. Mais c'était comme si ces agressions ne lui étaient pas adressées. Comme si elles concernaient le salaud qui lui avait volé sa vie.

Huit jours. Huit malheureux jours pour tenter de sauver Clara, lui redonner envie de vivre, alors qu'il n'était plus qu'une âme dans le corps d'un autre.

*

Le professeur Attali inspira profondément. Il s'était retrouvé plusieurs fois dans cette situation et redoutait pourtant l'épreuve. C'est à lui que revenait d'annoncer au couple, installé dans son bureau, la terrible nouvelle. Il avait fait tout ce qu'il avait pu, mais le jeune homme était arrivé à l'hôpital dans un état de mort cérébrale. Malgré les circonstances, il ressentait cette inévitable issue comme un échec personnel. Il rassembla son courage et pénétra dans la pièce. Le couple se tourna vers lui, chercha son regard, s'y accrocha.

Il s'assit face à eux, chercha ses mots. Il connaissait ces regards suppliants, animés d'espoir et de frayeur, scrutant son visage à la recherche du moindre indice. Et savait qu'ils y liraient la sentence redoutée puis nieraient avoir compris.

Le couple attendait, figé. Le mari tentait de conserver une certaine dignité. Sans doute sa manière de continuer à repousser l'idée du pire. La femme, elle, avait abandonné ses défenses. Ses yeux étaient rougis par les larmes, ses lèvres tremblaient. Agrippée au bras de son mari, elle essayait de rester droite.

— Je suis désolé, murmura-t-il en hochant la tête.

La formule consacrée venait d'être prononcée. Les phrases qui suivraient en feraient également partie. Il avait déjà joué cette scène, en connaissait les moindres répliques.

— Comment ça ? bredouilla la femme, prise de panique.

— Nous avons fait tout notre possible mais…

— Il est… ?

Lorraine Sansier ne réussit pas à prononcer le mot. Elle porta une main à sa bouche, ses yeux s'ouvrirent démesurément sur l'horreur à venir.

— Non. Mais… Le choc a été violent. Le scanner montre un œdème cérébral important et l'électro-encéphalogramme est non réactif.

— Ce qui signifie ? questionna Denis.

— Qu'il se trouve dans un état de mort cérébrale. Son cerveau ne fonctionne plus.

— Mais il n'est pas mort, n'est-ce pas ? s'emporta Lorraine.

— Il est sous respiration artificielle et son cœur continue à battre.

— Il n'est donc pas mort ! s'écria-t-elle.

— Pas cliniquement. Mais… il mourra quand nous arrêterons l'assistance respiratoire.

— Ne le débranchez pas ! ordonna-t-elle, retrouvant tout à coup son autorité naturelle. Il existe sûrement un moyen. Nous allons faire venir des spécialistes ! Nous connaissons du monde. D'éminents chirurgiens !

L'espoir… pensa le professeur Attali. Le déni de réalité. Une réaction fréquente lorsque le décès n'est pas *dans l'ordre des choses,* selon l'expression consacrée. Comment des parents pourraient-ils accepter le départ d'un enfant ?

— Ils vous diront la même chose que moi, répliqua avec douceur le médecin.

— Je vous interdis… commença-t-elle à hurler.

— Lorraine, s'il te plaît, intervint Denis.

Sa femme, surprise, se tourna vers lui, chercha un soutien dans son regard, n'en trouva pas.

— Il ne faut pas qu'ils le débranchent, Denis. On peut faire quelque chose. Tu vas faire quelque chose, n'est-ce pas ? Je t'en prie, Denis !

Elle lut la résignation dans ses yeux pleins de larmes. Et elle ne l'avait jamais vu pleurer auparavant.

— Oh, non Denis… dis-moi que ce n'est pas fini, gémit Lorraine en éclatant en sanglots.

Son mari ne répondit rien, se contentant de la serrer contre lui.

— Notre fils, mon Dieu, notre fils…

Le médecin baissa la tête, comme pour s'abstraire du lieu, leur accorder plus d'intimité.

— Quand allez-vous le… débrancher ? interrogea monsieur Sansier.

— Quand vous nous le permettrez. De préférence dans un délai de huit jours.

Denis Sansier se leva, hagard. Il se raidit pour pallier la faiblesse de ses membres. Il fallait qu'il soit fort, qu'il soutienne sa femme, il ne devait penser qu'à elle. Il s'effondrerait plus tard. Il saisit le bras de son épouse. Celle-ci se redressa, pleurant toujours, s'appuya sur l'épaule de son mari.

— Peut-on le voir ? demanda-t-elle soudain.

— Je vous conseille d'attendre un peu, murmura le professeur Attali en arrimant ses yeux à ceux du père de la victime afin de quêter son aide.

Il fallait un peu de temps pour panser les plaies du jeune homme, le rendre présentable, mais cet argument était indicible. Denis comprit peut-être. Ou alors, il éprouva le besoin de récupérer un peu de force et de courage avant d'affronter cette épreuve.

— Demain, Lorraine. Nous le verrons demain.

*

— Alexandre ?

Gabriel mit un certain temps à comprendre que c'est à lui que la voix s'adressait. Il ouvrit les yeux et vit une femme penchée sur son visage, l'observant avec une intensité dont il n'aurait pu expliquer le dessein.

— Alexandre ? répéta-t-elle, comme pour s'assurer qu'il était parfaitement réveillé.

« Alexandre. C'est ainsi que s'appelle mon assassin. Et ce doit être sa femme, celle déjà aperçue à mon réveil. »

Il n'avait pas pensé à cet aspect-là de la situation : il faudrait retrouver une famille et des amis qu'il ne connaissait pas et cette idée l'accabla.

— C'est moi, Genna.

Gabriel n'eut aucun mal à rester stoïque, le regard suffisamment vide pour que la visiteuse imagine sa mémoire dans le même état.

— Tu me reconnais ?

Il remua la tête pour dire non.

— Oh, mon Dieu ! s'exclama-t-elle.

— Et moi, papa ? demanda une autre voix.

Une jeune fille apparut de l'autre côté du lit. Elle avait les cheveux teints en noir. Un noir terne, lugubre. Le même que celui qui soulignait ses yeux marrons. Un piercing traversait sa lèvre inférieure et laissait apparaître une petite pointe conique.

— Tu sais qui je suis, n'est-ce pas ? insista-t-elle.

Il oscilla la tête pour répondre non.

— C'est Élodie, notre fille, précisa la femme.

Même réponse silencieuse.

— C'est un truc de fou ! s'exclama l'adolescente. Peut-être qu'il est abruti par les médicaments ?

Sa mère posa une main sur son épaule. Un geste tendre auquel se déroba Élodie.

Elles demeurèrent silencieuses, paraissant attendre que le miracle se produise.

Gabriel préféra se soustraire à cette scène éprouvante et fit mine de se rendormir.

Il les entendit parler doucement à ses côtés.

— Ne te mets pas dans cet état-là, dit la mère. C'est provisoire.

— Provisoire ? Qu'est-ce que t'en sais ?

— De toute façon, nous n'avons pas d'autres choix que d'attendre.

— Moi j'attends pas, j'me casse, rétorqua la jeune fille.

Après son départ, la femme resta encore un instant auprès de celui qu'elle pensait être son mari. Gabriel l'entendit pleurer silencieusement mais n'éprouva pas la moindre compassion pour elle.

Il avait hâte qu'elle sorte et le laisse seul.

*

Clara ouvrit les yeux et vit Lucas à ses côtés. Que faisait-il près de son lit ? Elle sentit une lourde fatigue menacer sa clairvoyance et ferma un instant les paupières, persuadée qu'elle rêvait.

Quelle bizarrerie de l'imagination amenait cet ami à investir ses rêves ? Parce qu'elle rêvait. Oui, elle rêvait sinon… Soudain, une boule d'angoisse gonfla dans son cœur et elle essaya de se retourner pour la contenir, l'étouffer. Puis, comme s'ils avaient été retenus trop longtemps, les souvenirs affluèrent, séquences désordonnées, entrelacs de paroles et de tableaux mouvants, de portraits figés et de visages animés, comme hachés par un infernal stroboscope.

Elle rouvrit les yeux, effrayée. Elle ne se trouvait pas dans son lit mais dans une chambre d'hôpital.

Alors, elle comprit.

— Gabriel ! tenta-t-elle de crier d'une voix éteinte.

L'air désemparé de Lucas l'alerta plus encore.

— Où est Gabriel ? demanda-t-elle.

— Dans une chambre à côté, murmura-t-il.

Il était donc vivant ! L'information la tranquillisa un instant mais l'air désolé qu'affichait leur ami signifiait autre chose.

— Comment va-t-il ?

Lucas garda le silence.

— Réponds-moi je t'en prie !

— Il est… dans le coma.

— Le coma ?

Il fallut quelques secondes à Clara pour appréhender la signification de ces paroles, l'horreur de la situation.

— Mais… Il va s'en sortir n'est-ce pas ? balbutia-t-elle.

Lucas haussa les épaules, embarrassé.

— Ils n'ont pas encore pratiqué tous les examens. Il faut attendre.

Il mentait. Elle le lisait dans sa manière de soutenir son regard.

Elle voulut le questionner encore mais sentit son esprit basculer, comme aspiré de l'intérieur. Alors, elle ferma les yeux, en proie à un désespoir infini.

Surgit le visage de Gabriel qui lui offrait une mimique tendre et désolée à la fois.

Elle voulut l'appeler, lui tendre les bras mais sa volonté s'abîma dans les abysses de la fatigue.

*

Le professeur Attali jeta un coup d'œil aux résultats des analyses.

— Hématome de la rate, annonça l'interne qui venait de les lui apporter. Pour l'instant, la situation semble stable, mais nous ne pouvons pas exclure une hémorragie dans les prochaines heures.

— Je vois, répondit le chirurgien. Nous allons la surveiller et, si nécessaire, nous réaliserons une splénectomie afin de prévenir les risques de rupture.

— En effet. Mais… l'intervention sera risquée.

Le mandarin leva les yeux vers son jeune confrère.

— Pour quelles raisons ?

L'interne tendit le dossier. Le professeur jeta un coup d'œil sur les résultats complets.

— Merde ! ragea son patron.

Il posa le dossier sur son bureau, contrarié. Le cas de cette patiente le touchait, sans qu'il sache vraiment pourquoi.

Habitué à se prémunir de tout sentiment envers ses patients, il s'était laissé atteindre par le cas de Clara Astier.

— Elle le sait ? demanda-t-il.

— Aucune idée. Elle refuse de nous parler.

Deuxième jour

Chapitre 16

Gabriel venait de sortir d'un sommeil dont il n'avait aucun souvenir. Un sommeil profond réclamé par ce corps blessé mais dont son âme, parce qu'elle n'y était qu'une occupante étrangère, n'avait tiré aucun profit.

Une question le tourmentait : combien de temps s'était écoulé depuis l'accident ?

Un homme grand, rondouillard, vêtu d'un costume sans forme, pénétra dans sa chambre. Il se plaça près du lit et le considéra avec froideur.

— Inspecteur Panigoni, annonça-t-il. Vous sentez-vous capable de répondre à mes questions ?

L'homme ne ressemblait pas à un policier. Son allure débonnaire, son embonpoint, son visage rond, ses yeux doux, lui donnaient une apparence joviale, presque sympathique, que démentait son attitude.

— Les analyses effectuées ont révélé un taux d'un gramme et demi d'alcool dans votre sang, continua-t-il. Compte tenu de cela, et des conséquences dramatiques de l'accident, vous faites l'objet de poursuites.

Gabriel enregistra ces informations sans sourciller.

L'inspecteur attendit une réponse, mais le blessé resta comme étranger à la scène.

— Je vous conseille de collaborer. Dans le cas contraire, je demanderai votre incarcération dès votre sortie de l'hôpital.

La prison. La menace agit comme déclic : enfermé, il lui serait impossible d'accomplir sa mission.

— Je vous écoute, répondit-il d'une voix qui le surprit.

Celle de son assassin.

— Racontez-moi les circonstances de l'accident.

Les images lui revinrent à l'esprit. Des séquences agitées, imprécises, désordonnées.

Gabriel fut tenté de les relater en se substituant au chauffard, mais s'en abstint. Il devait feindre l'amnésie. Sinon, comment expliquer ne rien savoir de la vie de l'homme dont il avait pris l'identité ?

— Je n'en ai aucun souvenir, déclara-t-il.

Panigoni lui lança un regard dur.

— De rien ? Vraiment ?

— Juste les phares de la voiture. Puis le choc.

— L'amnésie ne constitue pas une défense, déclara l'inspecteur, suspicieux.

— Je ne cherche pas à me défendre. Je suis coupable, je le sais.

Le policier lissa sa cravate et réajusta le col de sa chemise.

— Très bien. Je vais patienter. Je vous interrogerai plus tard.

— Puis-je vous poser une question, inspecteur ?

L'homme acquiesça d'un léger mouvement de tête.

— Quel jour sommes-nous ?

Panigoni l'observa quelques secondes, comme s'il se demandait si la question relevait du rôle que son interlocuteur avait choisi de jouer.

— Lundi.

Gabriel enregistra l'information.

« Deux jours. Cela fait deux jours que l'accident a eu lieu ! »

— Il y avait une femme dans la voiture, dit Gabriel.

— Oui, confirma l'inspecteur. La mémoire vous revient ?

— Non, je me souviens seulement de son visage effrayé, juste avant l'impact.

— Elle était avec son fiancé, ajouta Panigoni.

— Et… comment va-t-elle ?

— Elle s'en est plutôt bien sortie. Enfin physiquement. Parce que, psychologiquement, elle est… très perturbée.

— C'est-à-dire ?

— Elle est prostrée, refuse de parler, de se nourrir.

L'inspecteur l'observa. Ses questions, et, maintenant, son air bouleversé, ne cadraient pas avec le portrait type du chauffard.

— L'état de son fiancé vous préoccupe moins, semble-t-il.

— Non… Il est…

— Dans un coma irréversible, annonça Panigoni avant de prendre congé.

Resté seul, Gabriel prit le temps d'assimiler ces informations.

Clara, désespérée, avait commencé son lent retrait du monde des vivants.

Et lui n'était pas encore mort. Son corps était là, quelque part, dans l'attente de son âme, prêt pour le départ.

*

Denis et Lorraine Sansier sortirent de la salle de réanimation à pas feutrés, comme pour éviter de réveiller leur fils. On n'aurait su dire qui soutenait l'autre, tant leurs corps ressemblaient à des ombres vacillantes.

Le ronronnement des appareils, rythmé par le souffle régulier et caverneux du respirateur, constituait la funèbre bande-son de cette scène. La lumière tamisée dessinait d'étranges et inquiétantes arabesques sur les murs et le sol. Derrière eux, le corps de Gabriel gisait sur le lit, frêle barque arrimée aux appareils médicaux.

Lorraine voulut se retourner pour le regarder encore, comme si elle espérait un geste de salut ou s'en voulait d'abandonner son fils à son irrémédiable dérive, mais Denis la contraignit à reprendre sa marche.

*

Avant de le rencontrer, Clara avait seulement existé à la surface des choses. Il avait fait d'elle une femme, une amoureuse. Il lui avait donné envie d'entreprendre l'existence sous un jour positif. Il était son présent, son avenir, le père des enfants qu'elle désirait avoir, l'homme qui aurait su lui faire traverser les années avec légèreté tout en leur donnant du sens. Il était celui qui pouvait effacer son passé.

Il était… Elle réalisa qu'elle utilisait déjà l'imparfait pour évoquer Gabriel et s'en voulut. Son corps était là, dans ce même hôpital, artificiellement maintenu en vie.

Et peut-être que… Non. Le médecin s'était montré catégorique. Son cerveau ne fonctionnait plus. Seul l'appareil respiratoire faisait encore battre son cœur.

Clara plia ses jambes, ramena le coussin contre son ventre et étouffa ses pleurs contre les draps.

On lui avait arraché son amour, sa vie, et elle n'était plus qu'une unique et immense douleur. Une douleur atroce, insurmontable qui, comme un feu, consumait son énergie, ses forces et la laissait là, haletante, incapable d'engager la moindre réflexion.

Presque morte.

Elle se retrouvait seule désormais. Sa mère… sa mère, si tant est qu'elle puisse comprendre son malheur, ne saurait quoi dire ni faire. Son frère… sa jeunesse le laisserait désemparé devant cette sœur qu'il avait toujours connue combative.

Seule.

*

— Elle l'a tué.

Denis releva la tête. Lorraine, prostrée sur un fauteuil, venait de prononcer ses premiers mots de la journée. Près d'elle, le café avait refroidi. Elle n'avait rien bu, rien mangé. Les calmants administrés par leur médecin de famille l'avaient confinée dans une zone retranchée de son esprit. Elle avait pleuré en murmurant sans cesse le prénom de son fils. Denis avait compris la force, paradoxalement salvatrice, de la douleur de sa femme : celle-ci lui interdisait de faillir. Lui ne pouvait se permettre de perdre pieds, de se laisser submerger par sa peine, d'emprunter les chemins de torture que ses souvenirs tentaient d'ouvrir. Il lui fallait rester lucide et fort, pour elle. C'était son combat, sa raison de vivre désormais. Un combat de chaque instant, au terme duquel aucune victoire ne l'attendait mais qu'il ne devait surtout pas perdre.

— Elle l'a tué, répéta-t-elle, avec plus d'amertume encore.

Denis comprit le sens de l'accusation. Il sut également que mieux valait pour sa femme qu'elle abandonne le courant de sa souffrance pour se laisser emporter par celui de la haine. Pourtant, à ses yeux, elle se trompait de cible. Il fallait le lui expliquer, l'amener progressivement à orienter ses ultimes forces vers un autre ennemi.

— C'est cette fille qui nous a pris notre fils, lança Lorraine, véhémente.

La laisser s'exprimer. La laisser poser des mots sur les sentiments qui émergeaient confusément du magma de son affliction.

— S'il n'était pas sorti avec elle, s'il nous avait écoutés, Gabriel serait encore là.

Denis s'assit près d'elle, lui prit la main. Elle leva ses yeux sur lui, chercha un assentiment. Était-il d'accord pour l'accuser aussi ? Était-il prêt à la haïr avec elle ? Mais le visage de son époux demeurant impassible, elle comprit qu'il ne la suivrait pas dans cet assaut désespéré.

— Elle avait bu. Je l'ai vue boire ! Et elle a pris le volant ! expliqua-t-elle.

Denis savait le risque de ces arguments. Le rempart que sa femme tentait d'élever face à ses tourments ne résisterait pas longtemps à la vérité. Si elle avait bu, si elle avait pris le volant après s'être enfuie, c'était parce qu'eux-mêmes avaient refusé de faire sa connaissance. Ils l'avaient rendue malheureuse, l'avaient même, peut-être, humiliée. Et elle s'était enfuie suite à son altercation avec Lorraine. Et c'est cette vérité que sa femme finirait par voir lorsque ce mur tomberait. Une vérité qui l'achèverait.

— Non, ce n'est pas de sa faute, rétorqua-t-il d'une voix douce.

Son épouse eut un petit mouvement de recul et afficha sa contrariété, son étonnement.

— Le médecin m'a dit qu'elle avait très peu d'alcool dans le sang, continua Denis. Et les éléments de l'enquête démontrent, pour l'heure, qu'elle roulait à une allure normale et n'a commis aucune erreur. C'est la voiture qui a surgi à ses côtés qui est en cause. L'homme était ivre. Il a dû s'endormir, quitter la route et heurter l'Audi de Gabriel, l'envoyant contre un peuplier.

Lorraine se figea, l'air soudain hagard. Ses yeux se perdirent dans la nuit d'horreur. Elle tenta de transformer les mots en images, d'apercevoir la voiture filant sur la route de campagne. Visualiser pour comprendre, pour ne plus laisser ses sentiments tourner anarchiquement en elle, les rassembler autour d'une réalité, d'un fait. Le cyclone plutôt que la tempête. Pour mieux le voir, appréhender sa force, sa vitesse, la durée de son passage, espérer l'accalmie.

— Qui est cet homme ? balbutia-t-elle.

— Je l'ignore. Je dois me rendre au commissariat.

— Je t'accompagnerai. Je veux connaître son nom, voir son visage. Je veux savoir qui est l'assassin de mon fils.

— Il s'en est sorti indemne, asséna son mari afin de la laisser lâcher sa haine contre ce véritable adversaire. Juste quelques contusions.

— Mon Dieu… quelle injustice, hoqueta Lorraine.

— Mais il ne m'échappera pas, je te le promets. Il paiera l'assassinat de Gabriel.

Lorraine approuva d'un mouvement de tête.

Denis avait atteint son objectif. Désormais, sa femme avait un nouvel ennemi contre lequel déchaîner ses pensées. Il lui donnerait son nom, lui montrerait son visage, les lui jetterait en pâture pour l'éloigner un peu de sa souffrance.

*

Le professeur Attali se tenait devant sa patiente.

— Voilà, vous savez tout.

Il avait parlé avec douceur, révélant les résultats des analyses. Elle n'avait pas réagi, pas réclamé de raisons d'espérer. Elle lui paraissait résignée, soumise à son sort, et cela l'inquiétait.

— Si nous n'intervenons pas, une hémorragie peut survenir. Et vous risquez de perdre la vie.

Il ne remarqua pas le léger sourire se dessiner sur la bouche de sa patiente. Elle avait déjà perdu la vie. Et, ce que venait de lui apprendre le chirurgien, loin de l'affoler, la rassura. Peut-être la mort surviendrait-elle naturellement. Une hémorragie, un coma rapide puis… plus rien. Et, si Dieu réunissait réellement ceux qui s'aiment… Gabriel, de l'autre côté.

Quand il aborda alors le cas de Gabriel, elle resta impassible. Il aurait préféré des larmes, des plaintes, voire des reproches contre son incapacité à sauver son amoureux, en tout cas un signe de révolte capable d'exprimer qu'il lui restait encore des forces, la volonté de se battre. Elle en aurait tant besoin. Mais elle se recroquevilla dans son lit, les yeux perdus dans le vide. Le médecin tenta une dernière approche pour la faire réagir.

— Nous débrancherons l'assistance respiratoire dans une semaine. Ses parents ont demandé un délai, afin que la famille soit réunie.

Un frisson traversa Clara mais elle le maîtrisa et demeura prostrée.

— Peut-être devriez-vous leur parler, prendre part à leur décision. C'était votre fiancé.

Il avait volontairement utilisé l'imparfait, sachant que cette modification dans l'énoncé d'une réalité provoquait souvent une prise de conscience des proches. Et il avait intentionnellement fait référence aux parents de la victime, son équipe lui ayant appris que jamais ceux-ci n'avaient rendu visite à sa patiente, ni demandé de ses nouvelles. Il existait donc un différend sur lequel s'appuyer pour extraire la jeune femme de sa torpeur.

Il vit juste une larme couler sur la joue de Clara, unique manifestation de l'attention qu'elle portait à ses propos. Une expression discrète de sa douleur dont il se contenterait, pour l'heure. Il aurait peut-être une autre nouvelle difficile à lui annoncer. Mais pour cela, il fallait qu'elle émerge de sa léthargie, recouvre sa capacité à s'émouvoir, à se battre.

Et rien n'était encore sûr.

*

On était venu le chercher, l'avait installé sur un fauteuil roulant avant de le conduire dans différentes salles d'examens. Gabriel s'était laissé manipuler, avait suivi les indications qu'on lui donnait.

Son esprit était ailleurs, près de Clara. Il l'imaginait seule, malheureuse, repliée sur sa peine, cherchant à mettre des mots sur ce qui était survenu. Et envisageant peut-être déjà de quitter ce monde pour le rejoindre, là où elle croyait le trouver.

Des aides-soignants l'avaient raccompagné à sa chambre. Plus tard, un médecin était entré, accompagné d'internes.

— Le scanner n'a révélé aucune lésion au cerveau, annonça-t-il. Votre amnésie est sans doute due au traumatisme subi. Mais elle peut également être psychogène. Vous n'admettez pas la réalité, alors votre inconscient se charge d'effacer ce qui pourrait nuire à votre équilibre mental. La mémoire vous reviendra sans doute lorsque vous aurez accepté de faire face à vos responsabilités.

Le médecin ne paraissait pas porter de jugement sur le chauffard. La froideur avec laquelle il s'exprimait était seulement professionnelle. Une interne, en revanche, trop jeune pour masquer ses sentiments, lui lançait de mauvais regards.

Ils quittèrent la chambre. Une infirmière resta près de lui afin de lui changer les pansements. Ses gestes étaient techniques et ses yeux évitaient de rencontrer les siens. Il ne put se résoudre à patienter plus longtemps pour poser la question lui brûlant les lèvres.

— La femme que j'ai… commença-t-il.

Les mots refusaient de se prêter au jeu étrange que la situation imposait.

L'infirmière fit mine de ne pas avoir entendu. Elle continua à travailler, indifférente aux atermoiements du patient.

— Celle qui… se trouvait dans l'autre voiture… Est-elle soignée dans cet hôpital ? Dans ce service ?

— Pourquoi cette question ? demanda-t-elle, sèchement.

— Pour savoir, se contenta de répondre Gabriel. Je suis tellement…

— Oui, elle est là. Pas très loin de cette chambre. Si seulement elle pleurait vous pourriez l'entendre. Mais elle ne dit rien. Elle, par contre, ne sait pas que vous êtes là. Sa famille non plus.

Chapitre 17

Le plus grand n'avait pas bu son café. En face de lui, son homme de main sirotait le sien en observant son occasionnel patron. L'anxiété que celui-ci affichait l'inquiétait. C'était toujours pareil avec ces hommes que la vie avait trop rapidement propulsés sur la scène de la réussite. Ils se targuaient d'une puissance qui, en vérité, fonctionnait uniquement dans le cadre de leur pouvoir. Et leur morgue, leur détermination, au-delà de leur zone de jeu habituelle, se flétrissaient pour laisser transparaître une dangereuse fébrilité. Il suffisait d'un événement capable d'ébranler leur assurance sans fondations solides pour les voir vaciller, douter, s'effondrer. Et alors, ils finissaient toujours par trahir ou se trahir.

— Ne paniquez pas ! Restez calme ! Tout va bien, lança-t-il.

— On a loupé notre coup, murmura son interlocuteur.

— J'ai loupé mon coup, rectifia l'autre.

— Peu importe, nous sommes dans la même merde maintenant !

— Pour l'instant, tout va bien, lui dit-il.

— Pour l'instant… Mais s'ils ouvraient une enquête ? s'inquiéta le plus grand.

— Il n'y a aucune raison qu'ils le fassent ! Il s'agit d'un banal accident. Ce con avait bu et tout paraît limpide aux yeux des flics. On va s'en tirer.

— Mais… s'il retrouve la mémoire ?

Le petit chauve accentua le tremblement de sa jambe.

— Il n'est pas dit qu'il se soit rendu compte de quelque chose, rétorqua-t-il. Peut-être a-t-il seulement eu la sensation de perdre le contrôle du véhicule.

— Peut-être…

— Écoutez, restons-en là pour l'instant. Voyons comment les choses évoluent et… nous agirons selon les événements.

L'homme de main se leva.

— Essayez de conserver votre calme, de ne rien laisser paraître, ajouta-t-il. Ne changez rien à vos habitudes. Et à la moindre alerte, contactez-moi. Quoi qu'il arrive, je trouverai une solution.

Il sortit du bar. Seul, le grand prit sa tasse, la porta à sa bouche, grimaça au contact du liquide froid.

*

Gabriel avait dû s'assoupir sans s'en rendre compte, car, quand il reprit conscience, il se découvrit seul dans la pièce. Les sombres silhouettes de la nuit s'étaient répandues dans les couloirs et chambres de l'hôpital, enlisant les mouvements, étouffant les sons. Le deuxième jour s'achevait et il n'avait encore rien entrepris pour sauver Clara.

Il réalisa que subsistait en lui le secret espoir que le drame enduré n'était qu'un terrifiant cauchemar, le cauchemar le plus sournois qu'il ait jamais eu à éprouver, et qu'il finirait par se réveiller près de son amoureuse.

Mais il fit taire l'illusion et lui substitua l'image plus réaliste de Clara, seule dans une chambre voisine, prostrée, malheureuse… à en mourir.

Il éprouva l'irrépressible besoin de la voir. Pour puiser dans son désespoir la force d'accomplir sa mission. Pour mieux réaliser la situation. Parce qu'elle lui manquait aussi.

Cette idée lui parut folle, mais tout était fou dans cette histoire. Alors… que risquait-il ? Il se cacherait, se contenterait d'un simple coup d'œil.

Et si elle le voyait ? Avait-elle aperçu les traits de son assassin ? Non, il ne le pensait pas : tout s'était déroulé trop vite et elle ne s'était pas tournée dans sa direction.

Il continua à évaluer la pertinence de cette initiative pendant quelques minutes. Mais son désir de voir Clara fut plus fort que tous ses raisonnements et prudences, aussi se leva-t-il. Ses jambes étaient faibles et douloureuses mais il parvint à leur faire supporter son poids. Il fit quelques pas, lentement, pour retrouver son équilibre, ses sensations et afin de s'habituer à mouvoir ce corps qui n'était pas le sien.

Quand il se pensa suffisamment stable, il ouvrit la porte et jeta un coup d'œil dans le couloir.

Sa chambre était la première d'une enfilade éclairée par la lumière crue des néons. Des infirmières discutaient dans un local situé à quelques mètres. Des téléviseurs diffusaient un lointain murmure.

Clara ne pouvait pas se trouver dans une pièce voisine : il n'était pas pensable que l'on installe une victime à proximité de son agresseur. Il fit le pari de la découvrir dans la seconde partie du bâtiment.

Il avança donc en traînant les jambes, parvint à une première porte, respira profondément et l'ouvrit délicatement. Une femme regardait la télévision. Elle ne s'étonna pas de son apparition. Il s'excusa d'un mouvement de tête et se dirigea vers la chambre suivante. Là, un homme dormait, relié à des appareils. Il allait refermer la porte quand il entendit deux infirmières approcher. Il s'engouffra dans la pièce sombre et resta immobile, à l'affût de leurs pas.

Un grognement le fit sursauter. Dans l'obscurité, l'homme réveillé le fixait. Il craignit de l'avoir effrayé par sa présence et son étrange attitude.

— Elles ne rentreront pas, murmura le malade.

Gabriel s'approcha de lui, le dévisagea. La maladie avait gommé ses traits et il était impossible de dire si elle l'avait prématurément vieilli ou s'il était réellement âgé. Ses yeux exprimaient une immense lassitude.

— Qui êtes-vous ? demanda-t-il, dans un souffle.

— Gab… Alexandre. Je suis dans une chambre à côté. Je voulais sortir me dégourdir les jambes.

Le vieil homme ne parut pas le croire ou se moquer de la réponse.

— Joseph, annonça-t-il, d'une voix morne. Que cherchez-vous ?

— En fait… la chambre d'une amie, avoua Gabriel.

— Dites-m'en plus. Je sais beaucoup de choses. Ici, on a tendance à croire qu'un mourant ne comprend rien ou n'entend plus et on parle sans retenue devant lui. Et ma seule distraction est d'écouter ce qui se dit.

— C'est une jeune femme. Elle a eu un accident de voiture.

— Oui. Elle est arrivée avant-hier. Il paraît qu'elle refuse de se nourrir et de parler, marmonna-t-il.

— C'est elle.

— Vous n'allez pas lui faire de mal, n'est-ce pas ?

Joseph ne lui laissa pas le temps de répondre.

— Non, vous êtes inoffensif, trancha-t-il. Je sais lire dans le regard des hommes.

Que pouvait-il lire dans le sien s'interrogea Gabriel ? Était-ce lui qu'il voyait ou son assassin ?

— Elle se trouve dans la chambre 22. Et la mienne est la 26.

Gabriel posa sa main sur l'épaule de Joseph pour le remercier.

— Passez me voir de temps en temps. Le temps est long quand on attend sa fin.

— Je vous le promets. Désolé de vous avoir dérangé.

— Ne vous excusez pas. Le destin voulait que nous nous rencontrions.

— C'est-à-dire ? demanda Gabriel, intrigué.

— La vie est un peu à l'image de ce couloir d'hôpital. Derrière chaque porte se niche une existence. Nous avançons à la recherche des êtres qui nous aideront à construire notre vie : notre amour, nos amis. Certains, chanceux ou avertis, connaissent les chambres dans lesquelles les découvrir. D'autres ne savent pas et restent éternellement à errer sans oser toquer ici ou là. Et s'ils ouvrent l'une d'entre elles, ils se montrent incapables de questionner, de s'intéresser vraiment à celles et ceux qui leur font face et repartent dériver vers d'improbables rencontres. Pourquoi ? Parce qu'ils ne savent pas ce qu'ils cherchent. Parce qu'ils ne savent plus qui ils sont. Selon moi, chaque porte ouverte, chaque rencontre, est suscitée par le destin et doit nous apprendre quelque chose.

— Vous pensez que je ne sais pas chercher ? questionna Gabriel, étonné par le propos.

— Peut-être. Ou que vous ne savez plus qui vous êtes.

Le vieil homme venait d'énoncer une vérité, sans le savoir.

— Oh, je ne porte pas de jugement ! continua-t-il. Mais vous êtes jeune et vous paraissez perdu, tourmenté.

Jeune ? Gabriel l'était, mais pas Alexandre. Qui cet homme percevait-il en lui ? Ou alors, considérait-il, du fait de son âge, qu'un quadragénaire était encore jeune ? Il aurait voulu lui poser ces questions mais n'en avait pas le temps.

— Nous en reparlerons à ma prochaine visite, déclara-t-il.

— Je vous attends. Je n'attends que vous d'ailleurs.

Gabriel le salua et sortit. Dans le couloir, il chercha le numéro indiqué, le découvrit rapidement.

Son amour était là, à moins de deux mètres de lui, vivante et malheureuse derrière cette porte sur la poignée de laquelle sa main se paralysait. Il respira profondément puis la poussa.

Quelques centimètres suffirent pour qu'il embrasse la pièce du regard. Et il vit Clara, allongée en position fœtale, ses cheveux étalés sur l'oreiller. Elle n'avait pas remarqué son arrivée et fixait le mur qui lui faisait face. Elle paraissait si triste, si seule, absente et perdue au creux de ses draps blancs.

Gabriel sentit sa gorge se serrer. Il eut envie de la prendre dans ses bras, de l'embrasser, de tout lui révéler de son étrange sort.

« Je suis là Clara, pensa-t-il. Je suis là mon cœur. Toute cette histoire est tellement insensée ! Nous avions un amour à vivre et on nous l'a volé. Mais je veux que tu vives. Il le faut. Parce que tout ne peut s'être arrêté à cet instant. Parce qu'en restant vivante, tu me donneras la force de quitter ce monde. »

Des larmes roulèrent sur ses joues.

Soudain Clara eut un léger mouvement de tête.

— Gabriel ? l'appela-t-elle, d'une voix cassée, comme si elle s'était rendu compte de sa présence.

Stupéfait, il fit un pas en arrière.

— Gabriel ? répéta-t-elle. Tu es là ?

Elle l'appelait d'une voix ferme maintenant.

Gabriel referma doucement la porte et s'éloigna.

— Gabriel ! cria-t-elle.

Il eut à peine le temps de se glisser dans sa chambre que déjà deux infirmières se précipitaient dans le couloir.

— C'est la jeune femme de la 22.

— La malheureuse.

Gabriel se laissa tomber dans son lit, en larmes.

Troisième jour

Chapitre 18

Dès que ses paupières s'ouvrirent, la douleur, retranchée aux confins de son sommeil artificiel, prit d'assaut son esprit et l'image de Clara allongée sur ce lit, réagissant à ses paroles, vint lacérer sa conscience. Une image figée, coupée de toute logique, impossible à chasser.

Ses cris l'avaient poursuivi et résonnaient encore en lui.

Avait-elle senti sa présence ?

Le passeur lui avait annoncé qu'ils seraient liés dans la mort. Alors, en vertu de cette vérité, était-il possible que leurs âmes soient encore connectées ?

Perdu dans un brouillard émotionnel, il n'entrevoyait, pour l'heure, aucune possibilité d'action. Il allait devoir improviser, se fier à son intuition. Et, d'abord s'installer dans sa nouvelle réalité afin de l'organiser pour qu'elle ne l'empêche pas d'agir.

Gabriel envisagea la situation avec toute la lucidité dont il pouvait encore disposer et prit quelques décisions. Il se fixa deux objectifs immédiats : d'abord, obtenir des informations sur son identité car, même amnésique, il faudrait composer avec l'histoire de celui dont il occupait le corps. Ensuite, prendre un avocat capable de le défendre et lui éviter la prison préventive durant les jours à venir. Quelle ironie d'être contraint de disculper son assassin pour sauver Clara ! Momentanément du moins.

Il se leva, se dirigea vers le placard. À l'intérieur, il dénicha une boîte contenant les effets personnels d'Alexandre. Il saisit le portefeuille, l'ouvrit, en sortit une carte d'identité. Il s'appelait Alexandre Debert, avait quarante-cinq ans et vivait dans une banlieue huppée. Une carte de visite lui apprit qu'il occupait les fonctions de Président-Directeur-Général d'une entreprise spécialisée dans la conception de logiciels destinés au monde médical. Sur une photo, son meurtrier posait avec une femme blonde et une petite fille. Il comprit qu'il s'agissait des deux personnes vues à son chevet. La photo était vieille, abîmée. La femme était jolie, la petite fille lui ressemblait. Derrière l'image figurait une phrase : « Genna et Élodie, juillet 2000, Los Angeles. »

Il trouva également un smartphone dont la batterie était vide.

La sonnerie du téléphone de sa chambre retentit.

Il hésita, puis, résolu à faire face à la réalité, répondit.

— Allô ?

— C'est moi, dit une voix féminine.

— Qui êtes-vous ?

— C'est Alicia.

— Alicia ? Mais… Je suis désolé…

— Alors, c'est donc vrai ? Tu es amnésique ? Oh mon Dieu !

La voix de son interlocutrice se perdit dans un murmure.

— Dites-moi qui vous êtes, cela m'aidera peut-être.

— Eh bien, je suis…

Elle parut hésiter un instant.

— Ton assistante… ta maîtresse aussi.

— Ah, très bien, se contenta-t-il de répondre.

— C'est tellement fou ! s'exclama-t-elle. J'ai l'impression de parler à un inconnu !

— C'est également mon sentiment, ironisa-t-il involontairement.

— Tout le monde est choqué ici, reprit Alicia. Et inquiet pour toi. Mais ne te fais pas de souci, nous saurons nous débrouiller sans toi, le temps que tu ailles mieux.

— Merci.

— Tu es seul ?

— Oui.

— On m'a dit que tu risquais d'être inculpé.

— En effet.

— Je me sens coupable, murmura-t-elle.

— Ah ?

— Oui, c'est moi qui ai insisté pour que tu me rejoignes.

— Je comprends, se contenta-t-il de répondre.

Elle hésita, balbutia une phrase incompréhensible, se reprit.

— Écoute, c'est trop difficile de te parler dans ces conditions, se lamenta-t-elle. Je vais te laisser.

Gabriel raccrocha sans la saluer. Il garda le combiné dans sa main et composa le numéro des renseignements. Il demanda à être mis en relation avec le cabinet d'avocats Marquis et Associés.

— Pourrais-je parler à Pierre-André Marquis ? demanda-t-il à la standardiste.

— Je ne pense pas qu'il puisse vous prendre, déclara cette dernière.

— C'est pour lui proposer une affaire. Une affaire importante.

— Je vais voir. Merci de patienter.

— Pierre-André Marquis, annonça une voix précieuse.

— Alexandre Debert. J'ai besoin de vos services.

— Qui vous envoie chez moi ? questionna l'avocat d'un ton sec.

— Personne. Votre réputation…

— Et que vous arrive-t-il ?

— Je suis responsable d'un accident de voiture.

— Je ne m'occupe pas de ce type d'affaires, l'interrompit-il. Je vais vous renvoyer vers un de mes collègues et…

— C'était il y a deux jours, l'interrompit Gabriel. J'ai percuté le véhicule d'une jeune couple.

Cette précision parut avoir de l'effet sur son interlocuteur.

— Je vois, finit-il par dire.

Pierre-André Marquis était un des plus redoutables avocats parisiens. Mais il était également l'ennemi juré de son père. Le contentieux remontait à leurs années d'étude. Denis Sansier lui avait pris la jolie Lorraine. Ensuite, ils avaient éprouvé leur rivalité au cours d'une affaire qui avait vu le père de Gabriel triompher. Les deux hommes se vouaient, depuis, une haine froide. L'avocat était donc le plus à même de s'opposer à ceux que son père ne manquerait pas de missionner pour faire condamner l'assassin de son fils. Mais la rancœur de Marquis allait-elle résister au drame ? Peut-être aurait-il suffisamment de dignité pour ne pas tremper ses sentiments dans la douleur de son ennemi ?

L'avocat réfléchit, opposant sa rancune à ses scrupules. Et sa mégalomanie mêlée de haine dissipa le peu de principes qu'il possédait.

— La police vous a-t-elle interrogé ?

— Oui.

— Qu'avez-vous dit ?

— Rien. Je suis amnésique.

— Amnésique ? Intéressant.

— Je ne simule pas.

— D'accord. Quoi qu'il en soit, ne répondez à aucune question. Je me charge de vous garder en liberté.

Chapitre 19

Genna pénétra dans la chambre puis s'arrêta à quelques pas du lit, calme, déterminée. Gabriel l'observa. Elle n'était plus aussi belle et flamboyante que sur la photo. La lassitude et une certaine tristesse semblaient avoir voilé ses traits.

— Comment te sens-tu ? demanda-t-elle, enfin.

Il se contenta de hausser les épaules.

— Ta mémoire ?

— Toujours rien.

— Ça ne m'étonne pas. Tu as toujours fui la réalité quand elle t'embarrassait, dit-elle, ironique.

Elle s'approcha un peu, jeta un coup d'œil sur ses blessures.

— Tu devrais pouvoir sortir demain. C'est le médecin qui me l'a dit. Enfin, si les flics décident de te laisser en liberté. Il te faut un avocat.

— J'en ai contacté un.

— Déjà ? Je vois que ta lucidité est moins altérée que ta mémoire.

Elle s'assit à ses côtés.

— Je peux vous… pardon, te poser une question ? osa-t-il, embarrassé.

Elle acquiesça d'un signe de tête.

— Quel genre de mari je suis ?

Il se demanda aussitôt pourquoi il s'intéressait à ce sujet. Était-ce pour rompre le silence pesant ou par réelle curiosité ?

Tout d'abord étonnée, Genna eut ensuite un petit rire désabusé.

— Alors, c'est donc vrai ?

— Je ne comprends pas.

— Tu as réellement perdu la mémoire ?

— Oui. Tu en doutes ?

— Je doute de tout te concernant. Tu es tellement faux, tellement menteur… Je pensais que tu jouais la comédie pour échapper aux responsabilités. Mais si c'était le cas, tu n'aurais pas posé cette question. Au moins pour éviter de te voir asséner de cruelles vérités. Autre option, tu es encore plus fort que je ne le pense.

— Je ne me souviens de rien, réellement.

Genna posa sur lui un regard inquisiteur.

— La vérité est que tu es le pire des maris. Un homme avide de pouvoir, de fric, de reconnaissance sociale. Un type infidèle et insensible.

Gabriel acquiesça. Qu'aurait-il pu dire ?

— Tu étais pourtant quelqu'un de bien quand nous nous sommes rencontrés, continua-t-elle, soudain songeuse. Séduisant, un peu frimeur mais tendre, attentionné, aimant m'avoir à tes côtés. Tu étais fier de ma beauté. Eh oui… car j'étais belle à l'époque. Nous formions un très joli couple, le genre que tout le monde admire, qui semble posséder tous les atouts pour réussir une vie parfaite. Bien entendu, tu avais déjà quelques défauts, mais je ne les voyais pas ou leur accordais peu d'importance. Tu avais des accès de colère étonnants et ne supportais pas les échecs. Je mettais ça sur le compte de ton ambition, de ton intelligence conquérante. Je t'aimais tellement.

— Pourquoi ai-je changé ?

— Pourquoi ? répéta-t-elle, abasourdie. C'est la vraie question Alexandre, celle qui me hante depuis des années, celle à laquelle je ne parviens à répondre que par des hypothèses.

— Lesquelles ?

Le front de Genna se plissa.

— L'hypothèse qui m'arrange d'abord : la réussite t'a changé. La seconde est plus impliquante pour moi. Elle consiste à imaginer que tu possédais déjà ces défauts quand je t'ai connu, mais qu'ils étaient embryonnaires ou, du moins, pas suffisamment importants pour que mon regard amoureux en devine les futures conséquences. La dernière est la plus culpabilisante : tu as changé parce que j'ai changé, parce que je n'ai pas su t'aimer, comprendre tes failles ou voulu les assumer.

— Laquelle te paraît la plus plausible ?

— Les trois. Mais je ne les envisage jamais en même temps. C'est selon mon humeur et mon envie de te détester ou de me haïr.

Gabriel observa cette femme que la vie avait meurtrie. Elle était sincère et sa rancœur était à la hauteur de l'amour qu'elle avait éprouvé pour son mari.

Elle l'avait touché et il n'en détesta que plus cet homme qui paraissait né pour détruire le bonheur de ses semblables.

— Tu ne dis rien ?

— Je ne sais quoi dire. Tout cela est tellement étrange.

— Qu'est-ce qui est étrange ?

— Mon amnésie. Mais aussi la manière dont tu me perçois, le ton sur lequel tu l'expliques.

— C'est celui de la lassitude, Alexandre.

— Je comprends.

Genna alla jusqu'à la fenêtre et observa l'activité dans les jardins de l'hôpital, les bras croisés, pensive. Puis sans se retourner, elle lança :

— Elle est venue ?

— Qui ?

— Ta pute.

Comprenant de qui elle parlait, Gabriel hésita. Cette histoire ne lui appartenait pas. Pourtant, face aux blessures de cette femme, il éprouva de la compassion.

— Non, personne ne m'a rendu visite.

— Elle t'a téléphoné ?

Il faillit mentir, s'étonna de ce réflexe et répondit :

— Oui, ce matin. Et elle m'a expliqué… qui elle était pour moi.

Genna eut un sourire triste.

— C'est elle que tu allais rejoindre hier ?

— C'est ce qu'elle prétend.

Genna parut surprise par tant de franchise.

— Je ne lui en veux pas vraiment, tu sais. Elle est jeune, belle et amoureuse. Et peut-être sait-elle mieux t'aimer que moi.

— Je ne sais plus qui elle est. Ni ce qu'elle représentait pour moi, dit-il, comme pour la soulager.

— Alors peut-être sommes-nous désormais, elle et moi, à égalité devant ton amnésie. Mais sitôt que tu retrouveras la mémoire, tu courras auprès d'elle.

— Pourquoi n'avons-nous pas divorcé ?

Gabriel se sentait peu à peu aspiré par cette réalité qui n'était pas la sienne. Ce n'était pas sa vie, pas son problème, mais il ressentait le besoin sournois de savoir, de comprendre, voire de consoler. Il justifia sa curiosité par la nécessité de jouer son rôle jusqu'au bout, afin d'être libre ensuite de s'attaquer à sa véritable mission. Mais il perçut l'insuffisance de l'explication. En fait, il éprouvait un impérieux désir de s'ingérer dans cette vie. Comme s'il était guidé par une autre volonté que la sienne.

Genna vint se placer près de lui.

— Parce que je suis ton associée, répondit-elle, sardonique. Je te tiens comme ça. Tu aimes tellement ton entreprise que tu ne peux concevoir de la perdre en me quittant. C'est pitoyable, n'est-ce pas ?

— En effet.

Ils se turent un instant durant lequel ils parurent se jauger.

— Élodie se fait du souci pour toi, déclara Genna.

— Pourquoi n'est-elle pas venue ?

— Elle a très mal vécu le fait que tu ne nous reconnaisses pas, la dernière fois. Je lui ai conseillé de rester éloignée, le temps que tu ailles mieux.

— Et si ça ne s'arrange pas ?

Genna envisagea l'éventualité.

— Ce qui est fou c'est qu'à te voir comme ça, j'en viens presque à l'espérer.

Elle le fixa avec insistance.

— C'est bizarre, murmura-t-elle.

— Qu'est-ce qui est bizarre ?

— J'ai l'impression que… Enfin, c'est ridicule mais… C'est comme si tu étais différent.

Gabriel détourna les yeux, haussa les épaules.

— Mon amnésie.

— Pas seulement. En admettant que l'amnésie ait remisé ta stupidité et ta méchanceté dans un coin sombre de ton cerveau, je devrais retrouver un peu de celui que j'ai connu il y a quelques années. Or, ce n'est pas le cas. Tu es différent. La sensibilité que tu laisses transparaître n'appartient pas à l'homme rencontré autrefois.

— Je n'ai jamais fait preuve de sensibilité ?

— Tu savais être aimant, parfois tendre. Mais tu n'as jamais été fragile.

— Je ne sais pas qui je suis.

— C'est comme si tu dissimulais quelque chose, poursuivit Genna.

— Tu penses à nouveau que je feins d'avoir tout oublié ? demanda-t-il pour masquer sa gêne.

— Non, je ne le crois pas. Mais ton regard est différent, plus profond. Tu es ici et… ailleurs en même temps.

— Peut-être, répondit Gabriel, perturbé.

Elle se détourna.

— Je vais te laisser. As-tu besoin de quelque chose ?

— Non, merci. Enfin… je ne sais pas. Je te dirai.

Elle eut un petit mouvement vers lui pour l'embrasser mais se retint, lui fit un signe de la main et s'en alla.

*

Les heures filaient dans la chambre austère. Les infirmières avaient servi le déjeuner. Gabriel n'y avait pas touché. Comment nourrir un corps qui lui était étranger ? Toutes ses pensées se portaient vers Clara. Il aurait aimé envisager la situation avec sérénité mais son esprit tourmenté ne lui accordait aucun répit. Seul le but de sa présence dans ce monde lui apparaissait clairement. Les moyens de parvenir à ses fins se perdaient, eux, dans des pensées confuses.

— Comment vous sentez-vous ?

Il n'avait pas entendu l'inspecteur Panigoni entrer. Celui-ci s'était arrêté sur le pas de la porte et l'observait sans doute depuis quelques secondes.

— Comme quelqu'un qui ne comprend rien à ce qui lui arrive.

— Bien entendu… cette fameuse amnésie.

— J'ai l'impression que vous ne me croyez pas.

— Mon métier ne consiste pas à croire mais à vérifier. Vous avez pris un avocat. Un excellent avocat.

— Oui, j'ai préféré.

— Réflexe étonnant pour un homme en proie à une perte de mémoire. Comment l'avez-vous trouvé ?

— En questionnant les renseignements.

— Ah ? Et vous êtes tombé sur l'un des ténors de la place ? Quelle chance ! Quoi qu'il en soit, pour l'instant, je ne compte plus vous importuner. Les faits sont là, vous les reconnaissez. Les charges contre vous sont importantes mais votre avocat a obtenu un répit en raison de votre état. Ne vous leurrez cependant pas, vous finirez devant un tribunal.

— Je ne cherche pas à fuir mes responsabilités. J'assumerai mes actes.

À ce moment, deux hommes et une femme entrèrent.

— Pardon. On peut revenir, suggéra le plus âgé.

La femme posa un regard curieux et intense sur Gabriel. C'était une très jolie brune, aux yeux couleurs noisette, à la bouche sensuelle.

— Non, j'ai terminé, répondit l'enquêteur. J'allais partir. Vous êtes ?

— Ses collaborateurs, expliqua celui à qui il s'adressait. Je suis Louis Derain, le directeur adjoint. Et voici Victor Germain, directeur commercial, et Alicia Lefort, l'assistante de M. Debert. Vous êtes de la famille ?

— Non, je suis l'inspecteur chargé de l'enquête.

La réponse figea les trois visiteurs.

Panigoni les salua et s'en alla.

Louis et Victor vinrent serrer la main de Gabriel. La femme se pencha pour l'embrasser sur les joues.

— Que voulait-il ? s'enquit le premier.

— M'informer des poursuites.

— Merde.

La femme ne cessait de l'observer, anxieuse et presque maternelle.

— Tu te souviens de nous ? De moi ? interrogea son associé.

— Non, répliqua sèchement Gabriel, las d'avoir à répondre aux mêmes questions.

— Ne t'inquiète pas. C'est courant après un choc, paraît-il.

— Veux-tu un petit rapport sur l'activité de l'entreprise ? proposa Victor.

— Non, laissez-le tranquille avec ça, exigea Alicia.

— Oui, tu as raison, acquiesça Victor. En tout cas, sois certain que nous tenons solidement la boîte.

Ils firent quelques commentaires sur les blessures de leur patron puis, devant son mutisme, décidèrent de le laisser se reposer.

— Je vais rester un moment avec lui, annonça Alicia.

Les autres acceptèrent et Gabriel comprit qu'ils connaissaient la nature des relations que l'assistante entretenait avec son patron.

Quand ils furent partis, elle s'assit près de lui, et lui prit la main. Il la laissa faire.

— Je suis désolée, Alex, je n'aurais jamais dû insister pour que tu me rejoignes. Mais je me sentais tellement seule. Tu dois m'en vouloir.

Il répondit non, d'un léger signe de tête.

— Je me morfonds depuis l'accident, mais je ne voulais pas venir avant, pour éviter de tomber sur ta femme. Sachant qu'elle s'occupe de son association cet après-midi, j'en ai profité. Louis et Victor ont absolument tenu à m'accompagner.

— Quelle association ?

— L'association d'aide aux personnes âgées isolées. Elle leur donne un après-midi par semaine. C'est… l'après-midi que nous passions à l'hôtel chaque semaine.

L'idée le révulsa.

— Tu ne te souviens pas de nos rendez-vous ? susurra Alicia. Des heures passées à faire l'amour…

Elle glissa sa main sur les draps, caressa son ventre.

— Arrête ! dit Gabriel en lui saisissant brusquement le poignet.

— Désolée, répliqua Alicia, surprise.

— Laisse-moi.

— Mais, je voulais juste…

— Laisse-moi, ordonna Gabriel, d'une voix ferme.

— Enfin, Alexandre…

— Dis-toi qu'en perdant la mémoire, j'ai aussi perdu mes sentiments pour toi.

Il se rendit compte que, pour la première fois, il avait pris position dans la vie de son assassin. Était-il autorisé à agir sur le cours de cette existence ?

Les yeux d'Alicia s'emplirent de larmes et il se sentit coupable.

— Mais tu retrouveras tes souvenirs, n'est-ce pas ? Et, alors, tout redeviendra comme avant ?

La bouche de la jeune femme tremblait comme celle d'une petite fille sur le point d'éclater en sanglots. Gabriel en fut touché. Après tout, elle aussi était victime de l'abruti dont il habitait le corps.

— Peut-être. Mais tu dois comprendre que, pour l'instant, tout est trop étrange pour moi, dit-il d'une voix qu'il voulut conciliante.

— Oui, oui, je comprends.

Elle se pencha sur lui, voulut déposer un baiser sur ses lèvres mais il se détourna ; alors elle effleura sa joue.

*

Gabriel saisit le téléphone portable pour l'explorer. À peine l'eut-il allumé qu'un signal sonore annonça des messages en attente sur son répondeur. Le premier avait été envoyé par sa femme, quelques minutes avant l'accident.

« Tu préfères fuir, encore une fois, disait-elle, la voix étranglée par les sanglots. Auprès d'elle sûrement. Si tu n'éprouves plus aucun respect pour moi, alors, au moins, ménage ta fille. Que crois-tu qu'elle pense de son père en le voyant partir en pleine nuit chez sa maîtresse ? »

Suivaient des messages d'Alicia s'étonnant de ne pas le voir arriver, plus inquiète à chaque fois.

Une infirmière entra. Elle le toisa, vérifia ses pansements dans le plus grand silence.

— Vous ne m'aimez guère, n'est-ce pas ?

— Mon travail ne consiste pas à aimer ou détester les patients.

— Mais je ne suis pas un patient comme un autre. Vous me le faites suffisamment sentir.

Elle se raidit un peu, puis feignit n'avoir rien entendu.

— Comment va Cla... la jeune fille.

L'infirmière fut moins surprise par la question que par la sincérité de la voix du patient.

— Elle se repose.

— Elle se repose, répéta Gabriel. Ça ne veut rien dire.

— Je n'ai pas à répondre à vos questions ! persifla l'infirmière.

— C'est vrai. Et vous vous dites qu'il faut être dur avec les salauds. Je dois payer pour ce que j'ai fait et vous pensez de votre devoir de faire partie du châtiment.

— Je ne me dis pas ce genre de choses, protesta mollement l'infirmière.

— Alors répondez-moi. J'ai toute ma vie pour payer ma dette.

Elle avait terminé ses soins et se tourna pour partir. Puis, sur le pas de la porte, elle se ravisa.

— C'est vrai, je vous en veux, concéda-t-elle. Voir cette jeune fille anéantie nous a tous bouleversés.

— Je le suis aussi, croyez-moi.

L'infirmière parut réceptive à la remarque.

— Elle ne va pas bien. Nous lui avons administré un sédatif pour qu'elle dorme. Mais à son réveil elle se trouvera de nouveau face au cauchemar.

*

Gabriel ouvrit la porte de la chambre de Clara. Elle dormait, en effet.

Il vit son visage se dessiner dans l'obscurité. Il s'approcha, troublé. Le sommeil de Clara était profond mais agité, sa respiration, saccadée.

Il se pencha sur elle.

« Mon amour, la femme de ma vie », pensa-t-il. Et ces seuls mots lui serrèrent la gorge. Il posa son doigt sur sa joue ; elle tressaillit. Il resta immobile un instant et, de nouveau, lui caressa la joue, puis passa sa main sur son front.

Le souffle de Clara parut s'apaiser. Pouvait-elle sentir sa présence ?

Il s'accroupit, approcha son visage, respira son odeur. Il eut envie de l'embrasser mais alors qu'il se penchait sur elle, il se vit dans le miroir lui faisant face. Il vit l'étranger, l'assassin, sur le point d'embrasser son amoureuse et s'immobilisa.

Alors, il plaça sa bouche contre l'oreille de Clara.

« Mon amour », murmura-t-il.

Elle frémit.

« Je suis là, mon amour. Je suis près de toi. »

Elle s'agita un peu plus.

« Je serai toujours là, avec toi, Clara. Parce que je t'aime. Parce que la mort ne peut que nous séparer un instant. »

Un petit sourire se dessina sur ses lèvres. Ou crut-il l'apercevoir ?

« Je veux que tu vives, Clara. Je veux que tu renonces à ton affreux projet. »

Une ride apparut sur le front de sa fiancée. Ses paroles la contrariaient-elles ?

« Je veux que tu vives », répéta-t-il.

Elle l'entendait, il en était sûr. Il parlait à une partie de sa conscience. Son âme s'ouvrait à lui.

Il entendit du bruit dans le couloir, se redressa et sortit discrètement de la chambre. Il tituba, prit appui sur le mur pour avancer, la respiration courte, l'esprit brassé par des émotions dont il ne pouvait contenir les élans, calmer la force. Il eut envie de sortir de ces lieux lugubres, de respirer au grand air et se dirigea vers le jardin.

Chapitre 20

— Voilà, je suis passée au bureau des sorties pour signer les papiers, dit Genna en entrant. Nous pouvons y aller.

Gabriel remarqua qu'elle s'était apprêtée, maquillée et observait celui qu'elle croyait être son mari d'une manière étrange, comme si elle souhaitait lui plaire mais dissimulait sa séduction derrière une ultime réserve. Sans doute, au-delà des conséquences dramatiques de l'accident, considérait-elle cette amnésie comme une nouvelle chance donnée à son couple, la possibilité d'un autre départ.

Même si son désir était de rester près de Clara, Gabriel n'avait aucun autre choix que de suivre Genna. Il partait s'installer en terre inconnue, au cœur d'une vie qu'il ne connaissait pas, aux devants de difficultés évidentes.

Arrivée devant une majestueuse maison plantée au cœur d'un jardin parfaitement entretenu, Genna se gara. Elle attendit un instant, imaginant que la vision de leur domicile raviverait les souvenirs de son époux. Mais, sans réaction de celui-ci, elle l'invita à la suivre.

— Il faut, en somme, que je te fasse visiter ta propre demeure… railla-t-elle, dépitée.

Elle le conduisit à travers les différentes pièces : un séjour moderne, une cuisine ouverte, leur chambre, son bureau… Il nota le confort et le luxe de cet intérieur. Le soleil traversait les larges baies vitrées et baignait les pièces d'une réconfortante chaleur.

— C'est ici que tu dors, confia-t-elle en lui présentant la chambre d'amis. Depuis plusieurs mois déjà. C'est toi qui l'as décidé.

Gabriel perçut une pointe de mélancolie dans sa voix. De l'espoir également.

— Je pense que je vais m'y installer, annonça-t-il.

Un triste sourire s'afficha sur le visage de Genna.

— Comprends-moi, poursuivit-il. Il me paraîtrait trop étrange de dormir près de toi alors que… je ne te…

— Connais pas ? Oui, je vois. Pas de problème. J'ai l'habitude, répondit-elle, amère.

— Où est Élodie ? demanda-t-il.

— Au lycée. Elle rentre dans une heure. Elle est encore secouée par cette histoire. Alors sois patient avec elle.

Il s'assit sur le lit.

— Je vais faire quelques courses, annonça Genna. Téléphone-moi si tu as besoin de quelque chose.

Gabriel se sentit soudainement las. Il s'allongea. Une lourde fatigue commençait à engourdir ses membres, son esprit, mais il lui résista. Il avait peu de temps pour agir et le sommeil lui volerait de précieuses heures. Mais l'épuisement rompit ses dernières résistances.

*

Dans les tréfonds de son abandon, il fit un songe. Tel un rêveur lucide, il eut conscience d'être à la fois acteur et spectateur de la scène. Et sentit son esprit combattre une force étrangère à la sienne. Une force tourmentée qui tentait d'arracher à l'obscurité de sa nuit des images pour les lui présenter crûment.

Elle y parvint enfin, et une pièce apparut. Les détails, d'abord, lui échappèrent. Puis, comme si un technicien s'évertuait à effectuer les réglages nécessaires, le décor et les visages se firent plus nets.

Louis, l'homme qui lui avait rendu visite à l'hôpital, se tenait debout, face à Alexandre, assis derrière son bureau.

— Tu n'as pas le droit de faire ça, Alex ! cria le premier.

— Ah bon ? Et pourquoi ?

— Parce que je ne suis pas d'accord, tout simplement !

— Et cet argument devrait suffire ? s'amusa l'autre.

— Oui ! Parce que je suis l'artisan de la réussite de cette entreprise !

Il avait planté ses yeux dans ceux d'Alexandre.

— Te voilà bien présomptueux, grinça son associé.

— Tu le sais pertinemment, Alex. OK, tu as créé cette boîte sur une idée géniale ! Et ensuite, tu as trouvé quelques contrats. Mais c'est moi qui lui ai donné son véritable essor ! Je l'ai faite entrer sur les marchés étrangers ! J'ai dégotté d'importants clients ! Je t'ai convaincu de réaliser des diversifications judicieuses !

— J'ai toujours reconnu ton mérite, Louis. C'est d'ailleurs la raison pour laquelle je t'ai cédé des parts.

— Tu parles ! Dix pour cent, lâcha Louis.

— Et alors ? N'est-ce pas suffisant ? Sais-tu ce que cela représentera quand nous vendrons ?

Louis posa ses mains sur le bureau d'Alexandre et se pencha vers lui.

— Il est trop tôt pour céder la société, Alex ! asséna-t-il d'une voix faussement apaisée en découpant l'air de sa main. Nous avons encore de sacrées opportunités à saisir, de nouveaux territoires à explorer. Nous pourrions vendre dans cinq ans, et je t'assure qu'on en obtiendrait un tout autre prix !

— J'en ai marre de courir Louis. Je veux arrêter !

Son associé se redressa, leva les mains au ciel et se remit à hurler.

— Mais tu as déjà arrêté ! C'est moi qui gère l'entreprise pendant que tu joues les gamins amoureux !

— Je ne te permets pas ! cria Alexandre.

Louis fit quelques pas vers la porte, puis virevolta. Il tendit son doigt en direction de son interlocuteur.

— Je ne te laisserai pas faire ! J'ai encore des trucs à prouver, moi !

Alexandre découvrit dans le regard de son associé un éclat inquiétant. Un feu naissant et menaçant. Il ressentit une peur froide se propager en lui. Une peur qui gagna l'esprit de Gabriel au point de le réveiller en sursaut.

Il jeta un coup d'œil anxieux autour de lui. Il se trouvait toujours dans le salon des Debert.

*

Quelle signification portait cet étrange rêve ? Décontenancé, il se repassa la scène mais ne lui trouva aucun sens. Elle lui avait pourtant paru si réelle. Se pouvait-il qu'un souvenir d'Alexandre vienne s'imposer à sa conscience ? Non, hypothèse ridicule. Il avait dû fantasmer une situation à partir des quelques informations obtenues ces derniers jours.

Il se rendit à la salle de bains, passa de l'eau sur son visage en prenant soin de ne pas se regarder dans le miroir.

Quatrième jour

Chapitre 21

Gabriel ne cessait de songer à l'étrange rêve. Devait-il faire abstraction de l'épisode et se concentrer sur sa mission ? Avait-il le droit de s'ingérer plus encore dans l'existence de son hôte ? Il rejeta l'interrogation : il ne s'agissait pas tant de droit que de disponibilité. Pourquoi perdre du temps à s'occuper de problèmes qui ne le concernaient pas ?

Pourtant, à peine eut-il évoqué cette vérité, qu'une autre lui parut plus évidente : il ne parviendrait pas à se délester d'Alexandre si facilement. Une inexplicable curiosité à l'égard de son assassin s'était instillée dans son esprit. Et, n'ayant pas encore la moindre idée de la manière d'agir en faveur de Clara, plutôt que de tourner en rond, mieux valait se pencher sur la vie apparemment compliquée de celui dont il occupait le corps.

Gabriel traversa l'appartement pour se rendre dans le bureau. Passant devant la chambre d'Élodie, il s'arrêta. Toujours cette curiosité. La fille des Debert étant en cours, il pénétra dans la pièce. Le décor était sombre, les murs gris, le couvre-lit et les meubles noirs. Quelques éléments colorés venaient toutefois animer les lieux, principalement des reliques de l'enfance d'une petite fille gaie. Une petite fille devenue une adolescente éprise de groupes tels qu'Eskemo ou Jena Lee, dont les posters ornaient les murs. Un ordinateur trônait sur un bureau où s'entassaient nombre de romans et BD. Élodie était encore une adolescente et cette pièce racontait son hésitation à entrer dans le monde des adultes. Sur la table de chevet, une photo de famille attira son attention. Elle les montrait tous les trois quelques années plus tôt. Élodie et Genna souriaient. Le visage d'Alexandre avait disparu sous les traits rageurs d'un feutre noir.

Il ne s'agissait pas de lui et, pourtant, cela le toucha.

Dans le bureau d'Alexandre, il fouilla les tiroirs mais trouva seulement des dossiers concernant son entreprise. Il les parcourut rapidement afin de comprendre l'activité à laquelle l'hôte de son âme consacrait son temps.

Il s'installa devant l'ordinateur, l'alluma. Un mot de passe lui fut demandé. Il essaya la date de naissance d'Alexandre, son nom, son prénom, celui de sa maîtresse, en vain. Il eut alors l'idée d'entrer celui de sa fille. Oui, les pères devaient forcément utiliser les prénoms des leurs en guise de mot de passe ou leurs dates de naissance. Il fit plusieurs essais avant de trouver : Elo1996.

Dans les mails il découvrit différents échanges avec Louis Derain et Victor Germain : des chiffres relatifs à la société, des propos et avis sur la stratégie commerciale et l'organisation interne.

Les derniers mails entre Alexandre et Louis paraissaient plus conflictuels. Ce dernier en avait envoyé un trois jours avant l'accident.

Alex, je te demande de reconsidérer une nouvelle fois ta position. Ta démarche est égoïste. Il faut que nous en parlions.

La scène venue le hanter dans son sommeil était-elle donc réelle ?

Il jeta aussi un coup d'œil aux messages échangés avec Alicia. Et fut consterné par l'immaturité d'Alexandre, ses propos légers, puérils, parfois obscènes. Il remarqua toutefois que, dans les dernières semaines, son double paraissait vouloir mettre un peu de distance entre sa maîtresse et lui. Elle le lui reprochait, le réclamait auprès d'elle.

Il abandonna les courriels et s'intéressa aux dossiers. Au milieu de ceux à caractère professionnel, il en trouva un nommé « perso ». Il hésita, toujours en proie à une certaine culpabilité, mais nécessité faisant loi, l'ouvrit. Après tout, les informations qu'il contenait l'aideraient peut-être à mieux naviguer dans une existence devenue maintenant la sienne ! Et, cette pudeur ne s'avérait-elle pas ridicule au regard des enjeux ? Cet homme lui avait volé sa vie, alors pourquoi s'embarrasser de tels sentiments ?

Un fichier attira son attention : « États d'âme ». La lecture des premières lignes indiqua la nature du contenu : Alexandre tenait une sorte de journal intime, depuis la naissance d'Élodie. Il lut les premières pages. Exprimant le bonheur d'un père, d'un mari amoureux, elles bouleversèrent Gabriel sans qu'il sache réellement pourquoi. Peut-être parce qu'elles donnaient une dimension humaine au personnage qu'il n'avait considéré, jusqu'alors, qu'avec mépris. Également parce qu'il s'identifia à lui durant la lecture : son amour pour Genna semblait aussi absolu que celui qu'il vouait à Clara et son bonheur d'être père aurait sans doute été celui de Gabriel si la vie lui en avait laissé le temps.

Troublé, il alla jusqu'à la dernière page, écrite la veille de l'accident.

J'ai sali mon histoire. J'ai laissé ma bêtise s'épandre sur la page maculée de ma vie et je contemple aujourd'hui cette tache, désespéré, incapable de l'effacer.

Au milieu de mon existence, je me retrouve vaincu, épuisé, soldat sans armée, avançant tête baissée pour ne pas voir les dégâts causés par cette guerre sans adversaire. Je suis le guerrier et l'ennemi à la fois. Toutes ces années, je me suis battu contre des fantômes : ceux de la réussite, du succès, chantres de la vanité, hérauts de l'inutilité. Qu'ai-je rapporté de ces victoires sans goût ? Un butin digne de n'importe quel barbare, animé par la convoitise et le désir de se vautrer dans le luxe et le stupre.

Au commencement de ma vie d'adulte, j'avais un idéal, certes flou, mais tissé autour de nobles sentiments. Je voulais construire une vie exemplaire, loin des idées et comportements qui m'avaient vu grandir. Ma seule certitude était que l'amour serait le moteur de mon existence et sa finalité. Vivre pour aimer, aimer pour vivre, disais-je alors. Était-ce de la naïveté ou de la grandeur d'âme ?

J'ai semé mes rêves sur tous les chemins de traverse que la facilité m'a incité à emprunter en croyant pouvoir perdre mon passé. Je me rends compte aujourd'hui que c'est moi que j'ai perdu. J'ai éparpillé mes valeurs, oublié le sens de ma quête, confondu plaisir et bonheur, orgueil et ambition. J'ai abandonné ma femme et ma fille, en prétextant vouloir les épargner. En fait, parce qu'elles étaient l'expression de ma foi, la preuve d'un avant, désormais insupportable aux yeux de celui que j'étais devenu.

J'aimerais revenir en arrière, retrouver l'amour de Genna, cet amour absolu qui nous donnait la force d'envisager la vie comme un parcours sans fin. Parfois, du fond de mon âme – ou est-ce de mon cœur ? – je sens remonter quelques réminiscences de ces sentiments. Qui deviennent tourments. Je les laisse me torturer jusqu'aux limites du tolérable pour me souvenir de celui que j'étais. Tout comme l'ombre dit le soleil, la douleur des regrets dit la pureté trahie.

Pourtant, dans les bras d'Alicia, je suis parfois heureux. Un bonheur éphémère, certes, mais qui, lorsqu'il m'envahit, me procure l'illusion d'un autre commencement, une chance de refaire le parcours, enrichi de toutes mes erreurs. Mais je me leurre, je le sais. Je n'aime pas Alicia comme j'ai aimé Genna. Je l'aime pour sa jeunesse. Je l'aime de m'aimer. Parce que sa jeunesse me fait croire que je n'ai pas vieilli. Parce qu'elle est, aujourd'hui, la seule à poser sur moi un regard amoureux, un regard admiratif, rempli de promesses d'avenir.

Peut-on réécrire sa vie comme on corrige le manuscrit d'un roman ? Déchirer les pages d'une histoire bâclée pour en écrire une autre, certain de savoir, désormais, éviter les écueils ?

Dans mes moments de lucidité, la réponse est évidente. Mais je sais me duper et prendre mon ivresse pour de la clairvoyance.

Tout est encore possible. Mais en ai-je la force ? Serai-je capable d'aller au bout des décisions prises ? Je le crois parfois, puis, cédant à la facilité, à la colère ou à mon ineffable stupidité, je renonce, retrouve mes travers, réponds aux sollicitations d'Alicia.

Ce soir je parlerai à Genna. Je lui dirai mes erreurs, mes regrets, mon désir de tout recommencer. Si elle est encore prête à m'entendre, si elle sait me prêter sa force, j'irai au bout de ce que j'ai entrepris.

Gabriel referma l'ordinateur. Face à lui, un miroir lui renvoya l'image de l'homme qu'il venait de découvrir. Il crut voir sur le visage de celui-ci différents indices des tourments endurés : un regard embrumé par l'incertitude, comme en retrait à l'intérieur de l'esprit ; une pudique retenue ; et ces rides ravinant le pourtour des yeux, striant le front. Oui, il lisait ouvertement les appréhensions, l'anxiété, la détresse de cet homme qu'il avait cru lisse, inconséquent, alcoolique parce que stupide, volage car sans valeurs.

Il éprouva de la compassion envers lui, sentiment qui, à nouveau, le troubla. Parce qu'il était cet homme à cet instant ?

— Alors ? Tu explores ton bureau à la recherche de souvenirs ?

Genna était appuyée au chambranle de la porte.

— Oui. Mais rien ne me revient.

— J'ai préparé du café, dit-elle en l'invitant à le suivre.

Dans la cuisine, il hésita un instant. Cette histoire ne le concernait pas ! Pourtant, il céda à sa curiosité.

— Que s'est-il passé le soir de l'accident ?

— C'est-à-dire ?

— Entre nous.

— Que veux-tu qu'il soit arrivé ? Nous nous sommes disputés…

— Oui mais… à propos de quoi ?

— Nous nous disputons tout le temps tu sais… Au sujet de tout. Mais il est vrai que cette fois-ci, tu as fait fort.

— Explique…

— Tu étais… étrange. Tu m'as dit que tu regrettais ton comportement, tes égarements, que tu allais te ressaisir, raconta-t-elle mélancolique.

— C'était plutôt… positif non ?

— Si tu en étais resté à cette seule déclaration, oui. J'avais du mal à te croire mais bon, tu paraissais si sincère. Tes mots m'ont enfin touchée. Tu étais soudain redevenu l'homme que j'avais connu, plein d'entrain, d'espoir, d'envie d'avenir. Je me suis sentie heureuse un petit instant. J'étais prête à te pardonner, à oublier mes souffrances, mes nuits à pleurer, à t'attendre. Mais tu as ensuite dévoilé ton véritable objectif. Et ma douleur fut à la hauteur de mon insensée illusion.

— Mon objectif ?

— Oui, en fait, tu tentais juste de me manipuler. Dès que j'ai montré des signes de faiblesse, tu as annoncé vouloir partir ailleurs afin de nous donner une seconde chance.

— Et ?

— Et pour cela, il fallait que nous vendions l'entreprise. Tu avais d'ailleurs un acheteur.

— En quoi cela paraissait-il suspect ?

— Tu m'avais déjà parlé de ce projet quelques semaines auparavant, et je m'y étais opposée. Non parce que j'étais contre mais… pour te contrarier. Tu as malgré tout continué les négociations à mon insu. Cependant, tu ne pouvais rien faire sans moi puisque tu possèdes juste vingt-cinq pour cent des parts. Ton prétendu acheteur souhaitait prendre le contrôle total de l'entreprise et il fallait que je cède les miennes. C'est moi qui ai financé l'entreprise à ses débuts. Et… c'est pour cela que tu n'es jamais parti. Je te l'ai dit, je te tiens avec ça. C'est mon seul atout pour… te garder.

Genna baissa les yeux, presque honteuse de révéler la force de son amour. Gabriel en fut touché. Il aurait aimé la prendre dans ses bras, la rassurer dans un élan amical, mais elle l'aurait mal interprété. Il ne pouvait s'immiscer dans un jeu de sentiments complexes dont il ne maîtrisait ni les tenants ni les aboutissants.

— Je pense que… j'étais sincère, laissa-t-il échapper afin de la consoler.

Elle le considéra avec étonnement.

— La mémoire te revient ?

— Non. Je le ressens, c'est tout.

Il aurait pu lui parler du journal intime découvert dans le bureau de son mari, de la page bouleversante dans laquelle celui-ci confiait son désir de renouer avec son épouse, mais ne s'y sentait pas autorisé. De plus, il percevait la force pernicieuse de cette histoire : elle pouvait l'éloigner de sa mission.

— Tu as donc soixante-quinze pour cent des parts ? demanda-t-il.

Elle eut un sourire triste.

— Voilà l'homme d'affaires qui resurgit…

Il fit un petit geste de la main pour récuser ses soupçons.

— J'essaie juste de comprendre.

— Non, soixante-cinq.

Il sentit un frisson parcourir son dos.

— Et les dix pour cent restant sont détenus par… Louis.

— Tu te souviens de ça ?

— Non, simple déduction.

Il n'avait désormais plus aucun doute : le rêve qu'il avait fait portait un message. Mais lequel ? Et qui le lui adressait ?

*

Genna observait son mari à la dérobée tandis qu'il buvait son café.

L'étrangeté de la situation parut plus évidente encore à Gabriel : installé dans un rapport intime tissé de sentiments troubles, il devenait un imposteur, sûr de son droit en regard de ce qu'Alexandre lui avait enlevé, et pourtant pris du remords de berner un public crédule car affectivement atteint.

Genna attendait quelque chose de son mari, quelque chose qu'il pourrait aisément lui accorder : un regard, un sourire, un geste tendre…

Il entendit une sonnerie de téléphone, ne réagit pas.

— Ton portable, indiqua Genna.

Il fouilla sa poche, décrocha.

— Pierre-André Marquis. Il faut que nous nous rencontrions.

La voix de l'avocat était ferme.

— Oui. Quand ?

— Cet après-midi, à mon cabinet.

— Très bien.

Quand il raccrocha, Genna débarrassait la table.

— Ta maîtresse ? questionna-t-elle en tentant de masquer son agressivité derrière une pointe d'ironie.

— Non, mon avocat.

— Tu as rendez-vous ?

— Oui, cet après-midi. J'aimerais passer au bureau également.

— Pour ?

— Je ne sais pas… pour voir.

— Pour la voir ?

— Écoute, arrêtons avec ça. En perdant la mémoire, j'ai également perdu mes sentiments pour elle, tu le sais.

Genna le considéra avec gravité.

— S'il n'y avait pas un jeune homme dans un coma irréversible et une jeune fille désespérée, je me réjouirais de ton accident.

Gabriel hocha la tête, ne sachant quoi répondre.

— Penses-tu à lui ? ajouta-t-elle.

Il imagina son corps étendu dans une chambre, maintenu artificiellement en vie.

— Tout le temps.

— C'était un jeune consultant. Sa fiancée et lui formaient, paraît-il, un très beau couple.

Cette phrase composée, à l'imparfait, suffisait à circonscrire leur amour et leur drame, pensa-t-il, et il en éprouva une peine profonde. Des sentiments, de magnifiques moments et, en un instant d'irréversible horreur, tout s'était vu réduit à cette épitaphe lapidaire.

— Comment vas-tu te déplacer ? s'enquit Genna. Ton permis t'a été retiré. Veux-tu que je te conduise ?

— Non, merci, je prendrai le taxi.

— Très bien. Téléphone si tu as besoin de moi.

Il alla prendre une douche, laissa l'eau couler longtemps, imagina qu'en ruisselant sur ce qui était maintenant son visage et son corps elle emporterait ses émotions troubles. Quand il voulut se savonner, le dégoût éprouvé à passer la main sur cette peau inconnue le ramena à sa réalité. Il saisit un gant de toilette et se frictionna.

Il ouvrit ensuite le placard de la chambre, attrapa quelques vêtements qu'il enfila rapidement.

*

Lorsque le taxi s'arrêta au pied de l'immeuble de son avocat, Gabriel chercha de l'argent dans le portefeuille d'Alexandre, n'en trouva pas. Le chauffeur se tourna vers lui, suspicieux.

— Je prends également la carte bleue, annonça-t-il.

Gabriel lui tendit mécaniquement le rectangle de plastique.

— Je ne suis pas sûr de me souvenir du code, balbutia-t-il.

Le conducteur tendit le terminal de paiement. Au moment où Gabriel posa les doigts dessus, quatre chiffres lui vinrent à l'esprit. Il les tapa sur le clavier. À sa grande surprise, l'opération fut enregistrée.

Comment connaissait-il le code secret d'Alexandre ? Était-il connecté à une partie de sa mémoire ?

*

— Vous ne vous souvenez vraiment de rien ? interrogea le vieil avocat en plantant un regard perçant et suspicieux dans celui de Gabriel.

L'homme était grand, sec. Les traits acérés de son visage, ses yeux sombres surmontés d'épais sourcil, et les rides qui lui barraient le front lui conféraient un air sévère. Ses rares cheveux gris étaient plaqués vers l'arrière de son crâne. La nostalgie amère de sa beauté passée s'exprimait à travers une élégance confinant à la préciosité.

— Je ne simule pas.

Pierre-André Marquis hocha la tête et Gabriel ne sut s'il le croyait ou si l'affirmation suffisait à satisfaire sa conscience professionnelle.

— La situation est la suivante : vous êtes coupable de conduite en état d'ivresse et responsable d'un accident qui a occasionné des dégâts corporels importants.

— Et le décès d'un jeune homme, compléta Gabriel.

— Il n'est pas mort. Enfin, pas encore. Ce qui nous laisse le temps d'organiser votre défense. Pour cela, j'ai besoin que vous me fournissiez quelques… circonstances atténuantes.

— C'est-à-dire ?

— Il faut que je puisse expliquer le désespoir qui, ce soir-là, vous a conduit à boire plus que de coutume.

— Il paraît qu'il est dans mon habitude de boire excessivement.

— Peu importe… Je veux expliquer le soudain accablement qui vous a mené à vous saouler et à quitter votre domicile : raisons familiales ou professionnelles, peu importe.

— Rien ne justifie de se torcher la gueule et d'aller projeter sa voiture contre celle d'un couple d'amoureux ! s'indigna Gabriel.

— En effet. Et personne n'acceptera d'envisager cet acte sous un jour si naïf. Mais ma défense consiste à affaiblir tous les arguments de la partie adverse. L'objectif n'est pas de vous disculper, mais de vous présenter sous un jour humain. Aux yeux de la société, pour l'heure, vous êtes uniquement un monstre. Ils doivent vous voir comme un homme semblable aux autres, aussi fragile et vulnérable.

— Une victime ?

— En quelque sorte. Un homme qui a bu parce qu'il était dépassé par les événements : son entreprise, ses problèmes familiaux... Je vous enverrai voir un médecin qui attestera votre état dépressif.

— Et vous pensez m'éviter la prison ?

— Le combat sera dur. D'autant que le père du jeune homme est un coriace. Mais nous parviendrons à limiter les dégâts.

— Vous le connaissez ?

— Oui, nous nous sommes opposés autrefois sur... quelques affaires.

Gabriel scruta le visage de Pierre-André Marquis. De quelle sorte de haine était-il animé pour chercher à fouler aux pieds un homme déjà couché ?

Il éprouva alors des doutes quant à la pertinence de son choix. D'un côté, cette décision possédait un fondement pratique : le ténor possédait l'envergure nécessaire pour lui éviter la prison et lui permettre de mener à bien sa mission. De plus, il avait misé sur un effet pervers éventuellement salvateur : distraire son père de sa douleur grâce à un combat contre son pire ennemi. Certes son paternel avait dû, dans un premier temps, être consterné, voire atteint, d'apprendre qu'il affronterait son ennemi dans le plus personnel de ses combats. Mais Gabriel comptait, dans un second temps, sur une réaction d'orgueil chez lui pour qu'à l'abattement se substitue une colère qui l'éloignerait un peu de sa douleur.

Un calcul plausible mais risqué. S'il se trompait, il arracherait à son père les derniers pans de sa dignité.

Dès lors, devait-il accepter le jeu de son avocat ou donner à son propre père les moyens de gagner son procès ? En vérité, il n'avait pas besoin de répondre à cette question : son objectif se résumait à gagner du temps, quelques jours seulement. Ensuite, il partirait et laisserait Alexandre Debert se débrouiller seul avec la justice.

*

— Alex !

Louis ouvrait les bras pour manifester sa joie de voir réapparaître son associé.

— Alors, comment te sens-tu ? questionna-t-il en le prenant par les épaules.

— Fatigué.

— Et… ta mémoire ?

— Aucune évolution.

Louis afficha une mine grave.

— Écoute, si je peux faire la moindre chose…

— Oui, tu peux.

— Ah ? Avec plaisir, s'exclama-t-il en s'asseyant derrière son bureau et en invitant Gabriel à s'installer face à lui.

— Je souhaite que tu me décrives mon état d'esprit avant l'accident.

L'associé haussa les épaules.

— Dans quel état d'esprit tu étais ? Ma foi… disons… nerveux. Stressé.

— Par la vente de l'entreprise ?

— Ah, tu te souviens de ça ? s'étonna Louis.

— Genna m'en a parlé.

— Oui, l'opération te préoccupait. Ainsi que tes problèmes personnels évidemment. Enfin, rien de grave pour autant.

— Mais… nous étions en désaccord sur cette vente, n'est-ce pas ?

Louis balaya l'air d'une main.

— Exact. Je trouve que c'est trop précipité. Nous avons encore de belles perspectives de développement. Et nous pourrons obtenir plus dans quelques années. Mais bon… tu en as décidé autrement, et tu es le patron.

— Avons-nous eu une discussion houleuse à ce propos ?

L'associé dissimula mal son malaise.

— Bien entendu. Et pas qu'une ! Pourquoi ?

— J'aimerais comprendre.

— Comprendre quoi ?

— Ce qui est arrivé ce soir-là.

Gabriel remarqua la légère crispation des lèvres de son interlocuteur.

— Tu avais bu, voilà tout. Du reste, tu bois beaucoup ces derniers temps. J'ai tenté de te mettre en garde mais… tu n'écoutes personne.

— Très bien, je te remercie, déclara Gabriel en se levant. Concernant la vente… peux-tu expliquer la situation aux acheteurs ? Nous verrons ça plus tard.

— Oui, je m'en charge. Ils comprendront.

*

Gabriel se dirigeait vers la sortie quand Alicia le rattrapa.

— Alex ! Tu ne peux pas partir comme ça, sans me parler ni même me dire au revoir.

Dans l'expression désespérée qu'elle affichait, Gabriel décela les tonalités d'une nouvelle dureté, celle d'une femme peu habituée à ne pas maîtriser la situation.

— Désolé, mais j'ai pas mal de choses à faire.

— Écoute, je sais que tu ne te souviens pas de notre histoire. Mais peut-être que si nous passions un peu de temps ensemble... cela t'aiderait. Je compte beaucoup pour toi...

— Le problème est qu'aujourd'hui, coupa-t-il... je t'ai oubliée, au sens propre du terme. Et que ma seule attache affective, c'est ma famille.

— Tu ne veux plus me revoir ? demanda-t-elle, interloquée.

Il réfléchit un instant. Avait-il le droit de prendre des décisions à la place d'Alexandre ? Certes non. Il devait juste éloigner Alicia de lui un moment, avant de laisser le véritable Alexandre reprendre les rênes de son existence et assumer ses propres choix.

— Pas pour l'instant. Si je t'ai aimée... cet amour devrait me revenir en même temps que ma mémoire, n'est-ce pas ? Pour l'heure, j'ai surtout besoin de repos, de me concentrer sur les conséquences de cette histoire.

— Je comprends, dit-elle, en relevant fièrement le menton. J'attendrai alors. Mais je ne suis pas certaine d'être patiente.

— Une menace ? demanda-t-il, narquois.

— Prends-le comme tu veux.

D'un coup, la femme amoureuse se mua en femme de tête. Les larmes avaient disparu et, la mâchoire serrée, Alicia se tenait raide, fière, presque méprisante.

Aux yeux de Gabriel, c'était son véritable visage qu'elle affichait maintenant.

*

Genna n'étant pas encore rentrée, Gabriel resta un moment planté au beau milieu du séjour, ne sachant où aller ni quoi faire. Une brusque impression de lassitude, d'impuissance le saisit : les heures s'écoulaient et rien de ce qu'il entreprenait ne l'aidait à avancer dans sa mission. Clara se trouvait à l'hôpital, désespérée, mûrissant le projet de se supprimer et lui n'avait aucun plan, aucune idée pour la sauver.

— Ah, tu es là ?

Élodie l'observait.

Il lui adressa un petit signe de la main, encore perdu dans ses pensées.

Elle se laissa tomber dans le canapé, bras croisés, ses yeux soulignés de Rimmel plantés dans les siens.

— Alors ? interrogea-t-elle.

— Alors quoi ?

— Ta mémoire ?

— Toujours rien.

L'adolescente sortit un paquet de cigarettes, en porta une à sa bouche, l'alluma et, à travers le nuage de fumée, continua à jauger celui qu'elle prenait pour son père, comme si elle attendait une autre réponse.

— T'as toujours fui les conséquences de tes conneries, finit-elle par lancer, cassante.

Il reconnut le propos de Genna. La mère et la fille faisaient front commun contre Alexandre.

— En fait… T'es un père minable, un mari minable et maintenant un assassin minable.

L'agression surprit Gabriel autant qu'elle le choqua. Comment une fille pouvait-elle parler sur ce ton à son père ? Quelle éducation avait-elle reçue pour se montrer aussi irrespectueuse ? Ou, plutôt, quelles blessures la conduisaient à braver son autorité ? Sans qu'il sache pourquoi, il se sentit à la fois contrarié et vexé. Il voulut se lever, échapper à la confrontation.

— Et voilà ! Comme d'hab, tu cherches encore à te sauver, tu refuses la discussion.

— Parce qu'il s'agissait d'une discussion ? répondit-il vivement. J'ai plutôt le sentiment que tu m'agresses.

— Peut-être, mais tu ne réagis pas. C'est comme si les mots glissaient sur toi, ne t'atteignaient jamais.

Gabriel repensa aux propos d'Alexandre sur sa fille. Il l'aimait, c'était évident, mais ignorait comment le lui exprimer. Sans doute se heurtait-il à cette violence.

— Pour réagir, il faut avoir des arguments et la mémoire qui permet de les élaborer, argumenta-t-il.

— Oh non, trop facile, s'exclama la jeune fille. Tu ne vas pas mettre ta lâcheté sur le compte de l'amnésie. Tu étais déjà comme ça avant !

Il laissa les mots se perdre dans l'espace de la pièce, attendit que le silence vienne émousser son agressivité.

— Écoute, j'ignore qui je suis. La mémoire me reviendra sans doute dans quelques jours... mais ce que je découvre peu à peu ne me rend pas vraiment fier. Je suis, apparemment, un parfait connard qui ne sait pas diriger sa vie, ne pense qu'à lui, oublie sa famille...

Élodie se redressa, surprise, aspira nerveusement une bouffée de la cigarette.

— Je pense pourtant que j'ai dû, un jour, être un mec bien. J'ai dû aimer ta mère comme un fou puis t'aimer également comme un père. Et puis... j'ai dû me perdre. Je ne sais pas pourquoi. L'orgueil ? La bêtise ? La peur du temps qui passe ? Je n'en sais rien.

Gabriel avait engagé la conversation comme s'il participait à un jeu de rôle et, soudain, il ressentit la sincérité des paroles prononcées. Mieux, il eut l'impression qu'elles lui appartenaient, qu'il les avait réellement pensées. Où s'arrêtait sa conscience et où commençait celle d'Alexandre ? Était-il possible que leurs âmes s'entremêlent ?

Les yeux de la jeune femme affichèrent un trouble qu'elle tenta de masquer derrière un autre écran de fumée.

— Qu'en penses-tu ? lui demanda-t-il.

Élodie ouvrit la bouche pour répondre, la referma aussitôt.

— Alors ? Dis-moi qui je suis, insista Gabriel. Quel père suis-je devenu pour toi ?

Elle haussa les épaules, se leva.

— C'est toi qui fuis maintenant ? Ne me dis pas que tu as hérité de cette lâcheté que tu me reprochais à l'instant !

Elle le toisa, vexée.

— Non… mais je ne sais pas.

— Tu ne sais pas quoi ?

— Je ne sais pas qui j'ai face à moi. Tu ne m'as jamais parlé comme ça.

— Alors profites-en ! s'exclama-t-il. Dis-moi qui je suis, ce que je représente pour toi !

N'appréciant pas d'être ainsi secouée, Élodie fit un pas vers Alexandre, l'air bravache.

— En fait, je ne sais pas qui tu es. Je ne l'ai jamais su. Tu as toujours été absent. Ah non, j'exagère, de temps en temps te prend l'envie de te sentir père. Quand mes bulletins scolaires arrivent, par exemple. Alors là, tu te la joues paternel soucieux de l'avenir de sa fille. Tu balances quelques remontrances pour faire comme si et tu retournes à ta vie de merde. Ta vie de chef d'entreprise avide de pouvoir, de fric. Ce fric puant que tu distribues largement, pour t'excuser d'être aussi con peut-être ! Voilà le père que tu es ! Je pourrais peut-être te pardonner d'être pitoyable si j'étais la seule malheureuse. Mais non, il faut que tu détruises tout pour satisfaire ton ego ! Sais-tu que, quand tu pars en soi-disant voyage d'affaires avec ta pute de luxe, maman passe ses nuits à pleurer ? Non, tu ne t'en doutes pas car elle te fait croire qu'elle s'en fout. Mais elle pleure. Parce qu'elle est encore assez conne pour t'aimer !

Gabriel la gifla, puis, saisissant la portée de son geste fit un pas en arrière, effaré. Élodie, pétrifiée, la main sur sa joue, le regard noir, fulmina :

— Comment oses-tu faire ça ?

Oui, comment avait-il osé ? Il n'avait pas voulu la frapper, n'avait pas commandé son geste. Sa main était partie seule. Peut-être avait-il simplement désiré qu'elle se taise, cesse de crier ? Mais pour quelles raisons ? Ce qu'elle avait dit ne le concernait en rien et pourtant... il s'était senti blessé. Il demeura interdit, tourmenté par un flot de pensées impossible à retenir.

— Pauvre con ! hurla-t-elle en s'enfuyant vers sa chambre.

Il se laissa tomber sur le canapé, stupéfait.

— Tu y es allé un peu fort je trouve.

Genna, qui venait d'entrer, avait assisté à la scène. Elle vint s'asseoir près de lui.

— Je ne sais pas ce qui m'a pris, marmonna-t-il.

— Peut-être as-tu simplement essayé d'être son père. Mais, passer de l'indifférence à la gifle est un raccourci difficilement acceptable pour une ado tourmentée.

— Je n'ai jamais levé la main sur une femme.

Gabriel réalisa qu'il parlait en son propre nom et craignit d'avoir commis un impair.

— Je le sais, répondit-elle.

Il se frictionna nerveusement le visage, conscient de la nécessité de se ressaisir.

— Bon, je vais aller préparer quelque chose pour le dîner, annonça Genna en se levant.

— Non. Je n'ai pas faim. Mieux vaut que j'aille me coucher.

Alors qu'il passait devant elle, Genna saisit sa main.

— Ne te mets pas dans cet état-là. Tu lui parleras demain.

Il lui offrit pour toute réponse un triste sourire et rejoignit sa chambre.

*

Au cœur de la nuit, il fit un autre rêve, aussi clair que le précédent.

Alexandre entrait dans une chambre, tenant une petite fille dans ses bras. Il la posa sur le lit, lui embrassa le front. Il était plus jeune, plus mince. Et c'est une Élodie de quatre ou cinq ans qui lui faisait face.

Alors qu'il allait sortir, la fillette l'interpella.

— Papa, tu me fais un *pestacle* ?

— Il est tard, mon amour.

— Oh allez, s'il te plaît !

Alexandre sourit.

— Et j'aurai droit à combien de bisous ?

— Comme ça ! fit Élodie en montrant ses dix doigts.

— Bon, alors je veux bien.

Alexandre se dirigea vers la commode de la chambre, trouva deux chaussettes de sa fille, une bleue et une rose, glissa ses mains dedans et s'accroupit derrière le pied du lit.

La petite se redressa, excitée.

— La bleue c'est toi, la rose c'est moi, déclara-t-elle.

Animant ses mains, son père lui offrit un spectacle où la marionnette rose déclarait son amour à la bleue.

— Bonjour, Monsieur. Je suis la princesse Élodie. Je suis à la recherche de mon papa.

— Et comment est-il ce papa ? répondit l'autre marionnette.

— Il est grand, beau et tellement gentil !

— Mmm, je vois. Une sorte de prince charmant.

— Oh, bien plus beau qu'un prince charmant !

— À ce point ? Et où est-il donc passé ce papa ?

— Il est souvent en voyage.

— Pour son travail ?

— Oui.

— Mais il pense souvent à toi, je le sais.

— Il te l'a dit ?

— Oui. Il t'aime à la folie.

— J'aimerais le voir.

— Attends, je vais le chercher.

La main disparut pour réapparaître plus loin.

— Ma princesse !

— Papa !

Alexandre mima alors des embrassades chaleureuses, mêlant les deux chaussettes dans un ballet désordonné. La fillette éclata de rire. La porte de la chambre s'ouvrit et Genna apparut.

— Ah, un nouveau *pestacle* ? dit-elle en souriant.

Alexandre se redressa et fit mine de saluer son public. La petite applaudit. Il se pencha sur elle.

— Allez, mes bisous maintenant.

Élodie le serra dans ses petits bras et le couvrit de baisers, sous l'œil amusé de sa mère.

Cinquième jour

Chapitre 22

Le soleil matinal vint se répandre sur le lit. La lumière et la chaleur le tirèrent du sommeil et, ouvrant les yeux, il crut voir les ombres de Genna et Élodie continuer à s'agiter sur les murs de la chambre.

Gabriel réalisa soudain la singularité de son rêve : il ne s'agissait pas d'une création de son esprit mais, cette fois encore, d'un souvenir d'Alexandre. En réaction à la scène de la veille ? Sans doute. Comme le précédent songe. Il était désormais certain d'avoir accès à la mémoire de son hôte.

Mais s'agissait-il d'une réaction émotionnelle instinctive ou volontaire ? En d'autres termes, Alexandre lui adressait-il un message ? Attendait-il quelque chose de lui ? Impossible.

Impossible ? Gabriel sourit amèrement. Rien n'était impossible. La situation qu'il vivait n'était-elle pas totalement surnaturelle ?

Alors, s'il convenait de considérer l'hypothèse, qu'était-il censé faire de ce souvenir ? Rien, admit-il après quelques instants de réflexion. Il n'était pas là pour répondre à la volonté de son assassin mais pour sauver Clara.

Il se leva, se rendit à la salle de bains, puis à la cuisine.

Genna l'accueillit d'un sourire avenant. Il venait de la quitter plus jeune, dans son rêve.

— Tu as bien dormi ?

— Plutôt.

Elle posa une tasse de café devant lui, tartina deux toasts.

— Ça fait longtemps que nous n'avons pas pris le petit déjeuner ensemble, déclara-t-elle.

— Ah ?

— Oui. Nous nous évitons dès le matin d'habitude.

Gabriel ne trouva rien à répondre.

— Que comptes-tu faire aujourd'hui ?

Il n'en avait aucune idée. Par où commencer pour modifier le cours du destin ?

— Je ne sais pas. Je vais y réfléchir. Et toi ?

— Je suis convoquée au commissariat. L'inspecteur Panigoni veut m'interroger sur les moments ayant précédé ton départ, avant l'accident.

Il posa sa tasse.

— Étais-je réellement ivre lorsque j'ai quitté la maison ?

— Selon la loi, oui. Mais, pour moi, tu étais en pleine possession de tes capacités.

— Qu'avais-je bu ?

— Quelques whiskys bien tassés, comme pratiquement chaque soir. Ce qui d'ordinaire ne suffit pas à te faire perdre tes moyens.

— Sauf ce soir-là…

— Oui. Tu étais également fatigué, stressé. Et notre dispute t'avait mis dans un état de nervosité extrême. Tous ces éléments conjugués…

Elle se leva, débarrassa rapidement la table.

— Élodie a pris un café et s'est enfermée dans sa chambre, confia-t-elle. Tu devrais peut-être aller lui parler.

Genna s'éclipsa un instant pour prendre ses affaires puis réapparut à l'entrée de la cuisine.

— Que dois-je dire à l'inspecteur ?

— La vérité.

Elle acquiesça, résignée.

*

Il fallait approcher Clara, lui parler. Il n'y avait pas d'autres solutions. Il avait trop peu de temps pour tergiverser. Sa décision était prise. Que risquait-il ? Le pire n'était-il pas, déjà, le choix du destin ?

Clara connaissait-elle le visage d'Alexandre ? Il espérait que non. Elle n'avait pu le voir pendant la collision. Et il était peu probable que l'inspecteur de police, qui lui avait sûrement rendu visite, lui ait montré une photo compte tenu de son état. Du moins, l'espérait-il.

Il se vêtit, traversa la maison. De la chambre d'Élodie lui parvinrent les accords d'une musique sombre. Il hésita à entrer. Non, il devait s'en foutre, ne pas se laisser distraire. Il dépassa la porte de l'adolescente mais, pris de remords, s'arrêta. Il revint en arrière, tapa à la porte mais n'obtint aucune réponse. Il tourna la poignée et la découvrit allongée, les yeux rivés au plafond. Elle ne pouvait ignorer sa présence mais resta impassible.

— Je peux te parler ?

Élodie fit mine de ne pas l'avoir entendu.

Il se dirigea vers l'ampli, baissa le volume et alla s'asseoir près d'elle, sur le bord du lit.

— Je suis désolé pour hier.

L'ado feignit l'indifférence.

— Je ne sais pas ce qui m'a pris. Enfin, si… je n'ai tout simplement pas supporté les vérités que tu m'as lancées au visage.

Un sourire narquois se dessina sur le visage de la jeune fille.

— Je ne suis pas sûr de pouvoir expliquer pourquoi j'ai tout foiré. Pour cela, il faudrait m'appuyer sur des souvenirs, des faits concrets. Or, aujourd'hui, ma mémoire est en lambeaux. Un gouffre. Pas tout à fait vide cependant puisque je suis ici pour te parler. Il me reste mes sentiments. Quelques convictions aussi. Comme celle de t'avoir aimée plus que tout. Et celle de t'aimer encore. Je sens ces choses ancrées en moi. Et si je les perçois, c'est parce qu'elles n'appartiennent pas à ma mémoire mais à mon âme. Tu es une part essentielle de moi, Élodie, et te voir me haïr ajoute à ma détresse et m'incite à me haïr plus encore.

Élodie ne souriait plus. Livide, elle peinait à réprimer ses émotions.

Elle se leva subitement, saisit son paquet de cigarettes, en alluma une et se rassit face à son père. Ses yeux cherchaient un espace où se poser. Elle voulait paraître forte, résister encore mais se sentait faillir.

— On pense diriger sa vie et, un jour, on découvre qu'on se contente de la suivre. On ne sait pas comment on est passé d'acteur à figurant. On a lâché prise doucement. On a accepté de transgresser une valeur, puis une autre, et on s'est peu à peu éloigné de ce que l'on était. Dès lors, il est plus facile d'avancer que de se retourner pour constater les conséquences de ses trahisons. Mon accident a changé la donne. Il m'a forcé à émerger au milieu des dégâts causés et à les considérer froidement. Tu vois, c'est paradoxal : amputé de la part de mémoire que j'ai salie, je possède toute la lucidité nécessaire pour affronter mes responsabilités. Et je vois bien que j'ai merdé. Je ne sais pas quand, ni pourquoi, mais c'est un fait. Cependant, je suis convaincu qu'au départ je n'étais pas le type ignoble que tu as décrit hier. J'étais un mec bien. J'aimais ta mère, je t'aimais. J'avais un idéal, des rêves, de la passion et la volonté de vous embarquer avec moi dans la plus belle des aventures. Aujourd'hui, ce feu semble éteint. Mais je sais que je peux le rallumer. Bien entendu, je ne parviendrai pas à effacer mes erreurs, mais il est possible de repartir et reconstruire. Cependant, je n'y arriverai pas seul. Il faudra que tu m'aides. Voilà ce que je peux dire avec si peu de mémoire et tant de volonté de me faire pardonner.

Il s'arrêta, étonné d'avoir prononcé tous ces mots avec ferveur, comme si l'enjeu lui tenait à cœur.

Élodie retint ses larmes et tira longuement sur sa cigarette.

— Je ne sais pas si tu es sincère, murmura-t-elle la voix cassée. Et je ne peux pas m'accrocher à l'idée que tu le sois et courir le risque d'être à nouveau déçue.

— Je n'ai pas toujours été aussi nul que tu veux bien le penser. Nous avons eu de beaux moments… Quand tu étais petite du moins.

— Maman me l'a dit. Les photos et les vidéos de l'époque le laissent penser aussi. Mais je ne me souviens de rien. Peut-être que j'ai voulu tout oublier pour qu'il n'y ait pas un avant, un après, et moi, au milieu, avec mes questions et ma culpabilité.

— Eh bien, nous voilà amnésiques tous les deux ! Toi des beaux moments de notre vie. Moi des pires. On est mal barrés, n'est-ce pas ?

La jeune fille eut un sourire amer.

Gabriel se leva. Sur le point de quitter la chambre, il eut une idée et se dirigea vers la commode.

— Ferme les yeux quelques secondes, demanda-t-il.

— Pourquoi ? s'étonna Élodie.

— Tu verras…

Elle obtempéra. Il chercha dans ses affaires, saisit un collant aux couleurs criardes, y glissa ses bras et se cacha derrière le meuble.

— Qu'est-ce que tu fais ?

— C'est bon, tu peux regarder.

Elle obéit.

— Mais… Où tu es ?

Soudain, une marionnette apparut.

— Tu te souviens, Princesse Élodie ?

L'autre main surgit.

— Je me souviens de quoi ? répondit l'autre marionnette, d'une petite voix fluette.

— De ces *pestacles* que je te faisais le soir, avant que tu ne t'endormes.

— Non, j'ai tout oublié, fit la première.

— À l'époque ça te faisait rire, pourtant.

— Parce que j'étais une petite fille insouciante. Mais, aujourd'hui, j'ai le cœur bien trop lourd.

— Je comprends… Tu n'aimes donc plus ce papa que tu trouvais si beau, si fort ?

— Je ne sais plus…

— Moi, je saurai te prouver que je t'aime encore. Que je t'ai toujours aimée.

N'entendant aucune réaction, Gabriel se redressa. Élodie était en larmes.

— Je me souviens de ça, maintenant, balbutia-t-elle.

Il s'approcha, voulut tendre les bras pour la consoler, mais se retint. Ce n'était pas sa fille. Il était allé suffisamment loin, déjà, dans l'usurpation des sentiments.

— Mais toi… comment peux-tu te souvenir ? demanda-t-elle dans un sanglot.

— Je… j'ai rêvé de cette scène durant la nuit. Je crois qu'elle m'est revenue en mémoire parce que… je m'en voulais de t'avoir giflée. De t'avoir infligé tous ces soucis, également.

Elle tenta de sourire.

— Alors, tu vas m'aider ?

— Je te promets d'essayer.

Gabriel se sentit soudain soulagé, presque léger même, d'avoir rétabli le contact entre Alexandre et Élodie. Il s'en trouva surpris. Qu'il agisse pour le compte de l'hôte de son âme était une chose, qu'il fasse sienne ses douleurs et ses joies devenait troublant.

*

Gabriel avançait craintivement dans les couloirs de l'hôpital. Une infirmière aurait pu le reconnaître, signaler sa présence désormais incongrue. Mais il parvint sans encombre à la chambre de Joseph, tapa à la porte et, sans attendre de réponse, entra.

L'homme le reconnut.

— Alexandre ! murmura le malade d'une voix faible.

— Bonjour, Joseph.

— J'ai entendu que vous aviez quitté l'hôpital ?

Gabriel avança jusqu'au lit.

— Ne me dites pas que vous êtes venu prendre de mes nouvelles, je ne vous croirais pas.

— En effet… même si cela me fait plaisir de vous voir.

— Alors… que faites-vous ici ?

— Je souhaite rendre visite à… Clara, mon amie. Et je voulais connaître le moment propice, celui où elle est seule.

L'homme sourit.

— Eh bien, les infirmières sont en train de terminer leurs soins. Dans cinq minutes, elles retourneront à l'office pour se détendre. Vous aurez alors dix bonnes minutes pour voir votre… amie. Ensuite, elles reprendront leur tournée.

— Vous vous demandez qui je suis et ce que je lui veux, n'est-ce pas ?

— Non, la curiosité m'est désormais étrangère. Au cœur de la mort, de nombreuses questions deviennent superficielles.

Gabriel posa une main sur son épaule frêle. La mort les rapprochait, tissait un lien invisible et pourtant ténu entre eux. Ils étaient comme deux passagers d'un improbable vol vers une destination inconnue, se rencontrant dans une salle d'embarquement déserte.

— Avez-vous peur ? s'enquit Gabriel.

— Peur ? Non. La maladie me faisait peur. La perte de mes facultés mentales et physiques surtout. Mais je n'ai jamais craint la mort. Je me pose des questions sur ce qu'il adviendrait quand mon cœur cesserait de battre, bien sûr. Et toutes les éventualités me paraissent intéressantes. Soit il n'arrive rien : l'âme s'éteint et tout est terminé. Le vide. Enfin… un état impossible à nommer faute de connaissance ou d'imagination. Et, ma foi, l'idée d'un néant absolu que l'homme ne peut expérimenter me semble... captivante. Autre option : l'âme survit au corps et là... une véritable aventure commence. Dieu ? Mais quel Dieu alors ? L'autre monde ? Mais quel monde ? Celui des idées, de la félicité ? Du bien ? Du mal ? La clé du sens de la vie réside dans cette question, Gabriel : l'âme survit-elle au corps ? Si les hommes possédaient une réponse ferme et définitive à ce sujet, la face du monde en serait profondément modifiée.

La sagesse de Joseph attendrit son visiteur.

— Oui, elle survit, affirma-t-il.

Le malade le dévisagea avec curiosité.

— Je le sais, répondit ce dernier dans un petit rire.

Il laissa voguer son regard sur l'infini qui bientôt s'ouvrirait devant lui.

— Oui, l'âme survit... répéta-t-il. Dans certaines croyances, on dit même qu'elle revient sur terre pour se parfaire, murmura Joseph, soudain pensif. J'aime l'idée.

La remarque surprit Gabriel.

— On ajoute que, parfois, l'âme a le choix de sa nouvelle existence. Elle décide alors de revenir auprès des siens pour réparer le mal commis. Et le père devient le fils ou le petit-fils, par exemple. Dans la mystique juive on appelle ça le gilgoul. Troublant n'est-ce pas ?

— En effet.

— Encore faut-il avoir une famille, des gens que l'on aime.

— Ce n'est pas votre cas ?

— Non. Je n'ai pas su aimer les personnes que la vie m'avait confiées. J'ai commis tellement d'erreurs. J'aurais sans doute besoin d'une autre existence près d'eux pour me faire pardonner. Et vous, si vous deviez mourir et vous réincarner, que choisiriez-vous ?

Gabriel envisagea la question.

— Peut-être... devenir l'enfant de celle que j'aime, confia-t-il, troublé.

Joseph sourit.

— Ceci impliquerait que vous soyez mort jeune… Mais l'idée est jolie.

Ils s'observèrent un instant, chacun fouillant les yeux de l'autre à la recherche d'impossibles réponses.

— Oui… devenir l'enfant de celle que vous aimez, répéta-t-il, songeur. Allez, filez ! Les infirmières doivent être dans leur salle de repos.

— Nous nous reverrons bientôt, dit Gabriel en se levant.

— J'en suis certain, murmura Joseph dans un faible éclat de rire.

*

Le cœur battant, Gabriel pénétra dans la chambre de Clara. Il la trouva allongée sur le côté, les yeux clos. Il s'approcha, retenant sa respiration, aux prises avec une émotion menaçant d'asphyxier sa détermination. Une fois près d'elle, il prit le temps de la regarder : la ligne régulière de ses sourcils, l'arête de son nez, ses lèvres pâles et sèches. Les hématomes, maintenant bleus, et ses cheveux en désordre n'altéraient en rien sa beauté. Il ressentit l'incommensurable désir de s'allonger près d'elle, de la prendre dans ses bras, de la serrer fort contre lui. L'impossibilité d'assouvir ce besoin était d'une cruauté inouïe.

Soudain, elle tressaillit et ouvrit les yeux. La lumière l'agressa et elle fronça les sourcils.

— Gabriel ?

L'esprit chancelant, il garda le silence.

S'habituant à la clarté, elle l'observa.

— Qui êtes-vous ? demanda-t-elle d'une voix traînante.

Soulagé de constater qu'elle ne reconnaissait pas les traits d'Alexandre, il inspira pour tenter d'éteindre le feu qui embrasait son cœur.

— Un… ancien patient de l'hôpital.

— Que faites-vous là ?

— Je suis venu vous parler.

— Me parler ?

— Oui. Je sais ce qui vous est arrivé.

— Et en quoi cela vous concerne ? dit-elle en luttant contre l'apathie dans laquelle les médicaments tentaient de la replonger.

— J'ai… vécu la même chose.

Elle le considéra avec curiosité.

— Et nos douleurs sont censées se parler ? eut-elle la force d'ironiser.

— Je le pense.

Gabriel tenta de calmer l'émoi qui le contraignait à se contenter de phrases courtes prononcées dans un souffle.

— Sortez. Laissez-moi tranquille, murmura-t-elle en enfouissant son visage dans l'oreiller.

— Il faut que vous m'écoutiez, Clara.

— Comment connaissez-vous mon prénom ?

— Tout le monde a entendu parler de vous dans cet hôpital.

— Je vois… La pitié…

— Sans doute.

— Je me fous de ce que vous avez vécu et de ce que vous avez à me dire. Sortez.

Elle lui tourna le dos.

— J'ai perdu la femme de ma vie dans un accident, lança précipitamment Gabriel.

Il la sentit réagir.

— J'allais la demander en mariage.

Elle se recroquevilla un peu plus.

— J'aimerais pouvoir dire à quel point je l'aimais et combien elle me manque. Mais je ne parviens pas à trouver de mots capables d'exprimer la plénitude des sentiments qui m'habitaient alors, ni le vide au milieu duquel j'essaie aujourd'hui de survivre.

Il eut envie de tendre la main, de lui caresser les cheveux.

— L'absence est un gouffre au bord duquel on se tient, vacillant. Rien ne sert de crier, car la voix revient en écho. Le vide est si profond qu'il résume le monde. Et il nous semble n'avoir d'autre choix que de nous y jeter. Une idée qui s'impose progressivement, tant l'absence investit le cœur, engourdit les membres, gangrène l'esprit. Nous oublions le monde alentour, ceux qui comptent encore pour nous. Et il ne reste qu'une solution : sauter pour en finir.

Il entendit du bruit dans le couloir, regarda sa montre. Il disposait encore de quelques minutes.

— Pensez à ce que je vous dis, Clara. Pensez à l'homme que vous avez perdu, à ce qu'il aurait souhaité pour vous. Dites-vous qu'il est là, à vos côtés, attendant que vous réagissiez. Votre douleur est une torture pour lui. Son âme aspire au repos. Il voudrait partir sereinement, mais ne le peut pas. Pas tant qu'il ne sera pas rassuré sur votre capacité à vivre. Rester repliée sur le malheur n'est pas une preuve d'amour. Le véritable, et ultime, acte d'amour consiste à vous relever, à cesser de regarder le vide, à vous battre contre l'absence et pour lui. Parce que c'est ce qu'il aurait voulu.

Soudain Clara se redressa, se tourna vers lui, les yeux inondés de larmes.

— Mais pour qui vous prenez-vous pour asséner ce genre de vérités ? Vous avez connu le malheur, la douleur, et vous pouvez peut-être comprendre la mienne. Mais que savez-vous de ce qu'il veut ou attend de moi ? Comment osez-vous affirmer qu'il souhaite me voir l'oublier ? Peut-être aimerait-il que je le rejoigne, au contraire ! Vous avez trouvé du réconfort dans une religion, c'est ça ? Et, maintenant, vous envisagez de me vendre votre foi ? Pour vous sentir utile, pour… combler l'absence ? Allez, sortez ! Sortez de cette chambre !

Il entendit les voix des infirmières, recula jusqu'à la porte.

— Il ne veut pas que vous l'oubliiez, insista Gabriel. Il veut continuer à vivre en vous.

Clara reçut cette déclaration telle une gifle. Elle planta ses yeux dans ceux de son interlocuteur comme pour y chercher une réponse à une question impossible à formuler.

Gabriel eut l'impression qu'elle l'avait reconnu, que c'est son âme qu'elle observait soudain.

— Allez-vous-en ! dit-elle d'une voix blanche.

Chapitre 23

Allongé sur le lit, Gabriel se laissait gagner par un défaitisme qui, espérait-il, romprait les digues de sa volonté.

La visite rendue à Clara n'avait rien résolu. Qu'avait-il espéré ? Trouver, comme par enchantement, des mots suffisamment forts pour provoquer chez elle une réaction salutaire ? Être aidé dans sa mission par les forces occultes qui l'avaient projeté dans ce cauchemar ? Ou, simplement, avait-il été porté par le seul désir de la revoir, d'échanger quelques paroles avec elle, de sonder sa douleur…

Et pourquoi continuer ? Ne devait-il pas accepter le sort et voir sa compagne le rejoindre dans le monde qui l'attendait ?

Pourtant, une conviction continuait à s'imposer dans son esprit, sans qu'il sache à quelle logique l'attribuer : Clara devait vivre. Et même s'il se trouvait démuni devant l'enjeu, un argument plaidait en faveur de son obstination : si le passeur avait accepté de le renvoyer sur terre, c'est qu'il possédait une chance de changer les événements.

Alors, il se résolut à être positif : non, sa visite n'avait pas été inutile. Il était parvenu à lui dire des choses essentielles, à la faire réagir. Et il devait persévérer. Il savait qu'une personne projetant de se supprimer se concentre sur sa douleur, s'y enferme, réduit son horizon à sa seule dimension pour ne pas envisager les conséquences de son suicide sur ses proches.

Il fallait donc crever la bulle de douleur où s'enfermait Clara, modifier sa perception des événements. Oui, il fallait l'amener à renouer avec la vie, avec ceux et celles qui comptaient pour elle !

*

Gabriel avait emprunté la voiture de Genna pour se rendre à son vrai domicile. Il pénétra dans l'allée, monta les escaliers au pas de course. Arrivé devant la porte de l'appartement, il saisit une pièce de monnaie dans sa poche afin d'ouvrir le coffret du compteur d'électricité. Les clés se trouvaient à leur place, dans une enveloppe nichée sur le boîtier. Un trousseau placé là afin d'anticiper tout problème.

Il entra, appuya sur l'interrupteur. Et ce fut comme s'il éclairait la scène d'un théâtre tout juste désertée par les comédiens. Un trouble profond le happa. Les lieux étaient tels que Clara et lui les avaient laissés avant de se rendre au mariage. Comme si une rupture de l'espace-temps l'avait ramené à l'instant du départ. Il perçut presque les ombres de leurs derniers gestes, ressentit les vibrations de leurs mouvements précipités, entendit résonner dans l'air l'écho de leurs paroles.

Il s'assit et laissa chacun des objets lui raconter sa part d'histoire, raviver les souvenirs du bonheur passé.

Mais il devait éviter que la mélancolie ne le gagne. Alors, il se fit violence et se mit en quête des informations qu'il était venu chercher.

Dans l'ordinateur, il ouvrit son carnet de contacts, releva des numéros de téléphone.

Il embrassa une dernière fois l'appartement du regard et sortit.

*

Gabriel composa le numéro de Sabrina. Lors de leurs rencontres, il avait apprécié la compagnie de cette fille obstinée et gaie.

— Qui est-ce ? demanda-t-elle, presque agressive.

— Bonjour, je suis... un ami de Gabriel.

— Oh... Attendez, je sors m'isoler, déclara-t-elle d'une voix plus douce.

Il l'entendit traverser le bar où elle travaillait, en sortir.

— Alors ? Qui êtes-vous et comment avez-vous obtenu mon numéro ?

— Je suis... François, un collègue de Gabriel. Un copain aussi. J'ai trouvé votre numéro sur son agenda, au bureau.

— Nous sommes-nous déjà rencontrés ?

— Oui. Enfin... pas vraiment. J'étais présent lors de la fête organisée pour son anniversaire. Mais nous avons seulement échangé quelques mots...

— Ah... peut-être. Il y avait tant de monde.

— Je vous appelle au sujet de Clara.

— De Clara ?

— Oui. Lui avez-vous rendu visite ?

— Bien sûr, tous les jours. Mais... elle refuse de me parler.

— C'est précisément ce qui m'inquiète.

— C'est-à-dire ?

— Eh bien... par une indiscrétion, j'ai su qu'elle avait été mise sous surveillance. Le drame l'ayant conduite à une subite dépression, elle se coupe du monde et pourrait en venir à...

— Oui, j'y ai songé. Mais Clara ne ferait jamais ça. Je crois qu'elle a besoin d'éprouver la force de sa douleur. Ensuite, elle se relèvera.

— Lorsqu'une personne se suicide, il arrive trop souvent que les premiers surpris soient ceux qui pensaient la connaître le mieux.

Sabrina s'étonna de la mise en garde.

— Vous cherchez à m'inquiéter ?

— Oui. Je ne la connais pas assez pour rester à ses côtés et, de plus, je dois m'absenter quelques jours pour affaires. Mais je crois qu'elle a besoin de comprendre combien ses proches l'aiment et comptent sur elle pour s'en sortir.

— Elle peut compter sur moi.

— C'est fantastique. Mais il faut que vous soyez aidée par d'autres personnes importantes pour elle.

— Vous savez, Clara est assez solitaire. Elle n'a que moi comme véritable amie.

— Sa famille, peut-être ?

— Sa maman ne réalise pas ce qui est arrivé. Quant à Kevin, il passe tous les jours. Il joue au petit dur, comme d'habitude, mais il est bouleversé. Ceci dit, Clara ne lui parle pas non plus.

— Il faudra surtout faire attention à elle quand… les médecins débrancheront l'appareil respiratoire de Gabriel.

— J'ai entendu dire que ça aurait lieu dans trois jours.

Gabriel enregistra l'information. Elle concordait avec ce qu'il savait. Clara tenterait donc de le suivre dans la mort à ce moment.

— À mon avis, il ne faudra pas la quitter une seconde ce jour-là ! s'exclama-t-il.

— D'accord. Je demanderai un congé pour rester près d'elle.

Après avoir raccroché, Gabriel se sentit quelque peu soulagé. Sa stratégie consistait à se concentrer sur le jour fatidique et à faire en sorte que Clara ne soit jamais seule et ne puisse commettre l'irréparable.

*

Kevin n'ayant pas répondu aux appels, Gabriel avait décidé de lui rendre visite. Et d'en profiter pour parler à madame Astier.

Il connaissait mal le frère de Clara. Celle-ci lui avait confié les inquiétudes qu'elle nourrissait à son sujet : après avoir brutalement décidé de ne plus se rendre en cours, il s'était mis à traîner avec une bande de jeunes de son quartier et évitait les contacts avec sa sœur, craignant ses reproches. Elle lui faisait tout de même parvenir un peu d'argent chaque mois. Gabriel avait fait sa connaissance lors d'un spectacle de danse donné par la troupe de Clara. Le jeune homme, arrivé en compagnie d'une fille dont la vulgarité s'exprimait autant à travers la tenue que le langage, s'était montré hautain et était parti avant la fin de la représentation.

Il l'avait revu à l'occasion de la fête surprise organisée par Gabriel pour l'anniversaire de Clara. Lui connaissant peu d'amis, il avait misé sur la présence de Kevin pour surprendre sa compagne. Or, ce dernier n'était apparu qu'en fin de soirée et l'avait froidement salué. Clara, embarrassée, avait tenté de les amener à sympathiser. Gabriel avait fait des efforts et Kevin s'était petit à petit décontracté. Le jeune homme cachait en fait sa fragilité derrière une attitude digne des stéréotypes évoquant les gamins de banlieue. Au-delà du masque de petite frappe, Gabriel avait décelé l'affection de Kevin pour cette sœur qui, depuis toujours, le couvait de son amour.

Gabriel circula à petite allure au milieu des barres d'immeubles. Étrange spectacle que ces blocs imposants et identiques dont les seuls reliefs étaient constitués des centaines d'antennes paraboliques hérissant les façades. Son cœur se serra à l'idée que Clara ait grandi dans cet environnement terne. Il l'imagina, petite, puis jeune fille, traversant ces rues, ces places, corps gracieux et fier, pas de danseuse flottant sur le bitume, au milieu de jeunes aux regards de prédateurs.

Il s'arrêta devant la barre où résidait la famille Astier. Le cœur battant, il monta jusqu'à leur appartement. Il n'était jamais venu, ne connaissait pas sa maman, savait juste que Clara entretenait avec elle une relation ambiguë. Ainsi, elle lui rendait rarement visite mais l'appelait une fois par semaine, par devoir plus que par sollicitude et, après chaque appel, sombrait dans un mutisme confinant à la déprime, s'isolait, tenant Gabriel à distance de cet aspect de sa vie.

Il sonna et, au bout de quelques secondes, une femme lui ouvrit. Gabriel vacilla : devant lui se tenait la projection de ce que son amoureuse serait devenue s'ils avaient vieilli ensemble. Pas une anticipation fidèle, mais une version triste, prématurément abîmée et négligée d'une Clara à soixante ans. Des cheveux blancs et filandreux tombaient de manière désordonnée de chaque côté d'un visage dont la peau et les paupières semblaient vouloir fondre jusqu'à gommer ses traits et expressions. La mère de Clara leva sur lui son regard délavé et attendit qu'il s'exprime.

— Bonjour. Désolé de vous déranger mais… je suis un ami de Clara.

La femme n'attendit pas la suite, se retourna et traîna ses pieds jusqu'au salon. Interprétant cela comme une invitation à la suivre, Gabriel entra, referma la porte derrière lui et la rejoignit. Elle s'était assise face au balcon, comme si cette place lui offrait une perspective enviable, mais ses yeux se perdaient dans le paysage austère de la barre d'immeuble située de l'autre côté.

Gabriel hésita puis s'installa sur le canapé. Il attendit qu'elle lui manifeste de l'intérêt, l'interroge mais elle paraissait l'avoir déjà oublié.

— Vous lui avez rendu visite, n'est-ce pas ? tenta-t-il.

Elle laissa s'écouler quelques secondes puis, comme si elle se souvenait avoir laissé quelque chose sur le feu, se leva et se rendit à la cuisine.

Gabriel, troublé, hésita sur l'attitude à adopter. Il regarda autour de lui. Tout, dans cet appartement, exprimait la résignation : les meubles, dépareillés et dans un triste état, les tapis aux bords effilochés, les rares objets de décoration aux couleurs passées… Mais il remarqua aussi que le ménage était fait, dernier signe d'une résistance contre l'abandon total. Il chercha des photos sur le buffet au vernis rayé, sur les murs dont les peintures s'écaillaient, n'en trouva pas.

Madame Astier revint de la cuisine avec deux tasses de café, en posa une devant Gabriel et reprit sa place.

Il la remercia, trempa ses lèvres dans le liquide brûlant, en but une gorgée.

— Oui, je suis allée la voir, répondit-elle enfin, d'une voix n'exprimant aucun sentiment.

— Elle ne va pas bien du tout.

— Clara s'en sort toujours, commenta-t-elle comme si elle en voulait à sa fille de posséder ce talent.

— Mais je ne suis pas sûr que, cette fois-ci, elle en ait la force, ni la volonté, rétorqua Gabriel, agacé par tant de détachement. Son petit ami est foutu, elle le sait, et ne l'accepte pas.

Gabriel crut voir un sourire à peine perceptible se dessiner sur son visage.

— Vous le connaissiez ?

— Son petit ami ? Oui.

— C'est vrai qu'il était beau et riche ? C'est mon fils qui me l'a dit. Mais il ment tellement.

— Oui. Il est issu d'une famille aisée et gagne bien sa vie, dit Gabriel réalisant que l'imparfait s'était refusé à l'expression de son propos.

— Ma fille m'a toujours étonnée. Elle a su prendre les bonnes décisions, mener sa vie, quitter cet endroit et construire son destin ailleurs. Elle s'en sortira, je vous le dis.

— Elle aimait vraiment cet homme et nage en pleine dépression et… je crains qu'elle ne trouve pas du tout cette force dont vous parlez. Je sais qu'elle a connu de dures épreuves dans sa jeunesse. Notamment lorsque son père… votre mari est décédé dans un accident. Bien entendu, elle a réussi à dépasser tout ça et s'est ensuite montrée déterminée pour faire les bons choix mais… là, les choses sont différentes. Elle est profondément atteinte.

Le sourire fugace réapparut sur la bouche de la femme aux cheveux blancs mais, cette fois-ci, persista. Gabriel crut qu'elle se moquait de lui.

— Qu'y a-t-il d'amusant dans ce que je vous confie ? questionna-t-il, irrité.

— Vous avez parlé de… la mort accidentelle de son père.

— Oui. Et ?

— C'est ce qu'elle raconte à ses amis ?

La question troubla Gabriel.

— Son père n'est pas mort suite à un accident, poursuivit-elle en posant les yeux sur lui. Clara l'a envoyé en prison. Et la maladie l'a emporté il y a quelques années.

Gabriel sentit son assurance chanceler. Il remua nerveusement sur le canapé, se passa la main dans les cheveux.

Madame Astier observait l'effet de sa révélation.

— Elle est forte, je vous le dis.

Était-il possible que Clara lui ait caché cette vérité, elle qui avait le mensonge et la trahison en horreur, elle qui exigeait de lui une totale sincérité ? Clara, si intègre…

— Elle l'a envoyé en prison ?

La mère de Clara fronça les sourcils pour convoquer ses souvenirs, hésita à les exhumer.

— Oui. Elle a raconté aux flics qu'il m'avait battu. Qu'il la battait aussi.

— Et ce n'était pas vrai ?

— Si, c'était la vérité. Mais elle n'avait pas le droit de le balancer.

— Je ne comprends pas.

— Je l'aimais, cet homme. Allez savoir pourquoi, je l'aimais. Peut-être parce qu'il n'avait pas toujours été comme ça. Peut-être parce que je restais attachée aux souvenirs d'une époque où il me vouait un véritable amour, où il était tendre avec moi ; alors, j'espérais qu'il le redevienne. Mais il a eu des problèmes. Le cycle banal : il a perdu son travail, s'est mis à boire, a commencé à devenir colérique, violent. Mais, il s'excusait toujours après.

— Il battait aussi ses enfants ?

— Pas au début. Puis Clara s'est opposée à lui.

Une triste expression se dessina sur cette face ravagée par le temps, la douleur, les regrets.

— Je lui en ai voulu, au début, de se croire plus forte que moi. Puis j'ai compris qu'elle s'interposait pour prendre les coups à ma place. Parce qu'elle avait peur pour moi. Parce qu'elle était, en effet, plus forte.

Visualisant les images que son esprit lui proposait, Gabriel en eut la gorge serrée.

— Un jour, son frère et elle, rentrant de leurs cours, m'ont trouvée allongée, le visage en sang. Leur père n'était jamais allé aussi loin. Le petit a hurlé, s'est jeté sur lui. Mon mari l'a giflé. Alors Clara a saisi un couteau de cuisine et a avancé vers lui en le menaçant. Elle lui a demandé de partir. Il a eu soudainement honte et s'est sauvé. Clara a appelé la police. Je l'ai suppliée de ne pas le faire mais elle ne m'a pas écoutée. « Il a frappé le petit », a-t-elle crié comme si c'est là qu'elle avait fixé le point de non-retour. Quand la police est arrivée, j'ai refusé de parler. Mais Clara a porté plainte. Son père a été condamné à trois mois de prison avec interdiction de nous approcher. Il n'est jamais revenu. Et il est mort quelques années plus tard, seul et malade.

Elle se tut, en proie à des sentiments confus.

— Et… vous en avez voulu à votre fille ?

— Au début. Parce que j'ai toujours cru que mon mari pourrait changer, redevenir celui qu'il avait été. Mais, avec le temps, j'ai compris que cette décision avait autant coûté à Clara qu'à moi. C'était son père.

Gabriel entendit la porte de l'entrée s'ouvrir.

Kevin apparut, entra dans le salon et s'immobilisa.

Gabriel, ému de revoir le jeune homme et encore sous le coup des révélations de son interlocutrice, se leva, tendit la main.

— Je suis un ami de Clara, marmonna-t-il.

Le jeune homme refusa la poignée de main.

— Il est venu me dire qu'il s'inquiétait pour Clara, expliqua sa mère. Je ne sais pas vraiment ce qu'il craint. Je lui ai expliqué que ta sœur était solide.

— Je peux te parler ? demanda Gabriel.

Kevin hésita, puis sans un mot lui fit signe de le suivre à l'extérieur.

Le jeune homme emprunta l'escalier, descendit les marches rapidement. Quand il atteignit le rez-de-chaussée, il se retourna brusquement, empoigna Gabriel par le col et le plaqua contre le mur avec une violence inouïe. Gabriel n'eut pas le temps de réagir que, déjà, Kevin posait la lame d'un couteau sur sa gorge, le regard furieux.

— Qu'est-ce que tu fous chez moi, enculé ! cria-t-il, écumant de rage.

— Je ne… comprends pas…

— Je sais qui tu es. C'est toi qui as foutu la vie de ma sœur en l'air. Les flics m'ont montré une photo de toi. Ils voulaient savoir si je te connaissais.

— Je suis venu pour…

— Pour quoi ? Te faire pardonner ?

L'adolescent était transfiguré. Gabriel avait face à lui un jeune voyou au regard fou, à l'expression mauvaise. Et une lame de couteau contre sa peau.

— Non… attends, calme-toi, laisse-moi parler.

— Comment as-tu eu notre adresse ? embraya Kevin.

— Ce n'est pas important. Ce qui compte c'est que la vie de ta sœur est en danger ! Voilà ce que je suis venu vous dire.

Le jeune homme, un instant surpris, relâcha la pression, cherchant un sens à cette révélation et, n'en trouvant pas, redoubla aussitôt d'excitation.

— Mais putain, qu'est-ce que tu me racontes ? Tu as failli la tuer et maintenant tu prétends qu'elle est en danger ? Tu te fous de ma gueule ?

— Écoute-moi, s'il te plaît, implora Gabriel d'une voix calme. Je suis là pour éviter qu'il lui arrive quelque chose. J'ai peur que ta sœur ne fasse une connerie.

L'adolescent retira la lame, fit un pas en arrière.

— Une connerie ?

— J'ai entendu les médecins parler. Ils disent que dans son état, elle est capable de… se suicider.

Kevin baissa les yeux.

— Impossible. Elle ne ferait jamais ça.

— En es-tu sûr ?

— Oui. Clara n'est pas comme ça.

— Pas comme quoi ? Ta sœur est perdue. Elle vient de subir un choc. Elle fait une dépression. Les personnes ne sont plus les mêmes dans cet état-là.

— Non… elle est malheureuse mais… elle ne me laisserait pas.

— Oui, peut-être… si, au plus profond de sa douleur, elle se souvient que tu existes. Si elle voit l'amour que tu lui voues.

Le jeune homme haussa les épaules.

— Il faut que tu veilles sur elle, continua Gabriel. Que tu sois présent tout le temps. Surtout quand… ils… ils débrancheront les appareils qui maintiennent son fiancé en vie.

— Vouloir mourir pour ce connard… murmura-t-il, comme s'il trouvait le prétexte ridicule.

Gabriel fut choqué d'entendre Kevin proférer un avis si définitif à son égard. À l'égard d'un homme qui, pour lui, était mort ou le serait bientôt.

— Il semble qu'elle l'aimait.

— Je sais.

— En revanche, toi… tu le détestais.

— Qu'est-ce que ça peut te foutre ?

— Je veux juste… comprendre.

— Tu es de son monde et, vous autres, ne comprenez rien à ce que nous vivons. Il s'est amusé avec elle. Il voulait lui en mettre plein les yeux.

— Tu crois qu'il ne l'aimait pas ? s'indigna Gabriel, froissé.

— Si. Comme il aimait sa voiture, sa montre. Un trophée, une jolie femme pour se la péter !

— Mais elle était heureuse avec lui.

— Il la faisait rêver. Mais elle savait…

— Elle savait quoi ? questionna Gabriel, fébrile.

— Qu'il la laisserait tomber un jour.

— Elle te l'a dit ?

— Oui. D'une certaine manière.

— Quand ?

— Quelques jours avant. Ils s'étaient disputés.

Soudain il se ressaisit et ses traits se durcirent.

— Pourquoi tu veux savoir tout ça ? Tu veux mettre l'accident sur le dos de ma sœur ? Elle était malheureuse et elle a perdu le contrôle du véhicule ? Ou alors elle s'est volontairement jetée contre un arbre ? C'est ça, ton plan ?

— Pas du tout. Je suis responsable de l'accident. Je l'ai reconnu.

Kevin cherchait une explication logique à la présence de cet homme dont l'attitude et les propos empêchaient la haine qu'il aurait préféré lui vouer de s'exprimer pleinement.

— Je sais pas ce que tu cherches, finit-il par lancer sur un ton qu'il aurait souhaité plus ferme, mais ne t'avise pas de faire du tort à ma sœur.

Gabriel, enlisé dans ses pensées, abattu, ne réagit pas.

Vaincu par la passivité et le désespoir apparent de son interlocuteur, Kevin laissa retomber ses épaules.

— Allez, barre-toi maintenant, grogna-t-il.

— Fais attention à ta sœur. Ne la quitte pas. Sois près d'elle le jour où ils débrancheront l'appareil respiratoire de Gabriel.

— Barre-toi, j't'ai dit.

Gabriel lui tourna le dos et sortit de l'allée. Le soleil brillait mais il eut froid. Ses jambes lui parurent lourdes et il ralentit le pas. Parvenu à sa voiture, il s'y installa et ferma les yeux. Il devait retrouver un peu d'énergie pour continuer. Mais continuer quoi ? Tout ce qu'il entreprenait lui paraissait dérisoire comparé à l'enjeu de sa mission.

Chapitre 24

— Ah, voici mon ange gardien, marmonna Joseph en apercevant Gabriel.

Ce dernier s'assit près de lui. Il le trouva plus affaibli encore.

— Vous voyez Alexandre, je me plais à imaginer que vous n'appartenez pas totalement à ce monde. Oui, que vous êtes une sorte d'ange venu me préparer au départ avec de réconfortantes paroles. Voilà à quoi on en est réduit quand on est seul, quand toute la structure mentale édifiée par une vie de travail, de réflexion, de rationalisme se trouve sournoisement minée par l'imminence de la fin.

Gabriel un ange… un passeur. L'ironie de la situation lui arracha un faible sourire.

— Vous avez toute votre tête. Et rien de ce que vous dites ne me laisse penser que votre raison chancelle.

Gabriel prit la main de Joseph. Il sentit le peu de vie encore retenue par son corps. Toute l'énergie de son ami scintillait derrière ses yeux détrempés par la maladie.

— J'aurais aimé vous connaître avant, murmura Joseph, ému par ce geste. Je pense que nous aurions appris beaucoup l'un de l'autre.

— J'aurais appris de vous, c'est certain. Mais moi, qu'aurais-je eu à vous donner ? questionna Gabriel.

— La possibilité de transmettre, rétorqua le vieil homme. Avant, l'idée de la transmission était, pour moi, l'expression d'un orgueil. En vertu de quoi un homme prétendait-il posséder quelque chose à léguer ? Sa piètre expérience de la vie ? Son savoir ? L'expérience et la connaissance ne sont-elles pas le résultat d'une construction personnelle ? Mais depuis que je suis malade, le doute m'assaille. La question m'apparaît différemment. L'orgueil n'est-il pas précisément de se considérer comme unique, de se croire propriétaire de sa vie ? D'imaginer qu'elle commence et finit avec nous ? Je ne sais pas…

— Avez-vous des enfants ? De la famille ?

— Oui, mais je n'ai rien su leur léguer d'autre que des soucis et de mauvais souvenirs. C'est pourquoi je suis seul aujourd'hui.

— La transmission ne passe pas exclusivement par les enfants, exposa Gabriel. Elle a parfois lieu à l'occasion de rencontres dues au hasard, ou au destin. Vous savez… les fameuses portes dont vous m'aviez parlé la première fois. Des rencontres furtives. Où quelques mots suffisent. Une réflexion, voire un comportement qui nous marque à tout jamais, que nous érigeons en modèle et qui nous aide à avancer, à grandir. Je suis sûr que votre sagesse a nourri l'âme de nombreuses personnes.

— Peut-être, murmura Joseph, ému.

— Sachez, en tout cas, que je suis heureux de vous avoir rencontré et que vous resterez en moi pour toujours. Vos paroles m'appartiennent désormais, et je saurai les écouter de nouveau.

Disant cela, Gabriel réalisa qu'il n'aurait pas le loisir de voir germer ces idées et sentiments. Mais, peut-être, se développeraient-ils dans l'esprit d'Alexandre ?

Le vieillard tourna la tête vers la fenêtre pour cacher son trouble.

— En êtes-vous certain ? dit Joseph en posant à nouveau un regard profond sur lui.

Pourquoi le vieil homme doutait-il ? Voyait-il en lui certaines des vérités qu'il ne pouvait lui avouer ?

— Je ne saisis pas le sens de cette question, hasarda Gabriel.

— Une chose essentielle vous échappe.

— Laquelle ?

— Que voyez-vous en moi ? Dites-moi qui vous pensez avoir en face de vous. Sincèrement.

— Un malade… qui se pose des questions sur la mort.

— Mais encore ?

— Une sorte de sage, un homme d'expérience.

— Vous n'avez donc rien vu, Alexandre. Or, si je dois vous transmettre quelque chose, encore faut-il que vous sachiez trouver en moi la part de vérité qui vous aidera à grandir.

— Qu'aurais-je dû voir ou comprendre ?

— Un homme seul. Un homme qui à fait d'énormes erreurs et qui, au terme d'une vie, n'espère que la visite d'un inconnu. Un homme qui n'est plus, aujourd'hui, qu'un patient entre les mains insensibles d'infirmières et de médecins qui attendent sa fin pour allouer sa chambre à un autre malade. C'est cela que vous auriez dû voir, mon jeune ami. Certes, vous vous êtes intéressé à celui que je suis ici : un patient dans l'attente de sa mort. Et vous m'avez réconforté. Mais ce n'est pas cela que vous étiez venu chercher.

— Je ne cherchais rien…

— Souvenez-vous de ce que je vous ai dit au sujet des portes que l'on ouvre, l'interrompit Joseph. Et posez-vous la question à nouveau : que voyez-vous en moi ?

Gabriel éprouva un certain malaise. Il eut l'impression qu'une vérité essentielle venait de lui être délivrée sans qu'il sache l'appréhender.

— Celui que je pourrais devenir ? hasarda-t-il, sans savoir si le *je* désignais Alexandre ou lui-même.

Joseph sourit, satisfait.

— C'est un début de réponse satisfaisant. Allez, filez, c'est l'heure. Elle doit être seule maintenant.

*

Il approchait de la chambre de Clara quand il vit la porte s'ouvrir. Elle apparut, les bras croisés, les mains agrippant sa robe de chambre. Elle jeta un regard vide sur le couloir, comme si elle évaluait la force qu'il lui faudrait pour le traverser, et s'éloigna. L'amour de sa vie n'était plus que l'ombre d'elle-même. Ses cheveux étaient en bataille, les traits de son visage s'affaissaient et elle avait perdu sa superbe allure, sa grâce de danseuse. Elle avançait dans le couloir, le dos plié. Il la suivit et, après quelques mètres, comprit où elle se rendait.

Elle arriva devant la pièce où gisait Gabriel, s'approcha du lit, craintive.

Gabriel se cacha près de la porte restée entrouverte.

Clara se pencha, déposa un baiser sur la bouche de son amoureux puis s'assit près de lui et saisit sa main inerte.

— Bonjour mon amour, murmura-t-elle en caressant son front. J'ai quelque chose à te dire. Quelque chose d'important.

Elle chercha ses mots, puis continua.

— Peut-être que si je t'avais dit cela avant, rien ne serait arrivé. Ou, plutôt, peut-être est-ce à cause de ça que tout est arrivé.

Clara parut se perdre dans les souvenirs de leurs plus beaux instants et oublier la confidence qu'elle allait faire. Soudain, elle se ressaisit, se pencha sur lui et, dans un sanglot, lâcha quelques mots pleins de désespoir.

— Je suis enceinte, mon amour.

*

Les mots avaient claqué dans l'esprit de Gabriel, fait imploser sa raison et il dut prendre appui contre le mur. Sa respiration devint courte, saccadée. Clara portait leur bébé. Était-ce cette vérité qui avait amené Gabriel à refuser l'idée de sa mort ?

Clara attendit quelques instants, comme si cette déclaration détenait le pouvoir d'aller chercher son compagnon là où son âme courait. Mais rien ne se produisit et elle éclata en sanglots.

— Voilà mon amour, tu sais maintenant pourquoi je souhaitais te voir t'engager un peu plus. Ce bébé, je ne l'ai pas voulu, Gabriel. Bien entendu, je m'imaginais mère de tes enfants, mais je voulais que cette belle aventure soit le résultat d'une décision commune, un aboutissement de notre amour et le début d'une vie de famille. Le destin en a décidé autrement et, malgré les précautions que nous prenions, je me suis retrouvée enceinte. Quand j'ai acheté le test en pharmacie, je tremblais mais ne savais pas s'il s'agissait de crainte ou d'espoir. Quand il s'est révélé positif, j'ai souri. Un signe du destin nous était envoyé. Je prenais un contraceptif et, pourtant, j'étais tombée enceinte. J'ai d'abord, naïvement, songé à te faire la surprise que font toutes les femmes heureuses : poser le test en évidence quelque part dans l'appartement, guetter ta réaction. Puis j'ai vu plus loin et j'ai réalisé que la situation n'était pas si simple, qu'il me fallait envisager l'événement autrement. Comment allais-tu réagir, toi qui ne me disais rien de tes projets nous concernant ? Te révéler ma grossesse, c'était te contraindre à prendre une décision, et je ne le voulais pas. Qui sait : peut-être m'aurais-tu demandé de le perdre ? Je ne t'aurais pas écouté et c'est toi que j'aurais perdu. Et si tu avais voulu le garder, quelle aurait été ta motivation ? Ton amour pour moi ou ton sens des responsabilités ? Quant à ta famille, qui ne voulait pas de moi, qu'auraitelle dit ? Que je t'avais piégé pour ton argent ? Voilà les questions que je me posais ces derniers temps, Gabriel. Voilà pourquoi j'étais devenue plus exigeante, si irritable aussi.

Alors j'ai rangé le test dans l'attente d'un signe de toi. Un signe que j'ai voulu susciter mais qui n'est jamais venu…

Les larmes roulaient sur les joues de Gabriel. Il aurait tant aimé la consoler de la peine et des tourments qu'elle avait endurés seule avant l'accident, à cause de son inconséquence, de son incapacité à s'engager.

La jeune femme poursuivit son monologue.

— Mais tout ça n'a plus de sens aujourd'hui. Tes parents avaient raison : je ne t'étais pas destinée. Moi, ta femme, la mère de ton enfant ? Quelle folie ! La réalité m'a rattrapée et je sais, désormais, que je ne serai ni l'une ni l'autre.

Elle se tut comme pour laisser la dernière phrase remplir l'espace de la chambre, s'installer dans le vide de son cœur. Elle ne pleurait plus et la placidité de son visage ne traduisait pas la sérénité qu'elle avait espéré trouver au terme de sa confession mais une morbide froideur trahissant une ferme résolution. Et cette expression affola Gabriel.

— À bientôt, mon amour, dit-elle en l'embrassant.

Elle avait pris sa décision, s'était résignée au pire des choix, il le savait, maintenant.

Elle se leva, passa la main dans les cheveux de son amoureux.

Gabriel recula, puis, une fois hors de vue, accéléra le pas. Il lui fallait trouver un endroit calme pour réfléchir, tenter d'apaiser les émotions suscitées par ce qu'il venait d'apprendre, parvenir à raisonner. S'il avait eu la possibilité d'exprimer le sentiment qui le dominait, il se serait mis à hurler son désespoir, à crier sa rage contre le sort, contre ce cauchemar qui n'en finissait plus.

*

Gabriel ignorait depuis combien de temps il était assis dans le parc de l'hôpital. N'ayant pas eu la force d'aller plus loin, il s'était laissé tomber sur un banc, face à ce jardin éclatant de couleurs, manifestation sarcastique de la capacité de l'homme à dompter la nature quand les drames se jouant derrière les murs de l'établissement démontraient plutôt le contraire. Sa conscience paraissait s'être retranchée dans les tréfonds de son âme afin d'éviter d'affronter les idées et sentiments qui l'agitaient. Penser à quoi ? Au sens de cette histoire ? À ce bébé qu'il aurait pu avoir ? À cette vie qui lui avait proposé le plus noble des parcours, qu'il n'avait pas su accepter, par crainte de s'engager et de contrarier ses plans ? À Clara, qui voulait mourir alors qu'elle était enceinte ? Cela ne rimait à rien. Il avait laissé tous les mots prononcés par Clara s'agiter dans le vide de son esprit, en une danse anarchique dont le rythme diabolique l'empêchait de raisonner.

Et il se retrouvait maintenant, comme Clara au terme de son monologue, pris entre les mâchoires du destin, résigné à se laisser broyer.

Il finit par se lever et se dirigea vers le parking. Mais, après quelques pas, se figea. Deux silhouettes familières venaient dans sa direction, d'un pas lent, paraissant se soutenir mutuellement.

Si l'apparition de ses parents le surprit, leur apparence le bouleversa.

Le visage de sa mère était terne, ravagé par des rides qu'il ne lui connaissait pas. Elle avait perdu sa superbe, ne se souciait plus de son aspect. Son père, lui, tentait de se montrer plus fort mais son allure trahissait son désarroi : chemise froissée, cheveux ébouriffés, yeux rasant le sol.

Il s'arrêta, incapable de faire un pas de plus. Devait-il fuir ? Tout comme Kevin, ils avaient dû voir la photo d'Alexandre. À peine envisagea-t-il cette éventualité que le regard de sa mère l'effleura sans le voir puis, soudain, revint se poser sur lui, animé d'une curiosité qui se mua vite en ferveur.

— C'est lui, dit-elle dans un murmure.

Interloqué, Gabriel hésita sur l'attitude à adopter.

Son père l'observait maintenant, le visage sévère.

— C'est lui ! dit-elle plus fort, le désignant d'un doigt accusateur. C'est l'assassin de notre fils !

Elle s'élança dans sa direction. Puis, se jeta sur lui, le frappa à la poitrine dans une rage mêlée de lassitude.

— Assassin ! Assassin ! Vous avez tué mon fils ! Mon seul enfant !

Gabriel reçut ses coups sans bouger, effaré de constater ce que la douleur avait fait de sa mère : ce visage vieilli, cet extrême désarroi, cette haine débordante, cette volonté de lui faire mal, la déception de ne pas y parvenir.

Son mari la rattrapa, la saisit et la souleva presque pour l'éloigner.

Un souvenir incongru revint à la mémoire de Gabriel : il avait cinq ans, il était déguisé, portait un masque et tous ceux qu'il croisait faisaient mine de ne pas le reconnaître, feignaient la peur à grand renfort de cris. Il se souvint du trouble alors ressenti. Le sentiment étrange d'être devenu un autre, un être maléfique, de se découvrir de terribles pouvoirs. À cet instant, il redevenait cet enfant. Mais son déguisement était celui de l'horreur et lui-même ne possédait aucun pouvoir.

Sa mère cessa de gesticuler. La voix étranglée par la colère et les sanglots encombrant sa gorge, elle ne cessait de répéter les mêmes mots.

— Assassin ! Vous m'avez pris mon seul enfant !

Alors son père redressa la tête, le visage grave.

— Calme-toi, dit-il en continuant à fixer le chauffard comme s'il voulait lire en lui les raisons de son forfait.

Il s'adressa à Alexandre :

— Sachez que vous ne vous en tirerez pas comme ça. Vous avez pris un avocat célèbre pensant qu'il vous épargnerait la prison, mais vous avez eu tort. Je ferai tout ce qui est en mon pouvoir pour vous faire enfermer. Et si je n'y parviens pas, tant que je serai de ce monde, je ferai de votre existence un enfer !

Gabriel baissa les yeux pour ne pas attiser plus leur haine. Également parce qu'il ne pouvait plus supporter ce qu'il lisait sur leurs visages. Ils s'éloignèrent et Gabriel recula afin de se rasseoir.

Alors, tous les sentiments qui l'emplissaient, toute la douleur qu'il éprouvait, ne trouvèrent d'autre issue que de se transformer en sanglots. Il prit son visage dans ses mains et pleura.

Il ne vit pas sa mère se retourner, étonnée par la réaction d'un individu qu'elle avait imaginé exempt du moindre sentiment, mais également, sans qu'elle en prenne conscience, par le son de ces pleurs qui, l'espace d'un instant, lui parurent familiers.

Chapitre 25

Gabriel avait repris le chemin du domicile des Debert. Arrivé devant la maison, il coupa le contact du véhicule et resta dans l'habitacle, immobile, incapable de réintégrer cette autre réalité.

Un bruit mat le fit sursauter. Élodie tapait à la vitre.

Il sortit de la voiture. Elle lui sourit et le précéda dans la maison. L'adolescente posa son sac et se rendit à la cuisine, où sa mère préparait le repas.

— C'est nous, annonça-t-elle.

— Nous ? questionna sa mère, ne voyant qu'elle.

— Oui, papa est rentré en même temps que moi.

Genna fit un pas vers le salon.

— Tu as pris la voiture… Ce n'est vraiment pas raisonnable, dans ta situation.

Aurait-il encore la force de jouer la comédie ? Il devait se détendre, oublier les récents événements. Il chercha le bar, le trouva, se servit un verre de whisky, le but rapidement. Il sentit l'alcool gagner son cerveau, calmer l'agitation de son esprit.

Genna posa deux assiettes à table. Élodie vint en ajouter une. Sa mère dissimula sa surprise et s'assit.

Gabriel les rejoignit.

— Ce n'est pas ta place habituelle, déclara l'adolescente en désignant une autre chaise.

Gabriel s'installa et Genna lui tendit un saladier.

— Ça me fait tellement plaisir que nous dînions ensemble, fit-elle remarquer.

— Oui, bon ça va ! râla Élodie.

Sa mère n'insista pas.

— Qu'as-tu fait aujourd'hui ? demanda-t-elle à Gabriel.

Gabriel mit dans sa bouche une feuille de salade pour prendre le temps d'imaginer une réponse.

— Je suis allé au bureau. Puis j'ai rendu visite à mon avocat.

— Et ensuite ?

— Je me suis promené.

— Promené ?

— Oui, pour réfléchir.

— Que dit ton avocat ?

— Qu'il pense m'éviter la prison.

Élodie posa sa fourchette d'un geste vif afin de marquer son irritation.

— Je ne trouve pas ça très moral, lança-t-elle.

— Que veux-tu dire ? questionna sa mère.

— Je ne trouve pas moral que votre seule préoccupation soit d'éviter la prison !

— Ah bon ? s'offusqua Genna. Tu voudrais voir ton père enfermé ?

— Ne dis pas de connerie ! s'emporta Élodie. Je pense juste qu'il serait bon que vous soyez également préoccupés par le sort des deux victimes !

Gabriel retint un sourire. Décidément, cette enfant lui plaisait.

— Mais on y pense ! s'indigna sa mère. Pourquoi crois-tu que ton père fait cette tête ? Parce qu'il a cassé sa voiture ?

— Non mais… vous ne parlez que de magouilles d'avocat. Il y a des victimes quand même !

— Qui parle de magouille ? rétorqua Genna. L'avocat fait valoir la loi.

— OK, mais… si on se met à la place de cette famille, voir le responsable de la mort de son enfant échapper à la prison simplement parce qu'il a les moyens d'engager un bon avocat, ça doit être révoltant.

— Et que devrait faire ton père ? répliqua Genna d'un ton un peu trop vif. Accepter de se laisser enfermer pour calmer leur douleur ? Crois-tu que cela servirait vraiment à quelque chose ?

— Non, bien sûr, se défendit l'adolescente. Mais il pourrait… s'excuser.

— Aller les voir ?

— Pourquoi pas ? J'y suis bien allée moi ! lança la jeune fille, l'air bravache.

La déclaration figea les deux adultes.

— Pardon ? s'étonna Genna.

— Je voulais avoir des nouvelles de cette fille, expliqua Élodie. Quand nous avons rendu visite à papa, le premier jour, en quittant la chambre, je suis tombée sur son frère. On a fait connaissance, fumé une cigarette ensemble, dans le jardin

— Il savait qui tu étais ? s'enquit Genna.

— Non. Je lui ai dit que j'avais rendu visite à une amie.

— Et alors ?

— Il était inquiet. On a un peu parlé. J'y suis retournée le lendemain.

Ils envisagèrent la situation silencieusement.

— Et… tu penses sérieusement que ton père devrait aller s'expliquer, s'excuser ?

— Non, c'est encore trop récent. Mais leur écrire…

— Leur écrire ?

— Oui, toi et moi nous savons que papa n'est pas un assassin. Nous voyons à quel point il regrette, à quel point cette histoire le ronge. Peut-être que s'il exprimait tout cela…

— … Ils renonceraient à le poursuivre en justice ? compléta Genna.

— Qui sait ? En tout cas, cela les aiderait sans doute à faire leur deuil. J'ai vu ça dans une émission : les parents d'une victime d'un chauffard expliquaient ne surtout pas supporter le silence de celui qui avait volé la vie de leur enfant. Un silence qui le rendait plus odieux encore. Et ça aiderait papa également.

Les deux parents se turent, réfléchirent à la suggestion sous l'œil inquisiteur de l'adolescente.

— Pourquoi pas, finit par conclure Genna. Tu en penses quoi Alex ?

Gabriel hocha la tête, concentré.

— C'est une… bonne idée, murmura-t-il. Une excellente idée même.

Élodie porta la fourchette à sa bouche, heureuse de voir son père afficher son premier sourire depuis l'accident.

Sixième jour

Chapitre 26

Gabriel trépignait d'impatience. Arpentant son bureau, il tentait de mûrir posément son idée, d'en évaluer la pertinence tout en redoutant que ses raisonnements quelque peu désordonnés l'empêchent d'en entrevoir les possibles conséquences. Il n'avait pas droit à l'erreur. Et, s'il en commettait, le peu de temps restant l'empêcherait de les réparer.

Il devait donc avant tout se calmer. Il s'assit dans le fauteuil, étendit les jambes, respira profondément, mais comprit vite qu'il ne réussirait jamais à se détendre. Il lui fallait être dans l'action. Le plus tôt possible.

Il saisit une feuille de papier, inscrivit quelques mots au hasard. Ses craintes se révélaient fondées : l'écriture n'était pas la sienne mais celle d'Alexandre. Sans se laisser abattre, il réfléchit au moyen de contourner cet écueil et trouva rapidement la solution.

Il sortit de la pièce, traversa le salon, attrapa les clés de la voiture.

*

Gabriel pénétra dans l'appartement les yeux baissés, résolu à ne pas se laisser affaiblir à nouveau par les silencieuses confidences du lieu.

Clara n'avait pu dissimuler le test de grossesse que dans un seul endroit : le placard qu'il avait mis à sa disposition et où il n'avait aucune raison d'aller fouiller. Et c'est, en effet, là, entre les piles de vêtement, qu'il le trouva.

Il le prit dans ses mains, le contempla avec une curiosité mêlée de tristesse, comme si le tube de plastique allait lui délivrer une autre vérité, plus invraisemblable encore que celle qu'il connaissait maintenant.

Il l'imagina dans la paume de Clara au moment où celle-ci découvrait la bouleversante révélation : ses yeux ouverts sur l'étonnement, sa bouche tremblante d'émotion, son cœur battant, essayant déjà de ressentir, au fond de son corps, le bouleversement de cette nouvelle vie. Puis sa peur, ses doutes, son désarroi.

Il s'installa alors à son bureau, ouvrit son ordinateur portable.

Il modifia les paramètres de date et d'heure puis se mit à écrire, sans prendre le temps de réfléchir. Il savait ce qu'il avait à dire et laissa ses sentiments le guider.

Mardi 12 juin

Mon amour,

Tu seras sans doute surprise de recevoir ce courrier. Et pour cause, je ne t'ai jamais adressé autre chose que des courts messages envoyés par téléphone ou griffonnés sur des post-it. Ils résumaient une pensée, un sentiment, ou un élan du cœur. Des mots comme des combustibles pour entretenir l'énergie dévorante de notre passion.

Mais l'ivresse des premiers temps s'est estompée et notre amour semble réclamer plus d'espace, plus de souffle. Il envisage le temps comme un guerrier ivre de ses premières victoires observe l'immensité : avec ambition et crainte. L'ambition de donner à sa force les moyens d'exister sur de nouvelles étendues ; la crainte de ne jamais y parvenir, faute de s'être mépris sur ses capacités.

Tu trouveras sans doute cette lettre exagérément lyrique; tu souriras de ses tournures naïves; tu t'étonneras en découvrant mes efforts pour composer un texte capable de développer ce que je n'ai jamais su exprimer verbalement. Un «Je t'aime» qui n'est pas seulement une virgule dans les silences chargés d'émotion qui, parfois, nous unissent; un «Je t'aime» différent de ceux que nous nous lançons dans nos fiévreux corps à corps; un «Je t'aime» qui n'est pas l'écho mécanique du tien.

Je veux que mon «Je t'aime» contienne une déclaration, mais aussi une promesse. Qu'il soit capable de prendre l'avenir pour témoin.

Un «Je t'aime» débarrassé de toutes mes peurs: celle de ne pas être à la hauteur, de ne pas savoir te rendre heureuse, de ne pouvoir m'imaginer mari, père ou même vieux à tes côtés.

Et si je n'ai jamais su te dire cela auparavant, c'est parce que je ne parvenais pas à mettre de mots sur mes sentiments. Parce que notre amour m'intimide. Parce qu'il m'apparaît si vaste en regard de mes dons d'expression, dès qu'il s'agit de te confier mes sentiments, que je me retrouve comme perdu au milieu d'un désert avec pour seule boussole le parcours du soleil.

Mais, aujourd'hui, je trouve le courage de t'écrire. Parce qu'après notre dispute, j'ai cru t'avoir perdue et la peur que j'ai alors ressentie est ô combien plus grande que celles de te confier mes sentiments et de prendre, enfin, mes responsabilités.

Alors oui, notre amour m'intimide. Je suis comme un enfant devant quelque chose qui le dépasse, dont il n'entrevoit pas les limites ni ne comprend le fonctionnement. Moi, le brillant consultant, celui que tout le monde admire pour sa maturité, sa capacité de décision, son pouvoir de séduction.

J'ai été le personnage d'un scénario écrit par d'autres. Pour mes parents, je représentais une promesse, un potentiel, un lot de qualités à développer et de défauts à corriger. Je ne les blâme pas, leur façon de m'aimer consistait à me porter au-delà de leurs rêves, à m'assurer un avenir confortable, une position suffisamment élevée pour que personne ne puisse m'atteindre, me blesser.

J'étais pourtant un enfant comme les autres. Un gamin apeuré par l'immensité de cet univers peuplé de fantômes, de pièges et de sortilèges. Mais on ne m'a jamais rassuré, juste demandé d'être raisonnable, mature, puis adulte. On a exigé que je me montre à la hauteur des ambitions taillées pour moi dans la brume de l'avenir, que j'avance droit, conquérant. Alors, obéissant, j'ai marché vers mon destin, persuadé qu'il suffisait de mettre mes pas dans ceux de mes pairs pour m'en sortir, échapper aux fantômes, aux pièges, devenir invincible. J'étais le super-héros que tous voulaient que je sois.

Mais, grâce à toi, j'ai cessé de jouer. Dans tes yeux, j'ai découvert l'homme que j'étais. Ton regard balayait mon existence, remontait mon passé, scrutait mon avenir, soucieux d'y déceler une cohérence, une force capables de t'aspirer.

Personne ne m'avait, jusqu'alors, considéré ainsi.

D'abord, je me suis senti grisé par les sentiments que j'éprouvais.

Puis, ceux-ci m'ont bouleversé parce qu'ils remettaient en cause ce que je tenais pour acquis.

Voilà donc également pourquoi je n'ai pas su prononcer les mots que tu attendais.

Je me suis retrouvé en proie à cette lâcheté dont tant d'hommes font preuve quand l'amour les renvoie à ces sentiments de faiblesse qu'ils croyaient avoir semés sur leur parcours.

J'aurais pu continuer à fuir, à me mentir (l'aurais-je vraiment pu ?).

Mais, hier, tu es partie et j'ai réalisé la fragilité de notre relation. La mienne aussi. Je me suis retrouvé seul, désemparé, tremblant à l'idée de t'avoir perdue. Certes, je n'ai pas compris ta soudaine colère, puisque pour moi, tout allait bien. Notre relation me comblait et je ne me posais pas de questions sur notre avenir. Enfin, pas avec l'urgence que toi tu leur accordais. Je ne saisissais pas ce qui t'avait poussée à t'emporter, à me quitter. Puis, j'ai compris que tu es plus mûre que moi. Ton horizon, parce qu'il est plus vaste, est plus incertain aussi.

J'ai eu si peur que tu ne reviennes pas, Clara. J'ai alors pris la mesure de ce que tu représentais pour moi. Et je me suis senti stupide, désespéré, effrayé même.

J'ai tourné dans l'appartement en cherchant un sens à mes doutes. Et, par hasard, j'ai découvert ce que tu me cachais. En ouvrant un tiroir, je suis tombé sur le test de grossesse. Alors, j'ai compris. J'ai compris pourquoi tu exigeais une réponse. J'ai compris également que je voulais cet enfant.

Pourquoi ne pas t'en avoir parlé ? Par maladresse, pudeur, crainte de ne pas savoir traduire ma joie. Comme je redoutais que les mots me trahissent, qu'ils ne soient pas à la hauteur de l'événement, j'ai choisi de t'écrire.

Quand tu recevras ce courrier, tu comprendras les sentiments que j'éprouve pour toi, pour l'enfant qui naîtra de notre amour.

Et tu m'excuseras, peut-être, de ne pas avoir su te les dire de vive voix.

Je t'aime, Clara.

Gabriel avait rédigé la lettre d'une traite, comme s'il craignait ne pas avoir le temps de la terminer. Bien sûr, les faits n'étaient pas tous exacts ; il avait arrangé la réalité de manière à ce qu'elle s'insère du mieux possible dans le cadre de la folle histoire qu'il vivait. Mais si la chronologie était biaisée, les sentiments s'avéraient justes.

Il lui fallait maintenant reprendre ses esprits et rédiger l'autre courrier. En aurait-il la force ? La première confession ayant été difficile, il doutait posséder l'énergie nécessaire. Mais il devait se concentrer et y parvenir. Dans le cas contraire, son plan serait incomplet et risquerait d'échouer. Gabriel ferma les yeux un instant, appela les images, les souvenirs et les émotions susceptibles de l'aider.

*

Il glissa chaque lettre dans une enveloppe, inscrivit le nom de leurs destinataires en lettres majuscules afin de dissimuler du mieux possible son écriture. Il les posa en évidence sur le guéridon de l'entrée. Là résidait le point faible de son plan : il fallait que la femme de ménage vienne le plus rapidement possible. Or, le désordre de l'appartement témoignait de son absence depuis l'accident. Il saisit son téléphone portable, masqua son numéro et lui envoya un message court demandant de passer nettoyer et ranger. Ne sachant de qui le SMS émanait, elle imaginerait sans doute qu'il s'agissait de sa mère. Oxana étant une femme de devoir, elle obtempérerait. Dans le cas contraire, il trouverait un autre moyen.

Avant de sortir, il observa une dernière fois son domicile, puis éteignit la lumière, sortit et remit les clés à leur place.

Il descendit les escaliers d'un pas lent. Absorbé dans ses pensées, il ne vit pas les deux ombres furtives prêtes à bondir sur lui.

Chapitre 27

L'inspecteur Panigoni s'assit en face de Gabriel, les mains jointes devant la bouche, dans l'attitude d'un prieur contrastant avec l'air sévère qu'il arborait.

— Alors, je répète ma question : que faisiez-vous dans cet appartement ?

Gabriel ne broncha pas. Aucune réponse n'était plausible.

— Ce n'est pas la première fois que vous y mettiez les pieds, n'est-ce pas ?

Panigoni contempla un instant le silencieux suspect, puis reprit :

— Une voisine est sûre d'avoir vu quelqu'un s'introduire chez le jeune couple hier. Elle a donc été attentive. Et, aujourd'hui, ayant de nouveau entendu du bruit et vu de la lumière filtrer sous la porte, elle nous a téléphoné.

Lors de l'interpellation, les hommes de la BAC avaient cru avoir affaire à un simple cambrioleur, mais ils n'avaient rien trouvé sur lui. En revanche, quel n'avait pas été leur étonnement en découvrant que l'individu arrêté faisait déjà l'objet d'une enquête, qui plus est suite à un accident avec le propriétaire des lieux.

L'inspecteur Panigoni s'était précipité au commissariat pour interroger celui qui, depuis le début de l'affaire, ne lui inspirait que méfiance. Il avait sans doute eu raison de ne pas croire à son amnésie. La présence d'Alexandre Debert chez Gabriel Sansier révélait une histoire bien plus complexe qu'un banal accident de voiture.

— Quelles relations entreteniez-vous avec Gabriel Sansier ?

— Aucune. Jusqu'à cet… accident, je ne savais même pas qu'il existait.

— Ah ? Alors comment expliquer que vous connaissiez son adresse, l'endroit où il cachait ses clés ? Qu'êtes-vous allé faire chez lui ?

La situation n'inquiétait Gabriel qu'en regard de ses implications : se retrouver entre les mains de la police l'empêchait d'agir. Or, il disposait de très peu de temps. Un mensonge lui vint à l'esprit. Un mensonge, s'il revêtait le moindre éclat d'une justification crédible, parviendrait à semer le doute dans l'esprit de son interlocuteur. De toute façon, rester enfermer dans le mutisme ne servait pas sa cause.

— Je… voulais savoir qui était l'homme que… j'avais condamné, hasarda-t-il.

— Oh ! C'est la curiosité qui vous a poussé à pénétrer chez lui ! s'exclama Panigoni, ironique.

Gabriel décida de pousser plus loin l'argument.

— Croyez-vous que je me moque des conséquences de ce drame ? lança-t-il. J'ai tué un homme ! Et plongé ses proches dans le désespoir. Je n'arrête pas d'y penser.

— Et donc… vous avez voulu savoir qui il était. Et vous vous êtes rendu à son domicile pour le découvrir. Cela me semble logique, persifla l'inspecteur.

— Je n'avais pas planifié d'entrer chez lui. Je n'arrivais pas à dormir, j'ai pris le volant et j'ai roulé. Puis, j'ai décidé d'aller jusqu'au pied de son immeuble.

— Alors que vous faites l'objet d'un retrait de permis. Mais bon, laissons cet aspect de côté pour l'instant. Comment connaissiez-vous son adresse ?

— Je l'ai trouvée sur internet.

— Admettons. Donc vous arrivez devant l'immeuble. Et ensuite ?

— Ensuite, je suis descendu de voiture. Je voulais voir son allée, m'approcher le plus possible du lieu où il vivait.

— Bien sûr… Et vous n'avez pu résister à l'envie de monter jusqu'à son appartement.

— En effet.

— Et la chance vous a souri. Elle vous a indiqué où était caché le double de ses clés.

— Non, j'ai cherché. Beaucoup de gens dissimulent un second trousseau dans un endroit qu'ils croient sûr. J'ai regardé un peu partout et… j'ai trouvé.

— Forcément. Et là… vous avez décidé d'entrer.

— Oui. Je ne sais pas pourquoi. Je voulais voir…

— Et moi je pense que vous me prenez pour un con ! l'interrompit Panigoni en tapant sur la table du plat de la main.

— Que croyez-vous ? se défendit Gabriel. Que je voulais cambrioler le domicile ? Je n'ai rien touché.

— Nous n'avons rien trouvé sur vous, en effet.

— Alors, que me reprochez-vous ?

— Pour l'instant, conduite sans permis et entrée par effraction. Cela suffit à vous maintenir quarante-huit heures en garde à vue. Demain, mes hommes fouilleront l'appartement de Gabriel Sansier. Car, selon moi, vous connaissiez la victime. Et vous êtes allé chez lui pour chercher quelque chose de précis. Peut-être trouverons-nous des indices sur les relations que vous entreteniez avec lui.

Gabriel paniqua. S'il restait en garde à vue, il lui serait impossible de protéger Clara. Il pensa aux lettres laissées en évidence sur le guéridon, espéra que la femme de ménage les trouve avant les enquêteurs. Dans le cas contraire, les courriers parviendraient trop tard aux destinataires.

— Votre théorie ne tient pas debout ! Je ne connaissais pas cet homme avant l'accident !

— Qu'en savez-vous ? N'êtes-vous pas amnésique ? railla l'inspecteur.

— C'est vrai. Je me suis posé la question d'une relation avec ce couple, mais rien dans ce que j'ai trouvé ne me laisse croire à un quelconque lien. Il s'agit d'un accident ! Le hasard m'a placé sur leur route.

— Peut-être ne s'agissait-il pas d'un accident mais d'un… meurtre.

Panigoni planta ses yeux dans ceux de son interlocuteur.

— Un meurtre ? J'aurais jeté ma voiture contre la leur ?

— Pourquoi pas ?

— Ridicule.

— Si vous saviez ce que je suis amené à voir dans ce métier. Après tout, la manière dont vous l'avez heurtée vous a épargné alors que la voiture du couple est partie s'écraser dans le décor.

Gabriel voulut répondre qu'il était impossible qu'un tel accident ait été planifié puisque Clara et lui n'auraient jamais dû se retrouver sur cette route à cette heure de la nuit. Mais Alexandre, lui, n'était pas censé le savoir.

— En admettant que j'aie voulu les tuer, j'aurais choisi un moyen plus sûr ! Ce genre accident ne pouvait garantir qu'ils meurent.

— En effet. Peut-être vouliez-vous simplement leur faire peur, les intimider.

La théorie se révélait peu plausible, l'inspecteur en convenait dans son for intérieur. Pourtant, il persistait à croire qu'un lien unissait Debert et Sansier. Et il lui fallait exploiter toutes les pistes pour le déceler.

Il se leva.

— Vous êtes en garde à vue, déclara Panigoni. J'ai quarante-huit heures pour découvrir la vérité.

*

Le sort s'acharnait contre Gabriel. À quoi jouait celui qui l'avait renvoyé sur terre pour accomplir sa mission ? Peut-être se moquait-il de lui en le regardant se dépêtrer dans ces situations impossibles, pitoyable pion dans un jeu dont les règles ne cessaient d'être redéfinies.

Il s'allongea sur le banc servant de lit à sa cellule. Des pensées, parfois raisonnables, parfois folles, ne cessaient de tournoyer dans son esprit, le torturant de leurs assauts répétés. Il ferma les yeux pour les chasser et se concentrer sur les solutions encore envisageables, mais la fatigue le gagna rapidement et il sombra dans un sommeil agité. Un sommeil où une vérité l'attendait.

*

Les images étaient saccadées mais claires. Elles s'enchaînaient à un rythme fou, parfois désordonné, comme si un monteur avait puisé dans les rushes d'un film pour composer un clip psychédélique.

Il se vit au volant d'une voiture dont les phares éclairaient une route sombre et la campagne environnante. Gabriel se concentra et réalisa que ce n'était pas sa voiture. Soudain, une Audi apparut devant lui. Elle roulait lentement, trop lentement. Il fit un appel de phare mais le conducteur ne réagit pas. Alors, il s'approcha plus encore. Une femme conduisait, un homme à ses côtés. Gabriel comprit qu'il s'agissait de Clara et lui. Il découvrait l'accident du point de vue d'Alexandre.

Il voulut dépasser la voiture, donna un coup de volant sec sur le côté, accéléra, mais, quelque chose n'allait pas. Le véhicule ne répondait plus. Il tenta de freiner mais la mécanique ne réagit pas et la BMW continua de filer à vive allure. Il parvint au niveau de la conductrice et tourna la tête vers elle. Ce fut alors comme si la scène se déroulait au ralenti. Il vit clairement les dernières secondes précédant l'accident, s'attarda sur des détails, zooma sur le visage affolé de Clara : son regard empli de crainte, d'incompréhension, les larmes dans ses yeux. Il eut un choc en se découvrant, sur le siège passager, penché pour tenter d'apercevoir le conducteur de la BMW, ou peut-être seulement appeler Clara, lui enjoindre de faire attention, de redresser le volant.

La voiture d'Alexandre fit un écart, heurta celle de Gabriel, et il constata que l'Audi quittait la route. Il crut entendre des cris, leurs cris, ceux qu'ils avaient poussés en voyant la mort leur faire face. Ou alors, à ce moment-là, peut-être était-ce ses souvenirs qui vinrent composer la bande-son de la scène.

Il se réveilla en sursaut. Stupeur, mêlée d'effroi. Il en était désormais convaincu : Alexandre lui confiait des bribes de sa mémoire pour l'aider à sortir du guêpier. Ou alors s'agissait-il simplement d'une création de son cerveau fondée sur une part de vérité que lui, Gabriel, connaissait ?

Il devait en avoir le cœur net, rapidement.

Septième jour

Chapitre 28

— Pourquoi avez-vous demandé à me voir ?

L'inspecteur se tenait dans l'entrée du bureau, deux tasses de café à la main.

— L'accident… n'était pas un accident.

— Pardon ?

Panigoni avait tendu un bras pour poser un café devant Gabriel mais son geste resta en suspens. Quand on lui avait appris qu'à son réveil Alexandre Debert souhaitait faire une révélation urgente, il s'était attendu à une explication relative à la violation de domicile, pas à un aveu.

— Je crois… que mon état d'ébriété n'est en rien la cause de l'accident qui a conduit ce jeune couple à perdre le contrôle de son véhicule.

— Vous croyez ? Expliquez-moi ça, dit l'inspecteur en s'asseyant en face de lui, avide d'en savoir plus.

— Cette nuit, j'ai eu comme une… En fait, un souvenir m'est revenu. J'ai revu la scène de la collision. C'était assez clair. En vérité, je n'ai pas perdu le contrôle de la voiture. C'est la voiture qui ne répondait plus.

L'inspecteur guetta sur le visage du prévenu un indice permettant de révéler un mensonge.

— Soyez plus explicite.

— Ils roulaient lentement. J'ai voulu les dépasser. J'ai accéléré puis j'ai donné un coup de volant. La jeune femme a été surprise par ma manœuvre. Elle a fait un écart. J'ai cherché à m'éloigner de son véhicule, mais le mien était devenu incontrôlable. J'ai voulu freiner, n'y suis pas parvenu, et ma voiture est partie cogner la leur.

— Vous en êtes certain ?

— Oui, affirma Gabriel, qui ignorait toujours s'il s'agissait d'une vision ou d'un simple rêve. Mais l'avouer aurait conduit l'inspecteur à ne pas le prendre au sérieux.

— Vous vous souvenez d'autre chose ?

— Non. Juste ça.

Panigoni porta la tasse à sa bouche, comme absorbé par sa dégustation et indifférent aux révélations de son interlocuteur.

— Vous ne me croyez pas ? questionna Gabriel.

— Je m'interroge.

— Sur ?

— Sur ce soudain souvenir. Il est étrange que votre amnésie soit sélective et laisse échapper un fait capable de vous disculper. Seulement ce fait-là.

— Vous pensez que je mens ?

— Pas vraiment. Vous n'auriez aucun intérêt à mentir car je peux vérifier vos propos rapidement. Je suis en revanche convaincu que vous savez plus de choses que vous ne le prétendez. Vous feignez l'amnésie pour une raison que j'ignore mais vous me sortez cette soudaine réminiscence au bon moment, autrement dit lorsque vous vous retrouvez dans une situation compliquée.

— Vous vous trompez, inspecteur. Je ne sais rien d'autre.

Panigoni se leva.

— Bon, je vais faire vérifier tout ça.

Chapitre 29

Indifférente à son mari qui arpentait l'allée principale, téléphone à l'oreille, Lorraine Sansier ne cessait de songer à l'assassin de Gabriel. Elle aurait voulu le haïr, mais l'avoir vu éclater en sanglots l'avait ébranlée. Elle avait imaginé un monstre sans cœur, insensible à la douleur causée, et avait découvert un homme normal atteint de profonds remords. Qu'allait-elle faire désormais de cette colère démesurée menaçant de l'étouffer si elle ne pouvait la déverser sur lui ou Clara ?

Le drame étant pourvoyeur de lucidité, elle en était arrivée à se désigner comme seule responsable de l'accident. C'est elle qui, par intolérance, avait imposé à son fils la distance. C'est elle qui avait refusé d'accepter son choix. C'est elle qui s'était montrée inflexible durant la réception. Et c'est elle, enfin, qui avait chassé Clara de la fête en lui répondant avec dédain.

Son fils allait quitter ce monde et leurs ultimes instants de partage étaient marqués par cette infâme dispute.

Son mari ferma son téléphone et vint s'asseoir à ses côtés.

— J'ai des nouvelles au sujet de l'assassin de notre fils, annonça-t-il.

Elle aurait aimé lui dire qu'elle s'en moquait mais demeura stoïque, le regard errant.

— Les policiers l'ont arrêté cette nuit alors qu'il venait de s'introduire chez Gabriel.

L'information tira Lorraine de sa torpeur et elle leva les yeux sur son époux.

La nouvelle n'apportait aucun espoir de solution au drame qu'elle endurait. Mais l'intrigue contenait peut-être une réponse concrète à opposer aux hasards du destin. Et, qui sait, la libérerait d'une partie de son effroyable culpabilité.

*

Oxana Dimitri ouvrit la porte avec appréhension. Elle n'avait rien à craindre, bien sûr, mais il lui était pénible de revenir sur son lieu de travail.

Elle parcourut l'appartement du regard, les mains croisées sur son ventre, l'œil humide. Quel malheur ! Un homme si jeune ! Un si joli bonheur ! Tout ça balayé en une nuit, à cause d'un chauffard. Un bonheur qui lui appartenait un peu, auquel elle prenait part, à sa manière. Mais, maintenant, elle allait devoir trouver un autre emploi, ce qui n'était pas le moindre de ses soucis même si, par pudeur, elle n'osait résumer le drame aux seules conséquences la concernant.

Elle aurait préféré ne jamais remettre les pieds ici mais n'avait pu ignorer le message reçu la veille. Qui l'avait envoyé ? Un membre de la famille de monsieur Gabriel sûrement.

Elle erra, ne trouvant pas la force de commencer à nettoyer. Puis elle se ressaisit, enleva sa veste et se dirigea vers le placard de l'entrée pour la suspendre. C'est alors qu'elle vit les enveloppes. Il y en avait trois. Quand son jeune patron laissait du courrier en évidence sur la console de l'entrée, c'était pour qu'elle le poste. La première était adressée à Clara, la seconde aux parents de monsieur Gabriel et la troisième… portait son nom. Elle l'ouvrit, les mains tremblantes. Et y trouva un chèque. La somme la surprit : elle correspondait à six mois de salaire. Qu'est-ce que cela signifiait ? Qu'il envisageait de la licencier et lui versait des indemnités ? Non, il n'était pas du genre à agir de la sorte. Elle se rendit alors compte qu'une feuille était glissée dans l'enveloppe. Monsieur Gabriel lui avait écrit ! Elle recula jusqu'au canapé, s'y laissa tomber et lut.

Oxana,

Vous le savez, j'ai une confiance totale en vous. C'est pourquoi je souhaite que vous me rendiez un service. Un service difficile car je vais vous demander de mentir. Je sais que cette requête surprendra l'honnête femme que vous êtes, mais il s'agit d'un petit mensonge dont les conséquences ne peuvent être que positives.

Je vous explique : j'ai commis une erreur de jugement et j'ai blessé les personnes que j'aime le plus au monde. Afin de la réparer, je leur ai écrit une lettre. Mais, trop accaparé par mon travail, je n'ai pas envoyé ces courriers. Or, ils ne pourront comprendre et me pardonner que s'ils pensent que mes propos ont été adressés quelques jours auparavant.

Donc, portez-les-leur, s'il vous plaît, et, si, en voyant la date figurant sur ces courriers, ils cherchent à savoir quand je vous les ai remis, le mensonge que je vous demande de commettre est de leur répondre que vous les aviez vus sur la console le mardi 12 juin mais que vous aviez oublié de les poster.

Cela heurtera sans doute votre professionnalisme, mais vous me rendrez ainsi un immense service et calmerez leur peine.

Si vous refusez, je le comprendrai et ne vous en tiendrai pas rigueur. Et, dans ce cas, il suffira de les porter sans rien dire de plus.

Vous trouverez dans l'enveloppe un chèque. N'y voyez aucune tentative de vous soudoyer mais plutôt une prime destinée à vous remercier du travail que vous effectuez chez moi et des attentions dont vous me couvrez.

Quoi qu'il en soit, nous partageons un secret. Aussi, j'aimerais que vous dissimuliez ce message afin qu'il ne tombe pas entre d'autres mains.

Quelle que soit votre décision, Oxana, je tiens à vous témoigner ma reconnaissance.

Gabriel

Oxana relut la lettre plusieurs fois afin d'être sûre d'avoir bien compris et de laisser à son cœur le temps de se calmer. Puis, entre émotion et inquiétude, elle se mit à psalmodier dans sa langue natale.

Elle était émue que son jeune patron lui ait manifesté sa confiance de la sorte. Partager un secret avec lui la troublait. Elle était celle qui pouvait l'aider à résoudre son problème. Le mensonge... peu importait. Elle avait déjà menti par omission ou plus franchement lorsqu'il s'agissait de régler des affaires, de ménager des susceptibilités. Il avait écrit ces lettres et avait oublié de les poster. Normal, avec la vie qu'il menait !

Par contre, depuis la rédaction de ces messages, le drame était survenu. Cela modifiait-il sa mission ? Non. Si monsieur Gabriel avait blessé des personnes, en l'occurrence ses parents et son amoureuse, il n'avait peut-être pas eu le temps de s'excuser. L'enjeu était donc plus important encore ! Oxana ressentit des palpitations, se leva, alla à la cuisine boire un verre d'eau. Elle regarda une dernière fois le message. C'était l'ultime service qu'il lui demandait. Elle posa la feuille contre son cœur puis la rangea dans la poche de sa jupe. Déterminée, investie d'une noble mission, elle prit les deux autres enveloppes.

Pour le courrier destiné à M. et Mme Sansier, aucun problème. Elle savait où ils habitaient, s'étant rendue chez eux pour des remplacements ou aider lors de réceptions. Il faudrait prendre le bus, effectuer deux changements, mais peu importait. Quant à Clara, elle porterait la missive à l'hôpital.

Elle n'avait pas osé lui rendre visite, ne se sentant pas suffisamment intime, mais là, elle détenait une bonne raison d'aller la voir.

Oxana jeta un coup d'œil rapide sur l'appartement. Le ménage pouvait attendre. Au moment où elle s'apprêtait à sortir, elle entendit quelqu'un introduire une clé dans la serrure. Apeurée, elle recula.

*

Les deux inspecteurs furent surpris de trouver l'appartement occupé. Face au visage effrayé de la frêle femme, le plus jeune, un blond au visage trop petit pour son impressionnante carrure, porta une main à son holster.

— Police ! lança-t-il en sortant une carte tricolore de l'autre main.

Son collègue le suivait. L'air blasé, le teint blafard, il paraissait plus serein.

— Calme-toi, tu vois bien que tu lui fais peur, rabroua-t-il son collègue.

Il s'avança vers Oxana.

— Qui êtes-vous ?

— La... femme de ménage, balbutia-t-elle, en tentant de se ressaisir.

— Que faites-vous ici ? grogna l'excité.

— Ce qu'est censé faire une femme de ménage ! rétorqua-t-elle, vexée par le ton qu'elle jugeait trop agressif.

— Mais vous partiez, remarqua-t-il.

— Oui, faire une course.

Le plus jeune avisa les enveloppes dans sa main.

— Qu'est-ce que c'est ?

— Des lettres de mon patron. Je devais les poster... il y a quelques jours déjà mais j'avais oublié. J'allais les porter, dit-elle en les leur montrant pour prouver sa bonne foi.

— Si vous le permettez, je vais les récupérer, annonça le plus âgé.

— Ah non ! s'indigna-t-elle. Il me les a confiées et…

— Et vous avez oublié. Ça peut donc attendre encore un peu. Ne vous inquiétez pas, nous les remettrons aux personnes concernées, après vérification.

— Mais… qu'est-ce que cela signifie ? Et pourquoi des policiers ici ? s'insurgea-t-elle.

— Si vous ne voyez pas d'inconvénients, je ne vais pas répondre tout de suite à ces questions mais vais vous en poser d'autres.

Oxana opina du chef. L'inspecteur saisit les enveloppes, les glissa dans une pochette.

— Tenez, asseyez-vous et discutons, proposa le plus expérimenté d'un ton aimable.

Elle obtempéra, toujours saisie de stupeur.

— Commence à examiner les lieux ! ordonna-t-il à son confrère.

*

Kevin s'assit sur le bord du lit. Il passa la main sur les cheveux de sa sœur. Clara, yeux fermés, fit mine d'ignorer sa présence. Pourtant, la tendresse du geste de son frère la toucha.

— Pourquoi tu ne veux pas me parler ? demanda-t-il.

Elle enfouit un peu plus son visage au creux de l'oreiller.

— Bon, j'suis pas le frère idéal, j'écoute pas tes conseils et j'ai pas une attitude exemplaire. Mais je suis pas un mauvais garçon, tu peux me croire. Je saurai t'écouter, te comprendre aussi. J'ai jamais eu l'occasion de t'aider.

Clara ouvrit les yeux, leva sur Kevin un regard perdu.

— Tu n'es pas en cause, Kevin. C'est juste… que j'ai pas de mots à mettre sur tout ça.

— Je comprends, dit-il. J'aimerais que tu te battes, Clara. Comme tu l'as toujours fait. Ton courage m'a toujours réconforté. Tu me guidais quand j'étais petit. Tu me guides même quand t'es pas là. Je me dis tout le temps : « Qu'est-ce que Clara aurait décidé ? Qu'est-ce qu'elle aurait fait à ma place ? » Je sais que c'est pas une épreuve comme les autres, mais si tu baisses les bras, je perds tout.

— C'est dur Kevin. Tellement dur.

— Je vais pas comparer les douleurs mais... maman a réagi comme ça quand papa est parti. Elle s'est éteinte. Si tu fais pareil, je vais me retrouver tout seul.

Clara réprima un sanglot.

— Je n'ai plus la force, Kevin. Je voudrais...

Elle n'acheva pas sa phrase. Un rictus de douleur tordit son visage.

— Qu'est-ce que tu as ? s'affola Kevin.

— J'ai mal... balbutia-t-elle, en cherchant un peu d'air.

Elle porta ses mains à son ventre et hurla.

Kevin se leva, recula précipitamment vers la porte.

— Je vais appeler quelqu'un !

Clara avait l'impression que ses entrailles se déchiraient. Elle pensa à son bébé. Elle allait le perdre. Elle en était sûre.

*

Panigoni reposa le combiné du téléphone. La police scientifique était formelle : selon ses premières observations, la direction et le système de freinage de la voiture avaient été sabotés. Debert disait donc vrai. L'affaire prenait une autre tournure. Alexandre n'était plus suspect, mais victime. Victime de qui ? Et, s'il ne connaissait pas Gabriel Sansier, que faisait-il chez lui ? C'était à n'y rien comprendre. Il avait tenté de recouper toutes les informations pour établir un lien entre les deux hommes, en vain. L'examen de l'appartement n'avait rien donné, pas plus que l'interrogatoire de la femme de ménage. Il allait devoir reprendre l'enquête à zéro, interroger tous les témoins, remonter leurs réseaux respectifs et se focaliser sur les personnes susceptibles de vouloir attenter à la vie d'Alexandre Debert et de Gabriel Sansier.

Les deux lettres lui posaient également des problèmes. Les enveloppes portaient les empreintes de deux personnes : celles d'Oxana Dimiti et… celles d'Alexandre Debert. Celles de Gabriel Sansier n'y figuraient pas. Pourquoi le suspect les avait-il manipulées ? Par ailleurs, comme les fichiers trouvés sur l'ordinateur l'attestaient, les lettres avaient été écrites à la date indiquée en en-tête.

Dès lors, rien ne paraissait vraisemblable dans cette histoire. Même les courriers étaient suspects tant ils ressemblaient à des messages posthumes. Gabriel se savait-il menacé ? Ou alors, était-ce les événements qui leur donnaient cette connotation ?

Il prit son téléphone, composa le numéro des Sansier.

*

Ils arrivèrent dans l'heure qui suivit l'appel. Fébriles, ils attendaient que l'inspecteur leur confie le courrier.

— C'est une copie, précisa ce dernier. L'original est en cours d'examen.

Lorraine fixait la feuille comme si elle détenait une dimension mystique. Elle hésita à tendre la main, soudain craintive. Qu'y trouverait-elle ?

— En cours d'examen ? questionna Denis Sansier d'une voix blanche.

— Oui. L'enquête nous impose toutes les précautions. Je vais vous laisser seuls, annonça l'inspecteur en déposant la lettre sur le bureau.

*

Mardi 12 juin

Maman, papa,

Cette lettre est une lettre d'amour d'un fils à ses parents.

Cette phrase en guise de préambule vous étonnera mais vous comprendrez bientôt sa signification.

Je sais tous vos efforts pour faire de moi un homme accompli.

J'ai parfois cru que vous ne cherchiez qu'à satisfaire vos propres désirs, à tirer de ma gloire future la fierté d'avoir accompli votre devoir.

Puis j'ai compris que c'était votre manière de m'aimer. J'ai parfois souhaité que cet amour s'exprime différemment, par des gestes et des mots tendres. Mais il y a tant de façons d'aimer. La tienne, maman, résulte de ton éducation. Quant à toi papa, elle relève de ton obsession de ne pas faillir, de m'éviter les problèmes que tu as toi-même rencontrés dans ton passé.

Enfant, pétri de sentiments sincères mais confus, mon amour pour vous se traduisait en élans affectifs et naïfs auxquels je ne donnais pas de nom. Car les émotions devaient être pondérées, maîtrisées, canalisées afin de ne pas constituer un terrain meuble où il m'aurait été facile de m'enliser. Il fallait préférer le respect à l'affection, l'admiration à l'amour, la dynamique constructive aux emportements intempestifs.

Alors oui, je vous ai respectés, admirés, manifesté mon attachement avec retenue.

Mais nos récentes brouilles, et leur cause, m'amènent aujourd'hui à donner aux mots leur véritable valeur, à me débarrasser des qualificatifs qui masquent les émotions pour vous dire que... je vous aime.

Et je sais que vous m'aimez. Nous ne nous le sommes jamais dit, jamais avoué, de crainte de paraître trop faibles, de céder à la tentation juvénile qui brise les élans de l'ambition.

Je t'aime... Des mots tellement galvaudés qu'ils peuvent paraître ridicules ou si chargés de sens qu'ils deviennent impudiques.

Mais Clara m'a appris à les penser, à les prononcer. Elle m'a conduit à réaliser qu'il ne s'agissait pas d'une faiblesse mais, au contraire, d'une force capable de me porter au-delà de mes limites, non pas celles de mon potentiel intellectuel mais de ma nature humaine.

Tel un robot, j'avançais conquérant vers l'avenir, programmé pour la réussite. Mais qu'allais-je donc trouver dans ces enjeux-là ? La preuve de mon courage, la confirmation de ma volonté ? En serais-je sorti plus heureux ?

Clara m'a également révélé ce qu'il y avait de meilleur en moi. Dans ses yeux, c'est moi que je voyais. Celui que j'avais été, avec ses forces et ses faiblesses. Celui que je deviendrai, avec elle à mes côtés.

J'ai toujours écouté vos conseils, suivi vos recommandations. Mais grandir c'est savoir choisir, apprendre à écouter son cœur et son âme, à dessiner son propre parcours.

Et mon cœur, mon âme ont choisi d'aimer Clara.

Je sais qu'elle ne correspond pas à l'idée que vous vous faites de la femme avec laquelle je conduirai ma vie. Mais il s'agit de ma vie et je suis aujourd'hui en mesure de savoir comment je veux la mener, où je souhaite aller.

Elle est si différente de toutes les femmes que j'ai rencontrées à ce jour. Et c'est cette différence qui m'a séduit. Pas celle qui vous a conduits à la rejeter, mais celle que vous ne pourrez comprendre que lorsque vous accepterez de la connaître.

Car, et c'est là le terrible paradoxe de notre mésentente, ce qui nous lie Clara et moi est de la même nature que ce qui vous unit tous les deux. Sachez que le couple que vous formez a toujours été un modèle pour moi. Vos silences, vos regards sont pleins d'un amour que vous n'osez pas exprimer. Vous vivez l'un pour l'autre, l'un à travers l'autre, au point que vos idées se mêlent, vos phrases se complètent, vos êtres se confondent. J'ai longtemps cru que la possibilité de vivre une telle relation ne me serait jamais offerte, qu'aucune femme ne serait à mes yeux aussi belle et forte que toi, maman.

Et quand j'ai rencontré Clara, j'ai réalisé qu'à trop vouloir te ressembler, papa, à trop chercher une femme comme toi, maman, je me perdrai.

Avec Clara, je me suis trouvé. Elle est attentive à ce que je suis, se coule dans mes failles, pour m'endurcir, me redresser.

Et si elle souffre de ne pas vous connaître, c'est parce qu'elle sait à quel point vous faites partie de moi.

Mais Clara est aujourd'hui plus que ça. Elle est une part de mon âme, tout comme je suis une part de la sienne. De son corps aussi.

Car elle attend un bébé de moi.

Nous ne l'avions pas programmé mais, comme notre amour, il s'est imposé à nous. Comme le fruit d'un arbre trop bien entretenu, nourri d'une bonne terre et de soleil, s'empresse d'exprimer la vitalité qui l'a fait croître.

J'aurais aimé vous le dire autrement, vous l'annoncer de vive voix, avec Clara à mes côtés.

Mais peu importe la manière. Ce qui compte c'est le sens de cette déclaration d'amour, de cette déclaration de vie.

Clara m'accompagnera au mariage d'Arthur et Louise. Sans doute refuserez-vous de faire sa connaissance car tout cela est encore trop frais. Je ne vous en voudrai pas, sachez-le. Car je sais, qu'à terme, vous accepterez ma décision. Parce que vous m'aimez autant que je vous aime.

Votre fils

*

Les mains de Lorraine Sansier tremblaient. Son regard voilé de larmes errait sur le courrier, revenant sur une phrase, s'accrochant à des mots pour leur faire dire plus de choses encore. Elle avait l'impression d'avoir entendu la voix de son fils lui lire cette lettre.

À ses côtés, Denis avait les yeux baissés. Ils restèrent ainsi, perdus dans un flot de pensées et d'images, de questions et d'émotions impossibles à endiguer.

Quand l'inspecteur Panigoni revint, il demeura un moment interdit devant la tristesse de ce couple. Denis se rendit soudainement compte de sa présence. Il saisit la main de son épouse, la serra.

L'inspecteur hésita : devait-il leur révéler qu'une autre lettre, adressée à la fiancée de Gabriel, avait été également retrouvée ? Il préféra conserver la confidentialité de l'information. Il porterait le courrier à Clara dans l'après-midi.

Quant à ce qu'il venait d'apprendre au sujet de l'accident, il était encore trop tôt pour le leur confier.

Chapitre 30

Genna Debert attendait devant le commissariat le retour de l'avocat, tirant nerveusement sur sa cigarette des bouffées de fumée qu'elle recrachait aussitôt. Pourquoi son mari s'était-il rendu chez Gabriel Sansier ? Pourquoi s'était-il mis dans une situation si délicate ? Rien de ce qu'il disait ou faisait depuis l'accident ne lui paraissait normal. D'une part, elle avait l'impression de retrouver l'homme qu'elle avait aimé voilà plus de quinze ans, ce qui la rendait heureuse. D'autre part, elle avait par moments le sentiment d'être confrontée à un parfait inconnu.

Quand Pierre-André Marquis apparut, son visage affichait la même impassibilité qu'à son arrivée.

— La garde à vue de votre mari va prendre fin, annonça-t-il d'une voix neutre.

— Ah tant mieux ! s'exclama-t-elle, attendant qu'il poursuive.

— Oui, tant mieux, se contenta de répéter l'avocat.

— Et... comment avez-vous obtenu cela ? A-t-il donné des explications ?

— Non. Mais l'enquête a révélé un fait important.

Il s'arrêta de parler, comme si Genna Debert devait se contenter de cette indication.

— Oui ? Quel fait ? relança-t-elle.

— Il semblerait qu'il ne soit pas responsable de l'accident. Quelqu'un a saboté sa voiture.

— Comment ? On a voulu… le tuer ?

— Peut-être. La police va enquêter.

— Vous paraissez préoccupé, dit Genna, agacée par l'air inquisiteur de l'avocat.

— Je le suis. Il est difficile de défendre une personne qui ne me confie rien.

— Mais vous n'avez plus à le défendre s'il n'est pas coupable.

— Rien n'est clair. Il va devoir expliquer les raisons pour lesquelles quelqu'un aurait souhaité le supprimer. Et pourquoi il s'est introduit chez Gabriel Sansier. Or, il ne parle pas. J'ignore à quoi joue votre mari et je n'aime pas subir les événements.

*

— J'ai du nouveau, Clara, annonça le professeur Attali.

Elle leva sur lui des yeux vides. Il chercha la bonne tonalité pour lui annoncer la nouvelle, ne la trouva pas, se lança.

— Les résultats des examens sont alarmants. Nous devons vous opérer.

— Je ne vous laisserai pas toucher à mon bébé.

— C'est votre vie que vous mettez en danger, Clara. Il est impératif d'intervenir au plus tôt.

— Quelles sont les chances que mon bébé vive.

— Le décollement du placenta et l'opération font courir des risques importants mais… il est possible que tout se passe bien.

— Je refuse l'intervention. Ce bébé est tout ce qui me reste ! se révolta-t-elle.

— Vous n'avez pas le choix, Clara. Vous êtes sous ma responsabilité et il est de mon devoir de vous opérer.

Paradoxalement, les propos du médecin apaisèrent Clara. Dépouillée de l'ultime pouvoir qu'elle pensait encore avoir sur son existence, elle se sentit dériver vers des aubes inconnues mais, paradoxalement, rassurantes. Un tendre lever de soleil sur un autre monde. Celui où Gabriel se réfugierait dans quelques heures.

Le destin s'acharnait contre elle. Alors, pourquoi lui résister ? Elle n'avait plus à décider mais juste à laisser les événements l'entraîner.

Plus rien ne comptait désormais. Elle souhaitait juste ne plus souffrir, ne plus se battre, ne plus désespérer. Ne plus exister.

*

Louis Derain saisit son portable et d'une main fébrile composa le numéro de téléphone de son complice.

— Il a retrouvé la mémoire, annonça-t-il.

— C'est-à-dire ?

— Il se souvient maintenant avoir perdu le contrôle du véhicule.

— Qui vous l'a appris ?

— Sa femme. Je l'ai appelée pour avoir des nouvelles.

— Bon. Je vais m'en occuper.

— Qu'allez-vous faire ? questionna Derain, fébrile.

— Je préfère ne pas en parler au téléphone.

— Ne prenez aucune initiative sans mon autorisation !

— Ne me rappelez plus, se contenta de répondre son interlocuteur avant de raccrocher.

Son autorisation… Pour qui se prenait-il, ce con ? Il avait supporté son ton autoritaire, ses faux airs de dur, mais, désormais, il devait d'abord penser à sauver sa peau. L'histoire n'appartenait plus à Derain. Si Debert parlait, les flics arrêteraient le commanditaire. Qui n'hésiterait pas une seconde à donner son nom.

Il allait agir. Sans autorisation.

*

L'interne intercepta le professeur Attali alors que celui-ci sortait du bloc opératoire.

— Professeur… il faut que je vous parle, dit-il avec crainte.

— Ça ne peut pas attendre ? tempêta le chirurgien.

— Non… c'est assez important.

— De quoi s'agit-il ?

— Nous avons un problème avec… Gabriel Sansier.

Attali leva des yeux étonnés sur son élève.

— Je pense que vous devriez venir.

Arrivé dans la chambre de Gabriel, l'interne tendit le dossier du patient au professeur.

— Merde… qu'est-ce que c'est que cette connerie ? Quand vous êtes-vous rendu compte de ça ?

— Il y a deux heures, mais vous étiez au bloc.

— Le matériel ?

— C'est la seule explication.

— Faites de nouvelles investigations. Mais je ne veux pas d'autres erreurs sur ce patient, compris ! Vous êtes désormais responsable de lui. Jusqu'au moment où on débranchera le respirateur !

— Très bien Professeur, bredouilla l'interne, intimidé.

Attali se rendit à grand pas à son bureau. Devait-il avertir les parents ? Non, il ne pouvait pas leur infliger une nouvelle épreuve sans avoir de certitude.

Chapitre 31

Denis et Lorraine roulaient en direction de l'hôpital. Dans le silence de l'habitacle, résonnait la voix de Gabriel. Ses confidences et son incroyable révélation leur procuraient l'illusion de percevoir sa présence envers et contre tout. Contre la fatalité, l'incompréhension et les remords. Il leur faudrait du temps pour revisiter les souvenirs à la lueur de cette confession. Tous deux ne pouvaient rien changer au passé, mais le présent, investi d'un sens nouveau, les appelait. Leur dernière erreur était réparable et ils allaient s'y employer. Pour l'amour de leur fils, pour celui de l'enfant à venir.

Quand ils arrivèrent devant la chambre de Clara, Lorraine prit appui sur le bras de son mari pour se donner du courage. Ils toquèrent mais ne reçurent aucune réponse. Denis ouvrit la porte. Ils la découvrirent alors, allongée sur le côté, recroquevillée, les yeux rivés au mur. Ils attendirent un signe de sa part les autorisant à avancer mais elle demeura impassible.

— Bonjour, Clara, murmura Denis prudemment.

La jeune femme ne réagit pas. Denis lança un coup d'œil vers son épouse comme pour trouver une solution à l'embarrassante situation. Les avait-elle vus ? Leur opposait-elle son indifférence ? Était-elle assommée par les médicaments et incapable de réagir ?

Denis se plaça dans son champ de vision. Alors, elle leva les yeux sur lui. Des yeux tristes, vides, qui soudain s'animèrent.

Elle tourna la tête vers la porte, aperçut Lorraine et se redressa. Elle s'assit, ramena ses jambes contre elle, comme pour se protéger, apparemment inquiète, presque effarée de les voir là.

Denis chercha ses mots. Son éloquence s'était dissipée dans le désordre de ses doutes. Que lui dire ? Par quoi commencer ?

Mais ce fut Clara qui rompit le silence pesant.

— Je suis désolée, balbutia-t-elle d'une voix brisée.

Surpris, ils voulurent lui répondre mais elle continua, laissant ses yeux s'abîmer dans le vide.

— Vous aviez raison, je n'étais pas faite pour votre fils. J'ai toujours pensé que je ne méritais pas son amour, qu'il finirait par s'en rendre compte et me quitter.

— Attendez… commença Lorraine, souhaitant l'interrompre.

— Mais chaque jour passé auprès de lui était un tel bonheur, continua Clara, d'une voix lente. Ses paroles, son regard me rassuraient. Et j'ai fini par croire qu'il serait possible que nous fassions notre vie ensemble. Vous n'avez pas réussi à me l'enlever mais le sort s'en est chargé.

— Clara… tenta à nouveau madame Sansier.

Mais elle resta concentrée sur ses propos, fixant ses draps.

— Vous ne m'aimiez pas et je n'en comprenais pas les raisons. Vous devez maintenant me haïr. C'est à cause de moi que Gabriel est sorti de cette fête. C'est moi qui conduisais. J'avais les yeux brouillés de larmes. Je n'ai pas su réagir à temps. J'ai perdu le contrôle de la voiture.

Denis s'approcha.

— Nous ne vous haïssons pas. Et si nous sommes venus c'est… pour nous excuser.

Étonnée, Clara releva la tête.

— Vous avez quitté la réception par ma faute, enchaîna Lorraine. Je vous avais blessée. Mais j'agissais en pensant à mon fils. Enfin, pas seulement à lui, sans doute. À nous, à nos désirs le concernant. Je ne croyais pas en votre amour. Assez bêtement, je ne pensais pas mon fils suffisamment mûr pour faire ses propres choix. J'ai toujours péché par excès d'orgueil et cru pouvoir décider à la place des miens. Voilà Clara… tout est de ma faute.

— Et de la mienne également, intervint son époux. J'ai oublié d'où je venais. Je me suis hissé dans la société, me suis éloigné de tout ce qui pouvait me rappeler le passé. Et… vous me rappeliez ce passé. J'aurais, au contraire, dû vous comprendre, percevoir la sincérité de votre amour pour notre fils. Mais je me suis laissé aveugler par mon obsession de la réussite.

Il voulut ajouter que les premiers résultats de l'enquête démontraient également qu'elle n'était pas coupable mais Clara, hébétée, l'interrompit.

— Nos excuses n'ont plus aucun sens désormais, murmura-t-elle.

— Si, elles en ont un, répliqua Lorraine, en s'approchant.

— Lequel ?

— Gabriel nous a écrit une lettre plusieurs jours avant l'accident. Mais elle n'a pas été envoyée. La police l'a retrouvée dans son appartement et nous l'a confiée.

Clara tressaillit.

— Je ne comprends pas… Pourquoi vous écrire alors qu'il allait vous voir ?

— Parce que, dans notre famille, nous n'avons pas l'habitude de… parler de sentiments. Et pour exprimer des choses essentielles avant que nous nous rencontrions à la cérémonie. Enfin… parce qu'il ne se faisait aucune illusion sur notre réaction. Mon Dieu… Quels parents étions-nous ?

— Que dit Gabriel dans sa lettre ?

Les yeux de Clara étaient démesurément ouverts, comme prêts à accueillir une vérité pénible.

— Il nous parle de votre amour et…

— Il est peut-être préférable que tu la lui fasses lire, intervint Denis.

— Oui, tu as raison.

Lorraine sortit la copie du courrier, la tendit à Clara.

La jeune femme, hébétée, hésita à la prendre.

— Je vous en prie, insista Denis.

Clara la saisit, la déplia. Ses yeux coururent sur le papier. À la lecture des premières lignes, elle ne put retenir ses sanglots. Puis, parvenue au dernier paragraphe, elle se raidit. À l'expression éplorée de son visage se substitua un masque d'incompréhension. Son esprit parut traquer une pensée, la saisir, s'y plonger. Ses traits se durcirent et elle lança un regard noir aux parents de Gabriel.

Elle rendit la lettre d'un geste sec.

— Sortez ! s'écria-t-elle en proie à une colère froide.

Les Sansier échangèrent un regard tourmenté.

— Sortez de cette chambre ! ordonna Clara.

— Je… je ne comprends pas, balbutia Lorraine.

— Vous n'êtes pas venus vous excuser. Vous êtes là pour le bébé que je porte. Vous vous foutez complètement de ce que j'ai ressenti et ressens encore. Votre cynisme est répugnant.

— Non ! se défendit Lorraine. Ce n'est pas vrai ! Nous sommes sincères.

— Bien entendu, ce bébé représente un espoir pour nous, admit Denis. Mais rien de ce que nous avons dit n'était guidé par une quelconque volonté de vous manipuler. Nous n'avions pas compris que Gabriel vous aimait autant.

— Vous n'aurez pas cet enfant ! annonça Clara d'une voix dure.

Lorraine se tourna vers son mari pour l'appeler à son secours. Mais constatant son abattement, elle comprit qu'il n'interviendrait pas. Désespérée, ne sachant plus que faire ni dire, elle sortit précipitamment de la chambre.

— Nous étions sincères, je vous l'assure, murmura Denis, hagard. Réfléchissez à tout cela, je vous en supplie.

Il se dirigea vers la porte mais, avant de sortir, se tourna vers Clara.

— Nous étions également venus vous dire que… l'appareil respiratoire de Gabriel sera débranché demain, à dix heures.

*

Sa colère s'était soudainement éteinte, comme si les mots lancés l'avaient déchargée d'une tension jusqu'alors insupportable. Clara envisagea alors les informations qui, quelques minutes auparavant, l'avaient bouleversée. Ainsi, Gabriel savait… Comment l'avait-il appris ? Pourquoi ne lui en avait-il pas parlé ? Pourquoi ne l'avait-il pas rassurée sur leur avenir alors qu'il la savait désemparée ? Attendait-il l'aval de ses parents ? Dans la lettre, il disait l'aimer. Mais de quel amour s'agissait-il pour la laisser se morfondre seule dans sa grossesse ? Il paraissait vouloir cet enfant et, pourtant, n'en avait aucunement manifesté l'envie.

*

La nuit commençait à tomber quand Gabriel sortit du commissariat.

Il fut fortement contrarié de voir Genna et Élodie. Elles l'attendaient devant leur voiture, l'air grave. Il aurait préféré être libre de ses mouvements.

Élodie s'approcha de lui, l'embrassa. Genna lui sourit. Ils s'engouffrèrent dans l'habitacle.

— Comment te sens-tu ? s'enquit Genna.

— Fatigué.

Elle posa la main sur son épaule.

— Bon, nous allons rentrer, nous reposer, déclara-t-elle. Nous avons tous été très secoués par cette histoire.

Chapitre 32

Panigoni attrapa une chaise et la plaça près du lit de Clara.

— J'aimerais vous poser quelques questions, dit-il en s'asseyant.

Clara resta absente.

— Connaissez-vous Alexandre Debert ?

— Non, répondit-elle du bout des lèvres.

— Vous n'avez jamais entendu votre fiancé prononcer son nom ?

Elle remua la tête pour confirmer.

L'inspecteur ouvrit une enveloppe, en sortit une photo, la montra à Clara.

— Connaissez-vous ce visage ?

Elle posa un regard absent sur le document, reconnut le visage de l'homme qui lui avait rendu visite. L'inspecteur nota sa réaction.

— Vous l'avez déjà vu, n'est-ce pas ?

— Oui.

— Dans quelles circonstances ? demanda-t-il, fébrile.

— Il m'a rendu visite il y a quelques jours.

— Que voulait-il ?

— Comme tous les autres. Me consoler.

— Vous consoler ? répéta Panigoni, interloqué.

— Oui. Il m'a expliqué qu'il comprenait ma douleur. Que lui aussi avait perdu la femme qu'il aimait dans un accident.

Panigoni fronça les sourcils.

— Quoi d'autre ?

— Rien.

— Vous ne l'aviez jamais rencontré auparavant ?

— Non.

L'inspecteur passa sa main sur sa nuque. Plus il avançait dans cette affaire, moins il la comprenait.

— C'est… l'homme dont la voiture a heurté la vôtre, confia-t-il.

Clara tressaillit.

— Mais…

— Oui, je comprends votre étonnement.

Pourquoi l'assassin de Gabriel était-il venu lui parler ? Les remords ? Sans doute. L'étonnement passé, peu lui importait en vérité de connaître ses raisons.

— Nous l'avons surpris hier dans l'appartement de votre fiancé, annonça l'inspecteur, espérant la faire réagir.

Clara ouvrit la bouche pour poser une question qui ne vint pas.

— Il dit que, porté par un sentiment de culpabilité, il souhaitait savoir où vous viviez, qu'il a trouvé les clés dans le boîtier d'électricité et n'a pas résisté à la tentation d'entrer.

Clara secoua la tête. L'explication était-elle crédible ? Elle ne se sentait en rien disposée à s'intéresser à cette question.

Panigoni comprit qu'elle retournait vers ses sombres pensées. Son regard avait en effet reflué vers des mondes intérieurs. Avant qu'elle ne lui échappe totalement, il se leva, fouilla sa poche.

— Lorsque nous avons perquisitionné l'appartement de Gabriel, nous avons trouvé deux lettres.

Clara se reconnecta aussitôt à la réalité.

— Une était adressée à ses parents. L'autre… vous était destinée.

*

Genna avait attendu qu'Élodie se réfugie dans sa chambre pour aborder le sujet qui la hantait.

— Maintenant que nous sommes seuls… sais-tu qui a voulu… te supprimer ?

Dans la lumière tamisée du salon, les ombres de son visage trahissaient son inquiétude.

— J'en ai une idée.

— Et ?

— Louis.

— Louis ? s'étonna Genna. Mais enfin… c'est absurde.

— Il ne souhaite pas que je vende la société.

— C'est vrai… il n'est pas très enthousiaste. Mais de là à…

— Je ne suis sûr de rien. Mais pendant ma nuit au poste de police, un bout de mémoire m'est revenu. Nous nous sommes disputés quelques jours avant l'accident. Une altercation violente.

— Mais vous avez souvent eu des discussions houleuses ! Louis a un sale caractère. Mais il n'est pas capable de…

— Je te le dis : c'est seulement une supposition.

— Tu t'es confié à la police ?

— Non. L'accusation est trop grave pour que je me fie à mon esprit malade et le désigne comme un suspect.

— Qu'est-ce que tu comptes faire ?

— Je ne sais pas encore. J'y réfléchirai. Je suis fatigué.

*

Il avait moins d'une journée pour agir. Il ignorait quel effet ses courriers avaient eu sur ses parents et Clara. Dans l'obscurité de sa chambre, il tenta de penser au meilleur moyen d'avancer. Il ne pouvait plus approcher Clara. Il avait appris que Panigoni lui avait rendu visite. Il lui avait à coup sûr montré le visage d'Alexandre pour l'interroger.

Il sentit une présence, sursauta. Dans la pénombre, Genna se glissa à ses côtés, se serra contre lui. Gabriel embarrassé, demeura immobile. Elle chercha sa bouche.

— Non, Genna, murmura-t-il.

Elle se redressa, vexée.

— Désolée, dit-elle. Un stupide et soudain besoin de tendresse.

— Oui, mais…

— Je suis conne, Alexandre. Je me suis fait tellement de souci pour toi. Et ton attitude ces derniers jours m'a laissé penser que…

Des larmes brillaient dans ses yeux. Elle fit un mouvement pour se lever, mais il saisit sa main.

— Attends. Tu ne t'es pas trompée. C'est juste que… je suis tellement bouleversé par ce qui m'arrive que je suis incapable de te faire l'amour. Mais… reste près de moi.

Elle hésita.

— Allez, viens. Je n'ai pas envie de dormir seul.

Elle céda, se blottit contre lui.

À l'embarras que Gabriel ressentit dans les premiers instants, se substitua peu à peu un sentiment de réconfort.

Huitième jour

Chapitre 33

Le professeur Attali s'installa derrière son bureau. Il n'aimait pas se trouver dans un état de trouble quasi affectif avant une intervention. Son activité réclamait une concentration toute professionnelle, donc exempte de la moindre considération sentimentale. L'expérience lui avait appris à aborder chaque opération sous le seul angle technique. Mais, dans ce cas précis, la dimension humaine prévalait. Parce que la patiente était victime d'un drame. Parce que ce drame continuait à engendrer des conséquences. Parce que lui-même se sentait impuissant à fournir une quelconque solution.

Il attendait les résultats des nouveaux examens pratiqués sur Gabriel, mais, quoi qu'ils révèlent, il n'existait plus aucun espoir. Cependant, il tenait à comprendre d'où provenait l'erreur révélée par l'interne.

Il refusa d'y penser plus, ferma les yeux et répéta mentalement les gestes qu'il aurait à effectuer. Redevenir un technicien, voilà ce qui importait.

Soudain, on tapa à sa porte. Les membres de son équipe savaient qu'une absence de réponse signifiait qu'il n'était disponible qu'en cas d'urgence. La personne insista néanmoins.

— Entrez, tonna-t-il, irrité.

Une infirmière apparut, paniquée.

— Nous avons un problème ! déclara-t-elle.

Le professeur leva un sourcil interrogateur, étonné par l'émotion de sa collaboratrice.

— Clara Astier… a disparu.

*

Gabriel n'avait pas touché à son café. Les yeux posés sur la table de la cuisine, il envisageait les prochaines heures – ses dernières heures – avec appréhension. Les actions engagées suffiraient-elles à protéger Clara d'elle-même ?

Élodie entra dans la cuisine, se pencha sur lui, l'embrassa.

— Maman n'est pas là ?

— Non. Un rendez-vous.

Elle se servit un café au lait, s'assit.

— Je suis heureuse que tu sois là, papa, murmura-t-elle avant de se cacher derrière son bol.

Gabriel esquissa un faible sourire.

— Je me suis levée cette nuit et… je vous ai vus, ajouta-t-elle.

Genna et lui avaient dormi l'un contre l'autre, comme deux amis.

— Que vas-tu faire aujourd'hui ? demanda Élodie.

— Je ne sais pas. Je n'arrête pas de penser à cette jeune fille.

— Pourquoi ?

— J'ai… Disons que j'ai un mauvais pressentiment.

Elle avala une gorgée de café au lait.

— Elle devait se faire opérer aujourd'hui, lâcha-t-elle.

Gabriel tressaillit.

— Mais… pourquoi ?

— Elle a fait une hémorragie.

Gabriel, pris de vertiges, posa les mains à plat sur la table pour retrouver une sensation de stabilité.

— À quelle heure doit se dérouler l'intervention ?

— Elle était prévue à huit heures ce matin.

Il regarda l'horloge accrochée au mur de la cuisine. Elle affichait neuf heures. Qu'est-ce que cela signifiait ? Si Clara, à l'instant fatidique, se retrouvait sur une table d'opération, elle ne pourrait attenter à sa vie. Ou alors… Était-il possible que son âme lâche volontairement prise durant l'anesthésie ?

Il se leva, saisit son téléphone, composa un numéro.

— J'ai déjà appelé Kevin ce matin, lança Élodie, fière de sa présence d'esprit. L'opération n'a pas eu lieu…

Gabriel suspendit son geste et attendit qu'elle achève sa phrase.

— Clara s'est enfuie de l'hôpital cette nuit.

*

Gabriel avait joint Sabrina et Kevin, les deux seules personnes auprès de qui sa compagne aurait pu se réfugier. Mais ils n'avaient aucune nouvelle et se morfondaient : suite à l'hémorragie, si Clara n'était pas opérée dans les prochaines heures, sa vie était en danger.

Gabriel était en proie à une indicible panique. Se reprochant de n'avoir pas envisagé ce scénario, il tourna en rond pendant quelques minutes, tentant de se mettre à la place de la fugitive pour deviner où elle s'était réfugiée. Une idée lui vint, claire, évidente : l'hôtel où leur histoire avait commencé. Oui, elle voudrait sûrement mourir là où ils s'étaient aimés la première fois. N'était-ce pas l'endroit où elle s'était déjà réfugiée lorsqu'ils s'étaient disputés ?

Il trouva le numéro de l'établissement, appela, mais le standard était occupé. Il n'y avait pas une minute à perdre. Il sauta dans la voiture de Genna, résolu à téléphoner de son portable, démarra.

Il sentit la transpiration couler sur sa nuque, laissant une empreinte froide dans son dos. Sa main voulut écraser ces gouttes de sueurs mais rencontra un objet métallique. Il sursauta, jeta un coup d'œil dans le rétroviseur et, effrayé, vit un individu sur la banquette arrière. L'homme appuya son revolver sur la nuque de Gabriel.

*

Clara était allongée sur le lit où leurs deux corps avaient appris à se connaître.

Elle passa la main sur l'oreiller, sur les draps, imagina la silhouette de Gabriel. Ses gestes étaient mécaniques, ses membres raides. Elle se sentit vide de sentiments. Ni tristesse, ni nostalgie. Elle retint sa respiration, s'imagina déjà morte. Après quelques dizaines de secondes, le sang battit contre ses tempes. Était-ce l'écho de son cœur qui s'emballait ou… celui de son bébé ?

Une atroce douleur lui déchira l'abdomen. Elle respira pour la contenir. Puis posa la main sur son ventre, cherchant un contact avec ce malheureux début d'existence, mais ne perçut rien d'autre qu'un courant froid sous sa peau. Était-ce cela, la mort ? Plus de sentiment, plus de respiration et une absence de chaleur ?

Le téléphone portable, posé près d'elle, vibra mais elle l'ignora.

Une heure. Dans une heure, Gabriel quitterait ce monde. Et elle laisserait le sort décider de son cas. Soit son mal la tuerait et elle le rejoindrait. Soit il l'épargnerait. Elle s'en remettait au destin.

*

— Continue de rouler.

La voix de l'homme était ferme, l'ordre implacable. Adossé à la banquette, il avait baissé son arme mais Gabriel la sentait pointer à travers le siège.

— Qui êtes-vous ? demanda-t-il. Que voulez-vous ?

L'individu ignora ses questions. Gabriel lut dans son impassibilité une détermination professionnelle autant que macabre.

— Prends la bretelle d'autoroute, ordonna-t-il.

Gabriel jeta un coup d'œil sur l'horloge du tableau de bord. Il ne lui restait que trente minutes pour agir.

— Je ne sais pas qui vous êtes mais…

— Ta gueule !

Ils roulèrent sur l'autoroute puis l'inconnu indiqua une sortie. Il sortit un étui de sa poche. D'où il tira une seringue.

— Tu vois ce lac. C'est ici que tu vas mourir. Un banal suicide.

Gabriel réfléchit. Il n'avait maintenant que vingt minutes pour rejoindre Clara. S'il se débarrassait de son mystérieux passager, en roulant vite, il arriverait à temps.

L'homme saisit la seringue.

— Arrête-toi, dit-il en indiquant les abords d'un lac.

Gabriel comprit son intention. Il allait le droguer et le jeter à l'eau. Sa mort passerait pour un suicide. Une histoire plausible, le remords justifiant l'acte. Mais c'était impossible ! La disparition d'Alexandre n'était pas prévue au scénario que le passeur lui avait confié. Cette évidence le galvanisa et il se sentit invincible, comme protégé par le sort.

— Gare-toi je t'ai dit ! cria le tueur.

Mais Gabriel enfonça la pédale d'accélérateur et donna de rapides et secs coups de volant. L'homme valdingua, lâcha la seringue.

— Arrête ça, connard ! hurla-t-il en tentant de pointer son arme en direction de Gabriel.

Celui-ci freina brutalement. La voiture dérapa et une déflagration se mêla au crissement des pneus. Une fulgurante douleur transperça la poitrine de Gabriel.

La berline bascula dans le lac.

*

Clara allait s'endormir pour toujours. Quand les amants meurent en même temps, se retrouvent-ils ailleurs, comme le dit la chanson ? Elle se plut à le croire. Elle essaya de mieux saisir cette idée pour s'y calfeutrer et trouver le réconfort que la crainte de la mort lui refusait. Oui, elle avait peur maintenant. Une peur ténue mais présente. Elle chercha à concentrer son attention sur la perspective de leurs retrouvailles dans l'au-delà, mais ses pensées étaient de si légers souffles que d'autres images les balayèrent. Celles de leur rencontre, du visage de Gabriel, de leur premier baiser, puis d'autres, anecdotiques, inscrites dans ce qui avait été leur quotidien : la démarche de Gabriel, un sourire un soir au restaurant, un regard au petit matin, sa main dans la sienne.

Une morsure lui déchira le ventre et elle faillit perdre connaissance.

« Excuse-moi », murmura-t-elle sans savoir si c'était à Gabriel où à leur bébé qu'elle s'adressait. Ne plus penser, ne plus lutter, lâcher prise et s'endormir. À jamais.

*

La voiture ne sombrait pas. L'endroit du lac où elle était tombée s'avérait peu profond. Gabriel voulut ouvrir la porte, mais une puissante douleur stoppa son geste. Il crut que le choc l'avait blessé, baissa les yeux sur son torse, vit du sang. Il passa sa main sur le liquide chaud, comprit que la balle tirée par l'homme l'avait atteint dans le dos.

Le froid s'engouffra sous sa peau. Son esprit chavira. Il voulut respirer pour retrouver son calme mais la douleur, atroce, perça ses poumons.

Il posa ses yeux sur le tableau de bord. Quinze minutes.

Attrapant avec peine son téléphone, il composa un message. Ses doigts, souillés de sang maculèrent les touches.

Il lutta contre l'évanouissement afin d'achever son SMS. Puis, il composa un numéro. Une voix lui répondit. Il parvint à lâcher quelques phrases avant de perdre connaissance.

*

Dans la brume de l'abandon, Clara entendit le portable vibrer. Ne pas regarder le message. Ignorer le monde. Continuer à sombrer.

Mais, une sorte de pressentiment, ou peut-être juste la peur de mourir, l'incitèrent à se raccrocher à ce lien avec la réalité. De toute façon, il était trop tard maintenant. Elle lirait le message puis retournerait vers la mort. Elle ouvrit les yeux. Le portable se tenait là, près d'elle. Elle tendit la main, mais son bras lui parut lesté de plombs. Au terme d'un ultime effort, elle saisit l'appareil, ouvrit le texto. Et ce qu'elle lut la glaça.

Nous aurons pour nous l'éternité
Dans le bleu de cette immensité...

Mon amour, l'éternité peut attendre. Je veux que tu vives. Pour moi, pour notre enfant.

Elle délirait. Oui, ces mots, sortis d'ailleurs, ne pouvaient être que le fruit d'une folie passagère provoquée par l'imminence de la mort. Tout comme ces appels qu'elle crut entendre derrière la porte de sa chambre.

*

Les ambulances étaient arrivées à quelques dizaines de minutes d'intervalle. Le professeur Attali avait organisé les équipes.

Dans le premier bloc opératoire, Alexandre Debert allait subir une intervention délicate à l'issue incertaine. La balle avait perforé un poumon et il avait perdu beaucoup de sang.

Dans le second, le corps de Clara attendait.

Le chirurgien entra dans la première salle, demanda au confrère auquel il avait confié l'opération de lui donner son avis. Il valida ses choix puis s'élança vers la seconde pièce.

Quel sort avait amené la jeune femme et le responsable de son drame à se retrouver à quelques mètres, luttant pour survivre ? Lui-même n'en savait rien, n'avait pas le temps d'y réfléchir. Ce qui était certain, c'est que tous deux avaient eu de la chance. D'après ce qu'on lui avait rapporté, c'est un agriculteur qui avait signalé à la police l'étrange scène dont il avait été témoin : une voiture quittant la route et tombant dans le lac.

Quant à Clara, un mystérieux appel avait averti le SAMU qu'une femme était en situation de détresse, dans une chambre de cet hôtel. La voix de l'informateur anonyme était faible, saccadée et implorante.

Quant à l'homme retrouvé inconscient, le visage ensanglanté, sur le siège arrière de la voiture d'Alexandre Debert, il subissait des analyses. Son état n'étant pas critique, il attendrait.

*

Genna et Élodie pénétrèrent précipitamment dans l'hôpital. Un interne les accueillit, leur dressa un état de la situation et leur demanda de s'installer en salle d'attente. Elles entrèrent dans l'espace froid et impersonnel en haletant, le visage défait par l'inquiétude, et se trouvèrent devant un jeune homme au regard fou d'angoisse. Élodie salua Kevin d'un léger mouvement de tête, s'assit près de lui, glissa sa main dans la sienne.

Face à eux, un couple tout aussi ravagé, se tenait serré. Les regards des Sansier croisèrent celui de Genna et, sans que leurs visages n'expriment quoi que ce soit, leurs anxiétés respectives se parlèrent.

Chapitre 34

Gabriel reprit conscience. Avec l'impression d'être plus léger, plus serein. Où se trouvait-il ? Dans un bloc opératoire. Il vit alors un chirurgien et des infirmières penchés sur un corps, s'approcha, inquiet, et reconnut celui d'Alexandre. Il comprit que lui-même n'était plus qu'un esprit. Son âme avait quitté l'enveloppe charnelle qui l'avait abrité durant ces huit jours et allait maintenant reprendre son parcours vers l'autre monde.

— Je suis là, dit une voix.

Le passeur apparut. Il voulut s'adresser à lui mais éprouva des difficultés à énoncer les questions qui le taraudaient. Où était Clara ? Avait-il réussi ?

— Vous avez été étonnant, Gabriel. Vous aviez une mission : sauver Clara. Mais vous vous êtes également soucié du devenir d'Alexandre et de sa famille.

Il fit quelques pas, pensif.

— Vous auriez pu ignorer leurs problèmes mais vous ne l'avez pas fait. Vous avez montré ce qu'il y avait de meilleur en vous.

À ce moment, une ombre apparut près du passeur. De qui s'agissait-il ?

— Vous avez pensé à sa femme, à sa fille, continua-t-il. Vous avez cru en lui aussi. Vous avez compris qu'il était l'homme que vous auriez pu devenir. En le sauvant, d'une certaine manière, vous réécriviez l'avenir que vous auriez dû vivre.

Pourquoi lui expliquait-il tout cela ? Pourquoi ne lui donnait-il pas plutôt des nouvelles de Clara et du bébé ? Et pourquoi, lui était-il impossible de parler comme lors de leur première rencontre ? Parce qu'il était mort ?

— Il existe en chaque homme la possibilité du meilleur et du pire, continua l'ange, ignorant les tourments de Gabriel. Le meilleur s'exprime à travers les valeurs positives et permet d'abattre ses atouts, d'utiliser ses chances de réussir sa vie. Le pire résulte de l'incapacité à les envisager quand le mauvais penchant prend le dessus. Entre les deux, réside le libre-arbitre.

Le passeur se rendit à l'autre bout de la salle et regarda ce qui se passait dans le bloc voisin.

— C'est Clara, annonça-t-il.

Gabriel s'approcha. Une autre équipe chirurgicale était penchée sur ce corps qu'il ne voyait pas.

— Je suis désolé.

Pourquoi était-il désolé ? Qu'est-ce que cela signifiait ? Gabriel s'affola, tenta à nouveau de parler, de crier.

À ce moment, dans le bloc de sa compagne, un incident survint et l'équipe médicale s'agita. Les mouvements des infirmières trahissaient une inquiétude maîtrisée. Le regard du chirurgien se fit plus acéré. Il donna quelques ordres d'une voix sèche.

Effrayé, Gabriel se tourna vers le passeur, ne le trouva pas. Il le vit alors réapparaître près de Clara. Sa voix parvint à Gabriel comme s'il était encore à ses côtés.

— Une âme, Gabriel. Il me faut une autre âme.

Alors, la voix de ce dernier jaillit dans un sanglot.

— Non ! Vous n'avez pas le droit ! Vous m'avez menti ! J'ai fait ce qu'il fallait !

— Dieu réunit ceux qui s'aiment, répondit l'ange.

— Non ! Ne faites pas ça !

Soudain l'obscurité s'engouffra dans la pièce, estompa les formes et les sons jusqu'à les faire disparaître. Gabriel voulut crier à nouveau, mais son esprit refusa d'obéir. Qu'arrivait-il ? Il partait. Oui, il sentait son âme s'étioler. Il allait quitter ce monde sans savoir ce qui arrivait à Clara.

*

Le chirurgien sortit de la salle d'opération. Face à lui, les familles attendaient. Il s'adressa en premier lieu à Genna et Élodie.

— Son état est stable. Il va s'en sortir.

Elles retinrent l'expression de leur soulagement. L'attitude du professeur Attali exprimait une déception qui, elles le comprirent, concernait les autres personnes présentes.

Elles le remercièrent du bout des lèvres, firent quelques pas en arrière.

Le chirurgien se tourna vers Kevin et le couple Sansier. Il amorça une mimique ambiguë mais empreinte de tristesse. Il allait annoncer quelque chose quand une infirmière arriva précipitamment et se dirigea vers lui. Elle chuchota quelques mots à son oreille.

Les yeux du médecin exprimèrent une profonde stupeur.

— J'arrive ! lança-t-il à l'infirmière.

— Que se passe-t-il ? interrogea Denis Sansier, au comble de l'inquiétude.

Le professeur aurait voulu lui expliquer la légère activité cérébrale qu'un interne avait relevée la veille, lui confier qu'elle avait échappé aux examens du fait d'une erreur humaine ou d'une défaillance technique, mais que cette activité, si elle les avait surpris, s'était avérée bien trop faible pour permettre d'espérer une issue positive. Il se contenta de révéler l'information telle qu'on venait de la lui livrer.

— C'est incroyable, balbutia-t-il. Votre fils… est sorti du coma.

*

Lorraine avait senti le sol se dérober sous ses pieds et Denis l'avait soutenue. Ils avaient suivi du regard le chirurgien ne sachant pas s'ils devaient lui emboîter le pas ou attendre là.

— Mon Dieu… Mon Dieu… murmurait la mère de Gabriel.

Son mari la serra contre lui.

C'était comme si, chez ce père meurtri, son sang figé depuis le jour de l'accident recommençait à irriguer son corps. Il avait envie de rire, de crier, de pleurer aussi. De laisser toutes les émotions jusqu'alors contenues exploser sans retenue. Soudain, il eut conscience de la présence des autres personnes dans la salle d'attente. Il se tourna vers elle et découvrit leurs sourires. Tous se réjouissaient de les voir heureux. Au-delà du sens que chacun donnait à cette résurrection, découvrir le bonheur du couple Sansier les bouleversait.

Trois jours plus tard

Chapitre 35

— Gabriel ?

La voix paraissait venir de loin pour se distendre et mourir dans ses oreilles. D'où provenait-elle ? Qui s'adressait à lui ?

Il sentit une pression sur sa main, une chaleur rassurante. Était-ce une illusion ? Comment pouvait-il éprouver des sensations physiques alors qu'il était…

Une faible lumière parvint à son cerveau. Elle paraissait jaillir d'ailleurs, de l'extérieur. De l'extérieur de quoi ? Oui, il distinguait une lumière. Mais comment ses yeux… ? Il ouvrit les paupières. Durant quelques secondes, des ombres floues vacillèrent, puis ses pupilles s'adaptèrent. Et ce qu'il découvrit le plongea dans un état de stupeur.

Sa mère était à ses côtés, souriante.

— C'est moi, murmura-t-elle, pour répondre à son étonnement.

Près d'elle, il trouva son père, ému aux larmes. Était-ce un songe ? Un dernier rêve avant le départ ?

Non, il semblait bien que tout ceci soit réel. Il était en vie ! L'idée lui parut folle et fabuleuse à la fois et des émotions confuses l'assaillirent. Des questions aussi, impossibles à démêler dans son état.

Selon quelle logique avait-il échappé au destin ? Il repensa à la dernière scène, aux propos du passeur… Il avait vanté les valeurs démontrées par Gabriel durant ces huit jours. Était-ce pour cette raison qu'une seconde chance lui était accordée ? Pourtant, le passeur avait annoncé devoir prendre… une autre âme. Qu'avait-il voulu dire ? Il envisagea une possibilité, paniqua.

— Clara ? demanda-t-il, effaré.

— Je suis là, lança une voix de l'autre côté du lit.

Il tourna difficilement la tête et la vit, les traits fatigués mais émue, heureuse

— Je suis là, mon amour.

Rassuré, il voulut s'abandonner à l'incommensurable joie de voir l'amour de sa vie près de lui mais une idée le frappa. Une autre âme…

— Le… bébé ? interrogea-t-il.

Clara se contenta d'un sourire triste.

— Repose-toi, mon amour, souffla-t-elle en posant un baiser sur ses lèvres.

*

Le professeur Attali, sourcils froncés, tentait une réponse plausible à la question de Lorraine et Denis Sansier.

— Je ne peux expliquer ce qui est arrivé. Nous sommes parfois confrontés à des cas que certains qualifieraient de miraculeux. Tous les examens démontraient que le cerveau avait cessé de fonctionner. Puis, il y a eu les mouvements observés par un interne… Et nos nouvelles investigations ont détecté une faible activité. Je ne vous en ai pas parlé car… j'attendais d'être sûr. Je ne tenais pas à vous donner de faux espoirs. D'autant que l'activité décelée ne laissait pas présager une telle issue.

— C'était donc un dysfonctionnement de vos instruments ? s'enquit Denis.

— Peut-être, répondit-il, dubitatif. Si nous souhaitons donner une explication logique, alors optons pour celle-là.

— C'est comme si Gabriel avait perçu ce qui arrivait à Clara, intervint Lorraine, pensive. Il s'est réveillé au moment précis où le bébé…

— Oui… nous sommes parfois tentés de douter de la logique de notre monde et de nous réfugier dans des théories plus… mystiques, admit le professeur.

— Aura-t-il des séquelles ? demanda Lorraine.

— Une commotion et dix jours de coma peuvent provoquer quelques dégâts. Mais les premières observations sont positives. Maintenant, cessez de vous poser des questions, déclama-t-il dans un large sourire. Votre fils vous a été rendu. La femme qu'il aime est à ses côtés et ils pourront avoir d'autres enfants quand ils le décideront.

*

Alexandre Debert entra, assis sur un fauteuil roulant poussé par Genna.

Ils approchèrent du lit de Gabriel. Les deux hommes restèrent un instant à se dévisager, un léger sourire aux lèvres.

— Peux-tu nous laisser un instant, Genna ? demanda le premier.

Elle obtempéra et sortit.

— J'étais venu… enfin… je voulais vous dire merci, bredouilla Alexandre.

— Ce n'est pas moi qu'il faut remercier. C'est… le sort.

— Non, je sais ce que je vous dois.

— Vous savez ? s'étonna Gabriel.

— Oui. J'ai gardé la trace de votre mémoire. Enfin, de ce qui s'est passé durant ces jours. Tout est confus dans mon esprit. Comme un mélange d'images, un étrange rêve mais dont certains faits sont clairs. C'est comme si j'avais été avec vous tout ce temps-là.

— Et ceux qui ont voulu me tuer ? Enfin… vous tuer ?

— Ils sont entre les mains de la police.

— Mais quelles étaient leurs motivations ?

— Une histoire de fric. Mon associé avait détourné de l'argent de la société. Beaucoup d'argent. L'audit qui aurait dû précéder la vente de nos actions l'aurait révélé. Il voulait que je renonce à ce projet pour avoir le temps de dissimuler son vol. J'ai refusé… Il s'est dit qu'il n'avait plus le choix : c'était me supprimer ou finir en prison.

Gabriel tendit la main à Alexandre. Celui-ci la saisit.

— Veillez sur votre femme et votre fille, dit-il. Une deuxième chance vous est offerte.

— J'en suis conscient, répondit Alexandre.

Clara entra elle aussi sur un fauteuil poussé par Kevin. Les deux dévisagèrent Alexandre, ne sachant pas quelle attitude adopter avec lui.

— J'allais partir, annonça ce dernier.

Genna vint chercher son mari et ils s'en allèrent.

— Je ne comprends pas. Vous vous connaissez ?

Gabriel était-il toujours lié par le contrat conclu avec le passeur de ne rien révéler de ce qu'il avait vécu ? Peu importait, il était inutile de perturber Clara. Il avait hâte d'oublier cet épisode de sa vie et de savourer l'avenir qui s'offrait à eux.

— C'est compliqué, répondit-il. Nous en reparlerons une autre fois, si tu le veux bien.

Clara se contenta de la réponse. Il y avait tant de choses qui lui échappaient dans cette histoire et tant de questions à poser à Gabriel. Mais les réponses ne comptaient plus. Il était là, près d'elle. Le reste n'avait pas d'importance.

Une semaine plus tard

Épilogue

Durant la semaine qui s'était écoulée, entre examens et visites, Gabriel s'était totalement abandonné au bonheur d'être vivant.

L'aventure avait été folle et il n'était pas encore certain d'en avoir appréhendé toutes les facettes, saisi tout le sens. Il ressentait cependant la nécessité de prendre de la distance avec ces bouleversantes journées. Évidemment, il n'oublierait rien, mais il avait hâte que le présent leur offre des moments suffisamment forts pour contraindre le cauchemar enduré à perdre de son intensité, s'affadir puis s'étioler.

Ayant retrouvé la capacité de se mouvoir, il décida d'aller jusqu'à la chambre de Clara. Sa première sortie.

Dans le couloir, il repensa à l'allégorie de Joseph sur les portes ouvrant sur des expériences toujours profitables lorsqu'on sait les comprendre.

Joseph ! Comment avait-il pu l'oublier ? C'était comme si leur rencontre s'était fondue dans le chaos des événements et il culpabilisa de ne pas avoir pris, plus tôt, de ses nouvelles.

Sa chambre étant toute proche, il céda à la tentation de lui rendre visite. Il toqua à la porte, entra. La pièce était vide. Gabriel frémit. Était-il… mort ? À moins qu'on l'ait conduit ailleurs, pour d'autres soins ? Il reprit espoir, interpella une infirmière.

— Où est le patient qui occupait cette pièce il y a quelques jours ? demanda-t-il, inquiet.

Elle le regarda, étonnée.

— Quel patient ? La chambre 26 est inoccupée depuis plus d'un mois.

— Non… il y avait un vieil homme… Joseph ! s'exclama Gabriel, incrédule.

— Vous faites erreur, je vous assure. Suite à un dégât des eaux, nous avons dû évacuer cette pièce le temps des travaux. Par ailleurs, nous n'avons pas eu de Joseph dans le service depuis bien longtemps.

Elle reprit son service et le laissa, hagard.

C'était impossible ! Il avait rencontré l'homme, avait discuté avec lui ! Mais, rapidement, il se reprit. Impossible ? L'expérience vécue lui interdisait de prononcer ce mot.

Non, il devait comprendre ce que cela signifiait. Dans cette histoire, tout avait un sens ! La porte ouverte sur Joseph devait lui enseigner quelque chose.

Et, alors qu'il se dirigeait vers la chambre de Clara, se remémorant les paroles de Joseph, il comprit. Jamais il n'avait été seul dans cette aventure. Des âmes bienveillantes étaient venues l'aider, le réconforter, lui indiquer le sens des choses.

Sa compagne, réveillée, l'accueillit d'un sourire tendre. Il l'embrassa, s'assit près d'elle. Elle remarqua alors l'expression étrange flottant sur son visage.

— Pourquoi cet air mystérieux ?

Il passa le dos de sa main sur sa joue.

— J'aimerais que tu m'accordes trois faveurs, Clara, murmura-t-il.

— Trois ? Rien que ça ? Me prendrais-tu pour un gentil génie capable de réaliser tes vœux ?

Il déposa un baiser sur ses lèvres.

— Bon, tu sais être convaincant. Quelles sont ces trois faveurs ?

— D'abord… j'aimerais que tu deviennes ma femme.

Les yeux de Clara s'emplirent de larmes.

— Accordé, répondit-elle dans un petit rire, radieuse.

— Ensuite, j'aimerais que nous ayons un bébé. Dès que nous le pourrons.

Incapable de répondre, elle posa machinalement une main sur son ventre et hocha la tête pour dire oui.

— Mon troisième vœu va te paraître plus superficiel mais… il revêt une certaine importance pour moi.

— Je t'écoute…

— L'enfant que nous aurons… si c'est un garçon, j'aimerais que tu me laisses choisir son prénom.

— D'accord, répondit-elle, étonnée. Et… comment voudrais-tu l'appeler ?

— Joseph.

Soudain la jeune femme se raidit et afficha l'expression d'une contrariété.

— Tu n'aimes pas ? questionna Gabriel, interloqué.

— Ce n'est pas ça… balbutia-t-elle, pensive.

— Eh bien ?

Elle parut réfléchir un instant puis son visage s'adoucit.

— Oui, il s'agit peut-être d'une bonne idée après tout, admit-elle. Une manière de réconcilier le passé et l'avenir.

— Je ne saisis pas, s'étonna cette fois Gabriel.

— Joseph… C'était le prénom de mon père.

Remerciements

La tristesse du voyageur,
Le bonheur du romancier

Il revient d'un voyage. Il a le cœur plein des émotions vécues et l'esprit traversé par les images de son aventure. Il se sent riche d'une nouvelle et formidable expérience : il a découvert un univers, fait la connaissance de femmes et d'hommes auxquels, au fil du temps, il s'est attaché. La tristesse le gagne : il revient à la réalité et sait qu'il ne reverra plus ni ce lieu ni ces amis.

À la fin de chaque roman, je suis ce voyageur qui revient d'une longue et belle expédition et me retrouve toujours un peu perdu, entre deux mondes, entre sérénité et mélancolie. Le plus difficile est d'accepter de quitter ces personnages qui ont occupé mes pensées durant ces mois où la passion s'est mêlée à l'anxiété, le plaisir d'écrire à la crainte d'être lu.

Puis, il y a la publication.

Et, parce qu'ils me font confiance, cèdent à une impulsion ou se fient aux conseils, des lecteurs s'emparent de mon roman et partent sur mes traces, rencontrent mes personnages.

Alors, parfois, quand l'aventure leur a plu, la dernière page lue, ils viennent me raconter leur voyage, me donner des nouvelles de mes amis oubliés. Leurs mots me touchent, me redonnent le sourire et surtout… l'envie de repartir vers de nouvelles contrées.

À travers ces quelques mots, je tenais à vous remercier, vous mes lecteurs, de me lire, de visiter mes mondes, de continuer à faire vivre mes personnages, de faire de moi un romancier heureux.

Je remercie également le docteur Michael Attali pour ses conseils et Claire Covin pour sa patience.

Merci également à tous ceux et celles qui, lors de chaque parution de roman, ont participé à des actions folles et amusantes destinées à partager leur plaisir de me lire.

www.facebook.com/thierrycohen5
www.thierry-cohen.fr

Composition et mise en page

NORD COMPO
multimédia

CET OUVRAGE
A ÉTÉ ACHEVÉ D'IMPRIMER
SUR ROTO-PAGE
PAR L'IMPRIMERIE FLOCH
À MAYENNE EN AVRIL 2013

N° d'édition : L.01ELIN000322.N001. N° d'impression : 84622
Dépôt légal : mai 2013
Imprimé en France